ダブルマザー

辻堂ゆめ

幻冬舎

ダブルマザー

装丁　大久保伸子
装画　榎本マリコ

目次

息を切らして駅のホームに駆け込むと、うだるような熱気が押し寄せてきた。

斜めに差し込んだ真夏の日光が、灰色のコンクリートの中ほどに、光と影の明確な境界線を作っている。私の足元は影だ。汗に濡《ぬ》れた顔には眩《まぶ》しいほどに光が当たっているのに、どんなに明るいほうへと身を乗り出したところで、両足は黒い影に包まれたまま。顔を変えても、声を変えても、私はどうせ、ここから出られない。

――まもなく、一番線を、急行列車が通過……

私は線路を見つめている。汚れた枕木の間に敷き詰められた砂利が、逃げることもできずに強い日差しにさらされ、表面を焼かれている。遠くで踏切の警報機が鳴っている。その奥からやってきた電車の走行音が、徐々に大きくなる。額からさらに汗が噴き出す。ホームドアはない。駅員もいない。各停列車を待つ客は、八月初旬の直射日光を避けるようにして、ホームのそこかしこに散り、手元のスマートフォンに目を落としている。

急接近してくる鉄の塊が、辺りに漂う熱気を突如、揺らめかせた。

弾《はじ》かれたように、私は前方へと進み出る。鼓動が速まりすぎて苦しい胸を押さえながら、もつれる脚を動かす。あと少し、あと少し。憎みたくなるほどまばゆい光に満ちた、行く手の日向《ひなた》へと。

足元の地面がなくなり、身体《からだ》が前のめりに放り出された瞬間、知らない誰かの叫び声と、鋭く響きわたった警笛とが、私を呑《の》み込んだ。

第一章

母ふたり娘《こ》ひとり

忌引き休暇の日数。配偶者、十日間。父母、七日間。子、五日間。

どう考えたって少なすぎる——と馬淵温子《まぶちあつこ》は今日もぼんやりと考えながら、座面のへたったソファの端に座り、傍《かたわ》らの棚の上に置いた小さな写真立てを見上げていた。五十五にもなれば、親の死には驚かなくなる。同世代でも重病を患う者はいる。だけど、子に先立たれる心の準備など、誰ができるというのだろう。

額縁は、エメラルドグリーンだった。遺影だからってわざわざ暗い色にする必要はないよ、いちばん鈴《すず》ちゃんらしい色にしてあげようよ、と周りに説得されて選んだものだ。当初は派手すぎるかとも思ったけれど、淡いミルクティーカラーの茶髪にカラコンにまつエクに、と写真の中の鈴自身が何よりも華やかに自らを飾り立てているのだから、黒やグレーでは却《かえ》ってちぐはぐな印象になっていただろう。太陽のように明るく、また活動的で開けっ広げな性格だった鈴には、遠浅の海の透明感を呼び起こすこの色が、他の何よりも似合っていた。

二十一歳の娘が、一週間前に、電車に轢《ひ》かれて死んだ。

そのことを未《いま》だ現実として受け入れられないのは、遺体の顔の右半分しか見せてもらえなかったせいかもしれない。白い布を何度もすべて取り払おうとしたけれど、警察官にも葬儀業者にも、やめたほうがいいと強い口調で止められた。こちら側だけが奇跡的にほぼ無傷だったんです、お顔のもう半分はぜひ、お母様の思い出で補完してあげてください――。

つい昨日、葬儀を済ませた。明日には、職場に復帰しなくてはならない。

エメラルドグリーンの写真立ての隣には、似た色合いの骨壺《こつつぼ》が据えてあった。小柄な温子より八センチも背が高く、次々と買ってくるロングワンピースや細身のブーツがどれもよく似合っていた娘が、今はこんなに小さな壺に身を収めていると思うと、温子の心までもが痛いほど窮屈になる。

静かな朝のリビングへと続く階段を、誰かが下りてくる足音がした。

振り返ると、武流《たける》と目が合った。家の中でしかかけない太い黒縁の眼鏡に、パジャマ代わりにしているくたびれたグレーの甚平《じんべい》。顎《あご》のあたりまで伸ばした黒髪はいつにもまして寝癖がひどく、目の下の隈《くま》も心なしか濃くなっている。

温子同様、夕べはよく眠れなかったのかもしれない。そういえば一晩中、隣で寝返りばかり打っていた。血を分けた父親として、鈴の死にそれだけ大きなショックを受けているということだ。

おはよう、と小さく呟《つぶや》いた武流は、長身の身体を縮めるようにしてこちらに近づいてきた。温子の目の前でしばし立ち止まってから、電源の入っていないテレビと何も載っていないローテーブルを交互に見やり、そのまま奥のキッチンへと向かう。

「コーヒーぐらい、飲むよね」

「あ、そうね、じゃあ私は朝ご飯を――」

「いいよまだ、こんなときに。腹が減ったら各自トーストでも焼けばいいよ」

そっけない口調の中に、不器用な彼なりの気遣いが垣間見《かいま》える。温子は浮かした腰を下ろし、再びソファに身を沈めた。武流が水を入れた電気ケトルを気だるげにセットし、頭上の食器棚の扉を開閉しているのを、ぼんやりと眺める。

やがて彼が、マグカップを両手に一つずつ持って戻ってきた。熱いインスタントコーヒーを啜《すす》り、舌を火傷《やけど》しそうになった途端、失われていた現実の手触りが戻ってくる。冷房の効きすぎた部屋。裸足《はだし》のまま履いたタオル地のスリッパ。起床してリビングに下りてきてから約二時間、何をするでもなく握りしめ続けていた季節外れのひざ掛け。

隣に腰かけた武流が、まだ口をつけていないコーヒーの表面に目を落としつつ、遠慮がちな声で話しかけてきた。

「明日から仕事でしょ」

「そう」

「なんていうか……短すぎない？」

「私もちょうど同じこと考えてた」

「もっと休めないの？」

「シフト、いつもギリギリで回してて」

「そっか」武流が意気消沈したように肩を落とす。「あんなことがあったばかりで、すぐに立ち直れるわけないじゃんな」

——馬淵鈴さんのお母様ですか。娘さんとみられる方が駅のホームから転落し、電車と接触しました。至急、署までお越しいただけますか。

一週間前のあの日、鈴の携帯に電話をかけたつもりが、聞き覚えのない男性の声が突然耳に流れ込んできた。あのときのことを思い出すと、今でも全身が震え出す。現場で死亡が確認されたため、鈴は病院には搬送されなかった。警察署の薄暗い霊安室で、温子は初めて、変わり果てた姿の娘と対面した。

ホームが混雑していて押し出されたのか。それとも、悪意のある何者かに突き飛ばされたのか。動揺しながら尋ねる温子に、警察官は「飛び込みだったようです」と言いにくそうに告げた。嘘《うそ》ですよね、まさかあの子がそんな――温子が何度問い返しても、ついぞ答えは変わらなかった。複数の目撃証言と防犯カメラの映像により、確認が取れているということだった。

鈴と、飛び込み。

黒やグレーの額縁と同じかそれ以上に、似合わない組み合わせだった。もちろん鈴だって、荒れている時期はあった。特に思春期には相当に手を焼いた。だけど二十代になってからのここ二年ほどは、鈴もいつしか大人になり、自分から親に歩み寄る素直さを示すようになっていた。食卓を囲んで何気ない雑談をするときも、常に愛嬌《あいきょう》のある笑みを浮かべている、生来の陽気さを取り戻した娘――このごろはそんな印象だったものだから、温子も武流も、鈴をよく知る周りの人間も、誰一人として、自殺の原因に心当たりはなかった。

「私なりに、愛情を注いでたつもりだったんだけど……」

「もうやめようよ、その話は」

温子の口からこぼれ出た言葉を押し戻すように、武流がきっぱりと言った。本人がもうこの世にいない以上、いくら考えたって答えは出ないから、と。

悔しいことに、武流の言うとおりだった。鈴の遺書はない。ホームに落ちていたというスマートフォンは画面が割れただけで済んだものの、ロック解除用のパスコードが分からなかった。生前の悩みや交友関係を探る手がかりは、何一つない。それどころか、財布や部屋に残された鈴の私物をいくらひっくり返しても勤め先の店名や電話番号のメモすら出てこず、今も先方からの連絡を待っているくらいなのだ。こんな状態で鈴が自殺した理由を考え続けても、まともな結論など出るはずがなかった。

成人した一人娘のことを、温子は驚くほど何も知らなかった。

ぶつかり合った思春期の反省を経て、大人になってからはあえて何事にも干渉しないようにしていたとはいえ、いざこうなってみると後悔が募る。適度な距離感とは、いったい何だったのか。母親であるにもかかわらず、つかず離れずの関係の心地よさに、無責任に身を委《ゆだ》ねすぎてはいなかったか。

鈴のいなくなった家は、がらんとしていた。たった一人減っただけなのに、食卓も、ソファも、たまに歯磨きやドライヤーのタイミングが重なって押し合いへし合いしていた洗面所も、何もかもが広く感じる。

「今日はしっかり休みなよ。明日からの仕事に備えてさ」

武流がマグカップをローテーブルに置き、そっと温子の手を握った。

「なーんもせず、ひたすら心を落ち着かせるのがいい。あまり深く考え込みすぎないように、適当にバラエティ番組でも流して、甘いものでも食べてさ」

「なんだか、鈴に悪いような気がして」

「そんなこと言ったら、コーヒー飲むのも、クーラーつけて涼むのも、全部『鈴に悪い』になっちゃうよ」

「でも……」温子は逡巡《しゅんじゅん》し、切り出した。「一つ、今日中にやっておかなきゃいけないことがあるの」

「というと？」

「鈴のバッグ。あれだけはまだ……開けられてなくて」

警察で受け取ってきた、鈴の遺品が入ったビニール袋は、全部で三つあった。ホームに落ちていたスマートフォン。警察官が現場で中身を検《あらた》めたというチェリーピンクの長財布。そしてその財布が入っていた、真っ白なショルダーバッグ。

本当は鈴が最期に着ていたワンピースも持って帰りたかったけれど、見るに堪えない状態であることを匂わされ、泣く泣く警察で処分してもらった。衣服に比べれば、バッグは比較的綺麗《きれい》な状態だったという。しかしビニール越しにちらりと見ただけでも、側面に赤黒いものが付着しているのが分かり、わき上がる恐怖を抑えきれず、今の今まで袋を開けられていなかったのだった。

「ああ、ごめん、気づけなくて。それだよね。一緒に開けよう」

武流が、リビングの隅にひっそりと置かれたままになっている紙袋を指差す。温子が小さく頷《うなず》いたきりソファから立ち上がれずにいると、武流は紙袋の中からバッグの入ったビニール袋を慎重に取り出し、温子のもとへ運んできてくれた。

「どんな状態か、よければ俺が先にチェックしようか」

「うん……お願い」

どうしても直視できず、温子は膝に目を落とした。ビニールがこすれる音に続き、バッグの金具が触れあう音が隣から聞こえてくる。

「あ、思ったよりは大丈夫そうだよ。わりとそのままの感じっぽい。こっちの面に少し血がついてて、紐《ひも》は引きちぎれちゃってるけど、あとは土か何かの茶色い汚れだけ」

その言葉に背中を押されるようにして、温子は武流の手元に視線を向けた。彼の言うとおり、ショルダーバッグは一部汚れているものの、予想よりも原形をとどめていた。丈夫そうな分厚い生地で作られたバッグ本体に対して、肩掛けの紐だけがアンバランスに細い。そのおかげで早々に鈴の身体を離れ、線路脇に投げ出されたのかもしれなかった。

ほっと胸を撫《な》で下ろし、温子は白いバッグを受け取った。留め金を外し、中を見る。内側の布地は黒だった。ハンカチなどの小物がしまわれている様子はない。事故当時、鈴がここに入れていたのは、どうやら財布だけだったらしい。

「あれ、空っぽ？　何か入ってそうな感じがしたけどな」

「バッグ本体の重みじゃないかしら。素材がしっかりしてるし、金具も大きいし、あとは底に型崩れ防止の板が入れてあるみたいだから――」

中に手を差し込み、何気なくバッグの底を押してみる。

プラスチックの底板がたわむような、おかしな感触がした。

あれ、と声を上げて再び中を覗《のぞ》き込む。温子の反応が気になったのか、武流も横から首を突き出してきた。

「ん、どうした？」

「なんだか……変に、底が浅いような気がして。バッグの見かけの大きさに比べて、内側のスペースが小さいというか……」

「その黒い板、取れるんじゃない？」

武流に指摘され、底板の端に人差し指の先をねじ込んでみる。ぴったりと嵌《はま》っている板を四苦八苦しながら持ち上げると、その下から、思いもよらないものが姿を現した。

「スマホと……財布？」

どちらも、鈴のものでないことは明白だった。スマートフォンは鈴が使っていたものより一回り小ぶりの機種で、茶色い手帳型のケースに入っている。財布は二つ折りのタイプで、こちらは地味な深緑色だった。色といい形といい、どう見ても、鈴の好みではない。

温子は財布を手に取り、中を開いた。カード入れの一番手前のポケットに、身分証らしきものが入っている。引き抜くと、『学生証』という文字と、清楚《せいそ》な顔立ちをした黒髪の少女の顔写真が目に飛び込んできた。『緑ケ丘《みどりがおか》音楽大学』『柳島詩音《やなぎしましおん》』——大学名にも氏名にもピンとくるものがなく、首をひねる。

一方、武流はスマートフォンの電源を入れようと試みていた。充電が足りないらしく、一瞬だけロック画面が表示され、すぐにまた画面が暗転してしまう。背景に設定されていたのは、ピアノの譜面台の上に犬やウサギの小さなぬいぐるみが並べられている写真だった。

「まとめて入れてあったってことは、これも柳島さんって音大生のスマホ、なのかな」

「待ち受けがピアノだったし、そんな気はする……けどさ」武流が温子の手から学生証を取り上げ、鼻の頭にしわを寄せる。「この子、誰？　鈴の友達？」

「分からない。でも鈴と生まれ年は一緒みたいね」

音大生と接点があったなんて聞いたことがないけど、と内心首を傾《かし》げつつ、温子は身を乗り出して、学生証に印字されている生年月日の数字を指先でなぞってみせた。

「なんでこんなところに入ってたんだろ。スマホも財布も失《な》くして、今ごろ困ってるんじゃないかな」

「警察は……たぶん、気づかずに返してきたのよね」

「だろうね。あっちゃんとの電話で遺体が鈴だって確認がほぼ取れたから、それ以上このバッグをいじりまわすようなことはしなかったはずだし」

「だったら警察に届けないと、よね」

「いや、そこは慎重に。バッグの底に隠してあったなんて正直に言ったら、鈴が変な目で見られない？」

武流に指摘され、はっとした。亡くなった娘が、万が一にも窃盗犯だと疑われては困る——彼はそう言っているのだ。

「そんなこと絶対にしないわよ、鈴は」

「もちろん分かってる。ただ、いきなり警察に渡しちゃうのはどうかなって。だって……もしかするとさ、この詩音って子、鈴が突然あういうことをした原因について、何か知ってるかもしれないよ」

さっきから、温子もまったく同じことを考えていた。

電車に飛び込んで死んだ娘が最期に持っていたバッグに、別人の財布とスマートフォンが隠されていた。

しかも学生証の情報によれば、彼女は娘と同い年だという。

思春期に入った頃から、鈴は友人や恋人の話をほとんど家でしなくなった。反抗期を過ぎて親子関係が改善した後も、食卓で飛び交う話題のほとんどは、テレビに出てくる芸能人や、SNSで流《は》行《や》っている動画についてだった。ずっとこの家で同居していたにもかかわらず、温子は鈴の友人を一人も知らない。勤め先の正確な場所すら把握していない。葬儀業者に家族葬の相談をしつつ、本当にこれでよかったのか、自分は母親失格なのではないかと、最後まで葛藤し続けていた。

柳島詩音という音大生は、生前の鈴と、何らかの接点があったのではないか。

この子と直接話してみたい——そんな衝動が、無数の細波《さざなみ》を立てて、一気に膨らんでいく。

「家の電話番号か住所が、どこかに書いてあれば……」

小声で呟きつつ、財布を漁《あさ》る。学生証に住所の記載欄はない。日常的に持ち歩く習慣がなかったのか、保険証や免許証の類いは何も入っていなかった。他に出てきたのは、本人名義のキャッシュカードが一枚と、千円紙幣が四枚、そして硬貨のみ。どうもすっきりしすぎている印象だけれど、親に生活費を出してもらっている学生の財布というのは、案外こんなものなのかもしれない。

やっぱり警察に届けるしか、と肩を落としかけたとき、「ここは？」と武流が手帳型スマホケースのポケットを指差した。中を探ると、折り畳まれたメモ用紙が一枚出てきた。固定電話の番号と『柳島』という苗字が、綺麗な右上がりの手書き文字で記されている。市外局番は、相手の家が同じ市内にあることを示していた。

「几帳面《きちようめん》そうな子だな。このスマホを拾った方はここに連絡してください、って意味でしょ、これ。あっちゃんって確か電話苦手だったよね。俺、かけてみようか？」

「ありがとう。でもいいよ、自分でかけるから」

「平気？『娘さんのスマホと財布を持ってます』なんて言ったら、最悪その場で泥棒呼ばわりされるかもだけど」

「そのへんはさすがに上手《うま》く言うわよ」

こちらのほうが十も年上なのに、武流は時折、温子を妙に子ども扱いする。突然のお電話失礼いたします、うちの娘が先日詩音さんの貴重品を預かったままお返しするのを忘れていたようで、大事なものかと思いますのでぜひお届けに伺いたく――こんなもんでいいかなと頭の中で何度かリハーサルをするうちに、自分のスマートフォンを寝室に置きっぱなしにしていたことに気づき、階段を上って取りに戻る。

そばで武流に聞かれていると余計に緊張してしまいそうなため、そのまま寝室から電話をかけた。電話に出たのは、柳島詩音の母親だった。馬淵鈴という名前を出してもこれといった反応はなかったものの、スマートフォンと財布の特徴を伝えると、電話の向こうで息を呑む気配がした。「確かにうちの娘のもののようです、わざわざご連絡いただきありがとうございます」と申し訳なさそうな早口でまくし立てられたのち、自宅の場所を訊《き》かれる。こちらからご自宅に伺うつもりだと申し出てはみたけれど、「いえいえ近所ですからすぐに取りに伺います、三十分後くらいでよろしいですか」と甲高いトーンの声であえなく撥《は》ね退《の》けられてしまった。

相手の勢いに押されっぱなしのまま、通話が終了する。泥棒扱いされなかったことには安堵《あんど》したものの、できれば詩音本人と話がしたいという希望は、最後まで言えずじまいだった。

愚鈍な自分にうんざりしつつ、クローゼットからまともな服を取り出して着替える。リビングに下りていき、ソファに寝転がっていた武流に声をかけると、彼は寝癖のひどい髪を手櫛《てぐし》で梳《と》かしながら洗面所に駆け込んでいった。温子も戸棚から自分のメイクポーチを取り出してきて、顔ににじむ疲労の色をできる限り消していく。遺品のショルダーバッグは、元通りに紙袋に戻しておいた。

通話終了からぴったり三十分後に、インターホンが鳴った。車のエンジンの音も、自転車のスタンドを立てる音もしなかったことからして、家が近所というのは本当のようだった。

玄関のドアを開けると、上品な紺色のワンピースを身にまとった婦人が立っていた。ピアノ教室講師という肩書きのついた名刺をわざわざハンドバッグから取り出し、柳島由里枝《ゆりえ》と丁寧にフルネームを名乗る。

黒い日傘を携えた彼女は、温子の肩越しに家の中を覗き込むようにし、緩いパーマがかかったボブカットの髪を神経質そうに揺らしながら言った。

「実は、お宅の娘さんにお聞きしたいことがありまして。うちの詩音が、一週間前から家に帰ってこないんです。部屋の机に『探さないでください』と書き置きがあったので、単なる家出でしょうって、警察はろくに相談にも乗ってくれなくて……詩音はいったいどこにいるのか、どうして家を出ていってしまったのか、お宅の娘さんがもし何かご存じでしたら、どうか教えていただけませんか？」

茶色い手帳型ケースに入ったスマートフォンと、深緑色の二つ折り財布を、ローテーブルに並べる。

娘の鈴は先日電車の事故で亡くなり、その後自宅で遺品を整理している最中に詩音の私物を発見したのだと話すと、向かいのソファに腰かけた由里枝は、アイラインを黒々と引いた目を大きく見開いた。

「それは……大変失礼いたしました。詩音と同い年というと、まだお若いのに……お悔やみ申し上げます」

ありがとうございます、と頭を垂れる。ローテーブルを挟んで由里枝と相対しているのは、温子一人だった。武流は身支度が間に合わなかったらしく、温子が由里枝を中に招き入れると同時に、階段を駆け上がって寝室に姿を消してしまった。

柳島由里枝は、温子と違って頭の回転が速そうな女性だった。服装も口調も堅苦しく、こうして向かい合っているだけで漠然とした圧迫感がある。温子の勤め先はベビー用品店だけれど、格安が売りの郊外型チェーン店だから、由里枝のようなタイプの母親はまずやってこない。こういう人の子どもはデパートの高級ベビー服を着て育つんだろうな、と勝手に気後《きおく》れしながら想像を巡らせていると、由里枝が再び、立て板に水のごとく話しかけてきた。

「うちの子がスマホや財布を預けていたということは、もしかしたらこちらの娘さんが行方を知っているんじゃないかと思って、今日はこうしてお邪魔したんですよ。まさか、事故で亡くなられていたなんて……」

「すみません、お役に立てず」

落胆しているのは、温子も同じだった。当の詩音が家出中で、会える見込みがないとなると、由里枝に直接連絡を取った意味が半減してしまう。

「もう一度伺いますけど、馬淵さんは、うちの詩音の名前を娘さんの口から聞いたことがなかったんですよね」

「ええ、はい。柳島さんも、うちの子の名前に心当たりは――」

「同じくありませんでした。でも、詩音は大人《おとな》しくて、普段からあまり自分の話をしないんです。私たち親が知らないだけで、きっと二人はどこかで繋《つな》がっていたんでしょうね。娘さんは、大学はどちらへ？」

「あ、もう社会人だったんです、高卒で働きだしたので。一応、小学校と中学校はすぐそこの水沢《みずさわ》で、高校は藤戸東《ふじとひがし》――」

「東高！　一緒です。とすると、高校の友人だったわけですね」

案外呆気《あっけ》なく、鈴と詩音の接点が見つかった。しかしそれ以上のことは何も分からない。由里枝が担任教師と思《おぼ》しき名前をいくつか挙げたものの、温子のほうはどうも記憶が曖昧《あいまい》だった。卒業アルバムを見れば思い出せそうだけれど、いったいどこにあったっけ、と考え込む。その間、向かいに座る由里枝は、娘同士のさらなる共通点を探そうとするかのように、細い首を伸ばし、せわしなくリビングを見回していた。

その視線が、ある一点で止まる。

由里枝が座るソファの、すぐ横にある棚。その上に置いたエメラルドグリーンの小さな写真立てを、彼女は驚いたような顔で見つめていた。

「あ、鈴です。すみません、遺影に見えないですよね。黒やグレーは暗いので、周りとも相談して、あの子が好きそうな色を選んでみたんですけど――」

「……詩音！」

なぜだか、由里枝が唐突に、彼女の娘の名前を叫んだ。

戦慄《せんりつ》の表情を浮かべ、唇をわななかせながら、鈴の遺影を凝視している。

由里枝は目を見開いたまま無言で立ち上がると、写真立てをひったくるように手に取った。その乱暴な手つきに仰天し、温子も思わずソファから腰を浮かす。注意しようと口を開きかけた瞬間、写真立てを両手で握りしめている由里枝が勢いよく顔を上げ、恐ろしい形相でこちらを睨《にら》みつけてきた。

「これは何の冗談ですか。どうして……どうしてうちの娘の写真が、こんなところに飾ってあるんですか！」

「は？」温子は目を瞬《またた》く。「いえ、うちの鈴ですけど」

「そんなわけないでしょう。どこからどう見ても、詩音です。たった一人の娘なんですよ、間違えようがないじゃないですか。遺影だなんて縁起でもない……いったい何の目的でこんなことを！」

まるで自分のものとでも主張するかのように、由里枝が写真立てを胸に掻《か》き抱く。温子は慌ててテーブル越しに手を伸ばし、鈴の遺影を取り返そうとした。しかし同年代とは思えないほどの素早い動作で横に逃げられ、距離を空けられてしまう。

「待ってください、柳島さん。写真をちゃんとよく見てくださいよ。髪の色とか、メイクとか、そのへんの雰囲気が似てるだけじゃないですか」

「いいえ、そんなことはありません。目の形だって、輪郭だって、着てる服だって——ほら、何もかも、全部詩音です。つい一週間前まで、毎日家の中で顔を合わせてたんですよ。ご飯も二人で食べて、一緒に買い物にも行って——母親の目を誤魔化せるとお思いですか？　これほどはっきり写った写真を見て、勘違いするはずがないでしょう！」

「そんなおかしなことを言われても……」

大変な人を家に招き入れてしまった、と焦る。家出した一人娘を心配するあまり、幻覚でも見ているのかもしれない。初対面のためなんとも判断がつかないけれど、元からそうした傾向のある女性なのだろうか。

温子は助けを求め、二階の踊り場を見上げた。ドア越しに様子を窺《うかが》っているのか、それともヘッドホンで音楽でも聴いているのか、寝室から武流が出てくる様子はない。

こんなことなら、鈴が自殺した理由を知りたいだなんて望みは捨てて、正直に警察に届ければよかった。この人と関わるんじゃなかった。

そんな後悔が、いつの間にか表に出てしまっていたようだった。仁王立ちになっている由里枝が、

「その目はなんですか！」と激昂《げっこう》し、心外とでもいうように肩を震わせる。

「さっきから、私の言うことをちっとも信じていらっしゃらないみたいですけどね。おかしいのはあなたのほうですよ、馬淵さん。大切な娘さんの遺影なのに、これがご本人の写真だと、まさか本気で思い込んでるんですか？」

「思い込んでるって……その言い方はないですよ」

さすがに頭にきて、温子も声を荒らげる。

「娘の遺影に、別の子の写真を使う？　そんな、とんでもないです。私だって、鈴が事故に遭った日の朝までここで一緒に過ごしてましたし、その遺影も、家族ときちんと話し合って選んだんですよ。それに、言っときますけど、詩音ちゃんとうちの鈴の顔は、全然似てませんからね」

「赤の他人のあなたに、どうしてそんなことが分かるんですか！」

「詩音ちゃんの学生証を見たからです。たとえ髪の毛を明るく染めて、鈴みたいにしっかりお化粧をしたって、そもそもの顔立ちが全然違うじゃないですか。鈴は顔のパーツがわりとはっきりして

るタイプでしたけど、詩音ちゃんは上品な感じというか、目が細くて――」

「入学後に整形したんですよ、親に何の相談もなしに！」

突然、由里枝が金切り声を上げた。汚らわしいことでも口にしてしまったかのように、唇を大きく歪《ゆが》め、眉間にしわを寄せている。

整形――。

その言葉が耳に飛び込んできた途端、温子は全身がぐらつくのを感じた。

鈴も同じだ。

二年前に、自分の顔が嫌いになったと言い出して、元の面影がほとんどなくなるほどの大きな手術をしている。

思わぬところで判明した鈴と詩音の共通点に、頭が真っ白になった。整形した娘の遺影を見て、母親だと名乗り出る女性がもう一人現れた――これはいったい、どういうことなのか。

「うちの鈴も、実は整形を……」

「苦し紛れに話を合わせるのはやめていただけませんか」

「嘘じゃない、本当なんです」

「ああもう、このままじゃ埒《らち》が明きません」

由里枝が細い眉を吊《つ》り上げ、胸に抱いていた鈴の遺影をこちらに向けてみせた。

「だったら、証拠を見せてください。あなたの娘が間違いなくこの顔だった、という証拠を。母娘《おやこ》一緒に写っている写真がいいですね。今すぐお願いします、私も出しますから」

自信満々に言い放った由里枝は、相変わらず温子を睨みつけながら、向かいのソファにかけ直した。ハンドバッグからスマートフォンを取り出し、おぼつかない手つきで操作を始める。鈴の遺影が入った写真立ては膝の上に伏せたまま、返却しようとする気配がない。

温子もしぶしぶ腰を下ろし、ソファの座面に置いていたスマートフォンを手に取った。カメラロールを開き、鈴と二人で撮った写真を探す。

目的のものは、ほどなく見つかった。

由里枝とタイミングを合わせ、隠していたトランプの手札を開くように、お互いのスマートフォンをローテーブルの上に置く。

温子のスマートフォンには、この家のダイニングテーブルで、誕生日ケーキを前にピースサインをしている鈴の写真が表示されていた。武流が撮影したものだ。鈴の隣の席には、アルコールが入って緩んだ表情をした温子が座っている。

そして、由里枝が差し出したスマートフォンの画面を見て――温子は絶句した。

こちらでも、同じく鈴が笑っている。

親戚の結婚式か何かに参列したときの写真のようだ。深緑色のパンツドレスを着た鈴の隣に、紺色のパーティードレスに身を包んだ由里枝が、喜色満面で寄り添っている。驚いたのは、顔立ちが鈴そのものというだけでなく、微妙な表情までも一致していることだった。鼻の下部を手術したときの後遺症で、上唇が自然に動かせなくなってしまったという、控えめでぎこちない笑み――。

「詩音だわ……詩音！」

温子のスマートフォンを覗き込んでいた由里枝が、放心したように呟いた。その憔悴《しょうすい》した様子から、して、やっと戦意を喪失したかと思いきや、次の瞬間には膝の上の遺影を握りしめ、声を震わせながら温子を責め立ててくる。

「馬淵さん、一つお聞きします。もしかすると——先ほどお返しいただいた詩音のスマホとお財布は、こちらのご自宅で見つかったのではなく、電車事故で亡くなった際に、娘さんが身につけていたものではないですか？」

「そう……ですけど」

嫌な予感がしながらも、単刀直入に言い当てられてしまっては、認めるしかなかった。その途端、由里枝の猫のような両目に憤怒《ふんぬ》と絶望の色が浮かび、リビングに再びヒステリックな金切り声が響く。

「あなたいったい、なんてことをしてくれたんですか。それって——事故に遭ったのはうちの子だった、ってことじゃないですか！　説明してください。どうやって警察を騙《だま》して、身元確認をすり抜けたんですか。この写真を見せて、実の母娘だと主張したんですか。そのために、私の知らないところで詩音と接触して、ケーキなんかで手なずけていたんですか。なぜそこまでして、あの子の母親のふりをしたんですか。お金目当てですか。娘の馬淵鈴さんの名義で、生命保険にでも入ってたんじゃないですか」

「変な想像はやめてくだ——」

「鈴さんが亡くなったのは一週間前だと言いましたよね。うちの詩音がいなくなった日と同じです。

娘を返してください！　私に報《しら》せもせずに遺体を引き取って、勝手に火葬まで済ませるなんて、とんでもない犯罪ですよ、これは！」

　いきり立った由里枝は、両目から涙をこぼしながら温子をなじり続けた。もともと弁が立つわけでもない温子は、どうしても防戦一方になる。それでも相手の言葉の切れ目を見つけては、懸命に反論した。

　警察署の霊安室で対面した遺体は、間違いなく鈴だった。顔の右半分しか見せてもらえなくても、身元確認をするには十分だった。白い布の隙間から飛び出していた服の繊維の色だって、その日の朝に鈴が着ていたくるぶし丈のロングワンピースと一致していた。夏生まれの鈴によく似合う、爽《さわ》やかなレモン色。確かにバッグの底には詩音の持ち物が隠されていたけれど、電車との衝突事故発生後、警察が最初に発見したのは、鈴のスマートフォンと、鈴の身分証が入った財布だ。第三者である温子が悪意を忍び込ませる隙など、どこにもなかった。

　娘に生命保険などかけていない。柳島詩音という高校の同級生のことは、今日初めて知った。第一、電車に飛び込んで死んだ赤の他人の子を、自分の子だと偽るメリットは何もない。遺体の引き取りに立ち会った中年の警察官には、個人的なアドバイスだという親切な前置きのもと、相続放棄の手続きを勧められた。こういうケースでは後日鉄道会社から数百万から数千万の損害賠償請求が来る可能性があるので、早いうちに弁護士やご親戚に連絡したほうがいいですよ、と。

　鈴がすでに成人していたのが、不幸中の幸いだった。もし未成年だったら、親である温子が直接損害賠償請求を受ける可能性があったらしい。それでも弁護士への依頼料はかかるし、手続きを進める上での精神的な負担も大きい。実の娘がやったことでなければ、今すぐに全部投げ出してしまいたいくらいだった。

それなのに、「母親のふり」だなんて——無礼にもほどがある。

「あなたの言うことは、とても信じられません。写真に写っているのは詩音です。私の娘です」

「鈴です。絶対に、鈴です」

「それなら警察を呼んで、ＤＮＡ鑑定でもしてもらいましょうか」

「火葬したお骨からＤＮＡは出ないですし、亡くなったときに着ていた服だって、警察がもう処分してしまいましたよ」

ずいぶん前に見た刑事ドラマの内容を思い出し、とっさに言い返す。血のついたショルダーバッグの存在が頭をよぎったけれど、あえて伏せておくことにした。遺影が入った写真立てをつかんで離さないこの不躾《ぶしつけ》な母親に、鈴が最期に身につけていた大切な遺品までも奪われるわけにはいかない。由里枝のスマートフォンに保存されている親戚の結婚式か何かの写真だけは不可解だったけれど、この家で一緒に暮らしていたあの子が馬淵鈴でない可能性など、万に一つもあるわけがなかった。

私が母です。

いいえ、私です。

押し問答は長々と続いた。途中で二階から視線を感じ始めたけれど、階段を背にしている由里枝は気づいていないようだった。電車、飛び込み、遺体、死——言い争いの途中で自ら生々しい単語を口にするたびに、真綿で首を締めるように、由里枝の面長の顔から血の気が引いていく。

「詩音が……死んだ？」

不意に口論が止《や》む。我に返ったような表情で、由里枝がぽつりと呟いた。

その瞬間、武流が階段を数段飛ばしで駆け下りてきた。何が起きているのか理解できないまま、温子は長身の彼の動きを呆然《ぼうぜん》と目で追った。目の前の由里枝が、舟を漕《こ》ぐように頭を回転させ、そのまま前に倒れ込む。ローテーブルの端に額を打ちつけかけた由里枝の身体を、武流がすんでのところで後ろから抱きかかえた。

柳島由里枝は、白目を剝《む》いて失神していた。

危なかった、と武流が息をつく。それを合図に、二階の踊り場から顔を覗かせていたシェアハウスの住人たちが、顔に戸惑いの色を浮かべつつ、次々と共用のリビングに下りてきた。

＊

救急車を呼んだほうがいいか。そんな相談をしている複数の男女の声が、柳島由里枝の耳に、うっすらと流れ込んできた。

はっとして目を開けると、ところどころ黒ずんだ天井が見えた。壁紙も同様だが、一目見ただけで、一番安いクロスを使っていると分かる。しかも経年劣化がひどく、端のほうは剝がれかけていた。リビングの壁際にある階段付近にはちょっとした吹き抜けが作られていて、一見洒落《しゃれ》た間取りではあるものの、家屋自体がこれほど古い上に内装のリフォームもされていないとなると、住んでいる人間の程度が知れる——少なくとも、由里枝は先ほどからそう感じていた。

「あっ、よかった。気がついたみたい。大丈夫ですか？」

ついさっきまで言い争いをしていたはずの馬淵温子が、上から覗き込んでくる。薄化粧の顔に、サイズが大きすぎる生成りのシャツワンピース。無造作に後ろで括《くく》った艶《つや》のない黒髪が、汗ばんだ首に貼りつくようにして垂れている。温かいに、子どもの子——名が体を表したかのような、どんくさくておっとりとした印象の女性だが、口論になると案外頑固だった。

詩音の居場所を探るためとはいえ、この家の前に着いたときから、すでに引き返したい気分になっていた。外壁の塗り直しもしていない古びた木造家屋に、雑草が伸び放題の庭、その片隅に放置された錆《さび》だらけの自転車。表札も出ていなかったのに温子のフルネームを把握しているのは、玄関の壁に取りつけられている郵便受けから封筒やら葉書やらがあふれ出していて、宛名が見えてしまったからだ。その後玄関先に出てきた温子自身も、小柄で目鼻立ちは整っているが首から下がだらしなく太っている中年女性で、胸に渦巻く嫌悪感がいっそう強くなった。

だが、この家の異常性は、それだけにとどまらなかったようだ。

使い古されてクッション性の失われたソファから身を起こし、目の前に立っている四人の男女を睨みつける。由里枝が卒倒して意識を手放した、せいぜい一、二分と思われるわずかな間に、背の高い長髪の中年男と、やや年配に見える怪しい髭面《ひげづら》の男、そして一回りは年齢の若そうな派手な茶髪の女が、馬淵温子のそばに姿を現していた。

「ここ、実はシェアハウスなんです」

最初に説明してなくてすみません、と温子が困ったような表情で頭を下げる。

「柳島さんが急に体調を悪くしたようだったので、みんな、集まってきちゃって」

「何ともないならよかったよ。マミ、とりあえず俺らは上に戻ろうぜ」

「うん、分かった」髭面の男に話しかけられた茶髪の女が、眠そうに頷く。「ねえ温子さん、この人と何があったかはあとで話聞くけどさ、あたしたち夕方出勤だから、この時間はもう少し静かにしてよね」

ごめんね、と温子が身を縮めた。髭面の男が茶髪の女の尻にいやらしく手を回し、身を寄せ合いながら階段を上っていく。その様子を、由里枝は呆気に取られて見上げた。自分という客人がいるのに、なんという態度だろう。

「シェアハウス……というと、複数世帯が同じ家に住んでいるわけですか」

「そんな感じだね」と軽い調子で答えたのは、温子のそばに残った長身の男だった。「鈴がいなくなっちゃったから、今住んでるのは、全部で五人だけだけど。ここが共用のリビングで、二階がそれぞれの部屋になってる。一人は今、出勤中」

「失礼ですが、あなたは温子さんの――」

「パートナーだよ」

長身の男が、もともと猫背の背中をさらに丸めるようにしながら、向かいのソファの端に腰かけた。顎に達しようかという長い黒髪に、礼儀を知らない若者のような口の利き方。年齢は四十代半ばほどだろうか。温子や由里枝と一回りも変わらないだろうに、驚くほど軽薄な雰囲気の男だった。

パートナー、という洒落た言い方が気に入らない。それはつまり、温子の恋人ということではないか。となると温子はシングルマザーで、まだ娘と同居していたにもかかわらず、シェアハウスという物件の形態をいいことに、年下のボーイフレンドを家に連れ込んで——急激に想像が膨らみ、生理的な抵抗感がますます増大していく。

「ちょっとさ、俺もしばらくここにいることにするわ。あっちゃんに何かヤバいことされても困るし」

「今は母親同士で話をしているんです。直接関係のない方は、席を外していただけませんか」

「なんか勘違いしてない？　俺、馬淵鈴の実の父親だけど」

「……そうなんですか？」

「夫婦だけど籍を入れてないってだけ。鈴とはちゃんと血が繋がってるから。あの子は、俺らの愛の証《あかし》。ね？」

馬淵鈴の父親を自称した男が、確認を取るように傍らの温子を振り返った。「そんなこと、わざわざ言わなくても……」と温子が慌てたように顔を赤らめ、「だってそう言わないとこの人に部外者扱いされるじゃん？」と男が拗《す》ねたように返す。

温子のパートナーである男は、国保《こくぼ》武流と名乗った。あまり理解はできないが、温子とは事実婚の関係にある、ということなのだろう。

この家は、何もかもがおかしかった。

不健全なシェアハウスという点を除いても、客人に茶の一つも出さないし、大きな紙袋やらスーパーのビニール袋やらがあちこちに放置されていて、室内はちっとも片付いていない。母親の温子自身もそうだ。娘が高校時代に世話になった担任教師の名前すら覚えていない。こちらは詩音が高校一年生の頃にあった家庭訪問で、先生にどの店のお菓子と紅茶を出したかまで記憶しているというのに。

話の続きを国保に促される形で、由里枝は気が進まないながらも、温子との話し合いを再開した。幸か不幸か、四人もの男女の前で失神して見苦しい姿をさらしてしまったことで、少しは冷静に物事を考えられるようになっていた。

「先ほど……お宅の娘さんも、過去に整形したことがあるとおっしゃっていましたよね。それは本当ですか？　売り言葉に買い言葉ではなく？」

「本当です！」温子が情けない顔をして、ローテーブルの上のスマートフォンを引き寄せた。「二年前、鈴がまだ十九歳だったときに。二十歳以上じゃないと親の許可が要るクリニックだったのに、自分で同意書を書いてしまったみたいで」

心臓が小さく跳ねる。手術を受けた時期も、同意書提出の経緯も、詩音と一致していた。法律的には十八歳から成人になるわけだし別にいいでしょ、とすべてが終わった後に開き直られ、まるで別人の顔になってしまった娘を前に泣き崩れたのが記憶に新しい。

温子が意外にも素早い手つきでスマートフォンを操作し、一枚の画像を見せてきた。藤戸東高校の制服を着ている、手足がすらりと長い女子高生の姿を捉えた写真だ。髪は遺影よりも幾分落ち着いた茶色で、肩につかない長さ。顔の輪郭も鼻も丸く、お世辞にも芸能人などにはなれそうもないが、アーモンド形の大きな目だけは、整形後の詩音のそれにどことなく似ていた。

詩音とは逆だ、と気づく。綺麗に通った鼻筋に、すっきりとした頰《ほお》。詩音の顔立ちは元から端整だったが、父親似の細い目だけがコンプレックスだった。何度か、由里枝の口から指摘してしまったこともある。だから整形後に最も変わったのは、目元の印象だった。一方、生まれたときから高かった鼻は、大きくいじった様子がなかった。

写真の中の馬淵鈴は、高校生にしては派手なメイクをしていた。それを見て、詩音が整形して帰ってきたとき、顔にメスを入れただけでなく、化粧が急に濃くなったのもショックだったことを思い出す。瞳は不自然に大きく、睫毛《まつげ》が魔女のように伸び、地肌の質感が分からないほどファンデーションを塗りたくっていて、生まれ持った顔を完全に消してしまいたいという怨念すら感じた。彼女を産み育ててきた自分を全否定されたような無力感に打ちのめされ、由里枝が恨みがましく非難すると、詩音は気まずそうに目を逸《そ》らし、「前から興味があったの」とだけ呟いた。

心当たりはあった。高校に通っていた頃から、詩音は化粧をして学校に行きたがったり、発色のよすぎる下品な格安コスメを誕生日プレゼントに欲しがったりと、こちらが到底許可できないような希望をしばしば口にしていた。悪い友達の影響でも受けているのではとそのたびに気を揉《も》んでいたが、やはりそういう友達がいたのだと、女子高生時代の馬淵鈴の姿を見て腑《ふ》に落ちる。

整形費用はどのように捻出したのかと尋ねると、温子はかすかに目を泳がせた。ややあって、鈴自身が飲食店の仕事で貯《た》めたようだ、という返答があった。「飲食店」という妙に迂遠《うえん》な言い方からして、水商売の店だと想像がついた。いかがわしい夜の仕事でもなければ、高校を卒業してから一年足らずという短期間で、若い女性がそれだけの金を稼げるわけがない。

自分から質問した手前、由里枝は詩音の手術費用の出どころについても簡潔に説明した。音楽留学や結婚など、娘の将来のためと思って本人名義の口座に預金していた三百万もの金が、いつの間にか全額引き出され、美容外科への支払いに充てられていたのだと。

「ふと思ったんですが……鈴さんとうちの詩音は、高校が一緒だったわけですよね。学校でとても仲良くなって、同じタイミングで整形というものに興味を持って……親友同士でまったく同一の顔になろうとした、って可能性は考えられないでしょうか。そう、一卵性の双子みたいに」

「いやぁ、それは厳しいと思うよ」

それまで黙っていた国保が、横から口を挟んだ。

「俺の昔の知り合いの女の子で、とあるトップアイドルに死ぬほど憧れて、同じ顔になろうと何十回も整形繰り返した子がいたけどね。結局、全然近づけてなかったもん。一つ一つのパーツはまあまあ似てるんだけど、全体で見るとバランスがちょっと、みたいなね」

国保のただれた交友関係に顔をしかめながらも、「他人同士が瓜《うり》二つの顔になるのは非現実的だと？」と由里枝は努めて冷静に返す。

「できないとは言わないけど、たぶん莫大《ばくだい》な時間とお金がかかるでしょ。鈴が整形手術のために失踪《しっそう》してたのは、冬から夏までだから、確か半年くらいかな。たったそれだけの期間で、完璧な双子ちゃんになんてなれないって」

失踪という言葉に、由里枝は内心頭を抱えた。詩音もそうだった。大学一年生の正月明けに突然家出し、別人の顔になって帰ってきたのは八月のお盆前だった。今回、娘が行方不明になったと騒いだのに警察に取り合ってもらえなかったのも、詩音に家出の前科があったからだ。

今朝温子から電話をもらうまで存在も知らなかった、馬淵鈴という名の、娘の高校の同級生。彼女と詩音との共通点が、理解が追いつかないほどの速さで増えていく。

「ということは……」温子が蚊の鳴くような声で呟いた。「鈴か詩音ちゃんの、どちらか一人が、二つの家で暮らしていた？」

そう考えるしかない、ということはすでに分かっていた。

詩音が整形した当初から、かすかな違和感はあった。三百万は大金だが、果たして顔を別人に造り替えるほどの大がかりな整形手術を施すのに十分な額なのか、と。闇医者にでもかかったか、実はパトロンのような人がいて、足りないお金を出してもらったか——当時、詳細を語ろうとしない娘を泣きながら問い詰めたものの、詩音は黙って俯《うつむ》くばかりで、結局答えは返ってこなかった。

その点、鈴と詩音のどちらか一方が整形手術を受けるため、二人でお金を持ち寄ったのだとすれば、あの違和感に説明がつく。

電車に飛び込んで命を落とした際、スマートフォンと財布を二つずつ持っていたのもそうだ。整形手術を終えて家に帰ってきた二年前以来、一人の〝娘〟が、二つの家庭で二人の娘を演じていた。だから事故当日も、双方の私物を持ち歩いていた——。

「声は？」

唐突に、温子が叫んだ。二階の住人を気にしてか、すぐに反省したように口元を押さえる。由里枝が目を瞬くと、温子は気恥ずかしそうな口調で質問し直した。

「顔を変えても、声までは変わらないでしょう。もしかして詩音ちゃん、変な喋《しゃべ》り方をしてませんでした？　鈴は……整形して帰ってきてからずっと、かすれ声だったんです。仕事で酒焼けしすぎて上手く声が出なくなった、もしかしたら手術の後遺症もあるかも、なんて言って」

温子の隣で、国保がしきりに頷いている。

ああ、と由里枝は思わず呻《うめ》き声を上げた。まさか、考えもしなかった。あの苦しそうな囁《ささや》き声に、そんな裏の意図があったなんて。

「うちの子は……ストレスで声が上手に出なくなったと言っていました。もともと音大が肌に合わなくて、一年生の夏休み明けから休学していたんです。元から口数も少なくて、大学に行かなくなってしばらくは私との会話もほとんどなくなっていたので……声のことを報告されたときも、いつからそうなっていたのかさっぱり……」

「どっちの家でもぼそぼそ喋って、わざと違いを隠してた、ってことか」

国保が合点したように言った。

由里枝と温子は顔を見合わせ、そろって黙り込む。

雑然としたリビングのどこかで、時計の秒針が小さく音を立てていた。掛け時計は見当たらないが、小さな置時計でもあるのだろうか。そのリズムに重ね合わせるようにして、一人娘の詩音と過ごしてきたこれまでを思い返す。

プロのピアニストを目指して、幼い頃からひたすらに練習させてきた。由里枝自身が叶《かな》えられなかった夢を、娘に託していた。二つ目の滑り止めだった音大に入学してすぐ、詩音は大学を休みがちになった。秋には休学届を出した。年明けには突然姿を消し、半年後に別人と化した姿で戻ってきた。その間メールでの連絡は取れていたが、居場所は教えてもらえなかった。整形して家に帰ってきてから詩音は明るくなったものの、ピアノには触ろうともせず、大学にも復帰しなかった。休学届は出したままだ。順調にいけば今ごろ四年生だったはずの娘の時は、一年生の夏休み明けで止まっている。

「だけど……」やっとのことで、由里枝は再び口を開いた。「やっぱり、変じゃないですか。顔も違うし、声もまともに聞いていないのに、私たち二人ともが、自分の娘で間違いないと思い込むなんて」

「最初は信じなかったですよ。でも、子どもの頃の話が全部通じるので……服や持ち物の趣味も変わらないし、何年も前にこのシェアハウスを出ていった人のことや、家の合鍵を植木鉢の下に隠してることもちゃんと知ってたし……」

それはこちらも同じだ、と由里枝は二年前のことを思い出す。整形して半年ぶりに帰ってきた詩音は、昔からの言いつけのとおりに玄関で靴をそろえ、洗面所で手を洗ってからリビングに入ってきた。その際、来客用に用意しているタオルで手を拭《ふ》くことはせず、脇に置いたペーパータオルを使い、こぼれた水滴もさりげなく掃除していた。ただいま帰りました、お母様——声はほとんど出ていなかったものの、三歳の頃に躾《しつ》けたとおりに帰宅の挨拶《あいさつ》をする姿を見て、この子は詩音だと確信したのだ。昔の話題を振ったときだって、彼女の反応に不審なところはなかった。

「あと、うちの場合、目だけは前と似ていましたしね。鈴はもともと可愛《かわい》くなりたい気持ちが強くて、まぶたを二重にする簡単な手術だけは高校生の頃にしてたんですよ」

「俺は許せなくて、怒ったけどね」と父親の国保が口を挟む。

「私はまあ、二重にするくらいならいいかなって……でも顔全部は、さすがにびっくりしましたね。頰骨をこうやって削ったんだとか、耳の軟骨を切って鼻に移したんだとか、何度も怖い話をされて――」

やめてくださいっ、と由里枝は思わず両耳を塞いだ。自分の子であろうとなかろうと、親からもらった顔を傷つけて造り替えるなんて、あまりに受け入れがたい話だった。

テレビを見ていると、整形したと噂《うわさ》のある芸能人がいくらでも出演しているが、みんな似たような目鼻立ちをしている。由里枝は、詩音の元の顔のほうが好きだった。いくら父親似で目が細くても、それがピアニストとしての彼女の個性だった。――そう思っていたのに。

思い出すと、苛立《いらだ》ちが収まらなくなった。向かいのソファに座る温子が口をつぐんでいるのを確認し、ようやく両手を耳から外す。

しばらくして、そちらの家にいた鈴の写真をもっと見たい、と温子が恐る恐る申し入れてきた。鈴じゃなくて詩音です、という無意味な反論はいったん吞み込み、ロック解除したスマートフォンをそのまま手渡す。温子も同じように、カメラロールを開いて由里枝に差し出してきた。

お互いのスマートフォンを交換し、数か月もの時を遡《さかのぼ》って、〝娘〟が写っている写真を探していく。

あまりにも、不思議な感覚だった。

由里枝が詩音の十八の誕生日にプレゼントしたレモン色のロングワンピースを、温子のスマートフォンの画面に映った〝娘〟が着ていた。

働き始めてから自分の稼ぎで購入したと言っていた、と温子は答えた。

去年のクリスマスから年末まで、二週間だけ黒髪に戻ってましたよね、と温子が言った。

そのころ〝娘〟の左頬に大きな赤いニキビができていたことまで、一緒だった。

写真に写る〝娘〟も、由里枝の記憶の中の詩音も、くるぶし丈のワンピースや、ショートパンツとロングブーツの組み合わせを好んで着ていた。

生足を見せたくないなんて言い出したのは、確かにあの夏からだったかもしれません、と温子は神妙な顔で呟いた。

娘たちはもともと、背格好がよく似ていた。身長は女性の平均よりやや高い程度で、体形は細すぎも太すぎもしなかった。

詩音が成人式に備えて伸ばしていた髪をばっさり切った頃、鈴の髪型も突然ショートヘアになった。詩音が新しいアクセサリーをつけ始めると、写真の中の鈴も同じものを身につけた。詩音が高熱を出して家で寝込んでいた時期には、鈴は職場の同僚と国内旅行に出かけたことになっていた。

鈴がシェアハウスの住人たちとの飲み会で酔っ払って二階の踊り場から転落する事件があった頃、詩音も腕にあざを作って足を引きずり、散歩中に神社の階段から落ちたと話していた。

鈴は勤め先の店の控室に簡易ベッドがあるからと言って朝帰りばかりしていた。長期にわたって大学を休んでいた詩音は、毎朝早くから長々と散歩に出かけるのを日課にしていた。詩音は基本的に毎晩家の自室で眠りについていたが、たまに高校の友人の家に泊まりにいくことがあった。また鈴は週七日ペースで仕事か夜遊びかに繰り出していたが、自分や住人らの誕生日には、共用のリビングで行われるお祝いパーティーに参加するため、シェアハウスで夜を過ごした。

慣れとは恐ろしいものだ。別人の見た目をした、中身は自分の娘としか思えない彼女と日々接するうちに、由里枝も温子も、次第に違和感を覚えなくなっていった。二十代に突入した娘は、反抗したり会話を拒否したりしていた難しい年頃を抜け、急に親に対する態度を改めたように見えた。初めはやはり母親として、彼女の整形のことで戸惑ったり、泣いて対立したりしていたものの、娘が親を大切にし始め、ぎこちなくも柔らかな笑顔を取り戻していくにしたがって、わだかまりはいともたやすく氷解していった。

写真を指先でスクロールしながら情報交換していた由里枝と温子は、やがて同じ結論に辿《たど》りつく。

由里枝の娘と、温子の娘は、同一人物だった——。

少なくとも、彼女が電車に飛び込んで死ぬ、二年ほど前からは。

「あの子、どうしてそんなことを……」

ソファの背にもたれかかった温子が、由里枝の膝の上の写真立てを見やり、脱力したように呟いた。遺影に写る〝娘〟を、「鈴」ではなく「あの子」と呼んだことが、温子の自信のなさを表しているようだった。

由里枝の頭の中にも、疑問符が飛び交っている。

自分が二年間生活をともにしていた〝娘〟は、詩音だったのか。それとも、馬淵鈴だったのか。

何のために、そんな綱渡りの二重生活をしていたのか。

なぜ、電車に飛び込んで死んでしまったのか。

そしてもう一人の娘——顔を整形せず、その後どちらの家にも姿を現すことのなかったほうの娘は、いったいどこへ消えてしまったのか。

想像を働かせようにも、分からないことが多すぎて、思考を巡らせ始めた瞬間に壁にぶつかってしまう。そうでなくても、今は頭がひどく混乱していた。まずはこの不快なシェアハウスを離れ、一人になったほうがいい。

「今日は失礼しました。また出直します。お邪魔しました」

長い沈黙を破り、ローテーブルの上に置いたままになっていた詩音のスマートフォンと財布をハンドバッグに入れる。由里枝が憤然として席を立つと、ぼんやりとしていた温子の顔に、瞬時に恐怖の色が広がった。

「あの、柳島さん、警察には……」

「行きませんよ」由里枝は小さく鼻を鳴らした。「こんなバカげたことを真剣に訴えたところで、私が頭のおかしいクレーマー扱いされるだけでしょう。ＤＮＡを調べようにも、もう火葬が済んでいて、鑑定に使える遺品も処分されているとなると、こちらとしては打つ手がないですし」

この家で採取した毛髪から詩音のＤＮＡが検出されたら証拠になるかもしれない、とは考えた。

だがいくらなんでも、このまま馬淵鈴の遺影を手に警察署に飛び込んだところで、それほど大がかりな犯罪捜査にいきなり乗り出してもらえるはずがない。まあ落ち着いてくださいよお母さん、確かに写真で見るとよく似ていますけど、今の時代アプリで加工なんかもできますからね、そもそもあの件は問題なく身元確認の手続きが完了しているんですよ――お役所主義の警察官にそうあしらわれ、面倒そうに追い返されるのが関の山だ。

エメラルドグリーンの写真立てを握りしめ、似た色合いの骨壺を振り返る。この二つを自分の娘のものとして引き取るには、まだ証拠が足りなかった。二人の娘たちをめぐる謎がすべて解け、電車に飛び込んで亡くなったのが馬淵鈴でなく柳島詩音だったという確証を得てからでないと、警察を動かすことはできない。

「ああ、警察沙汰にはしないんですね、よかった……」

「まだ行きません、と申し上げているんです。証拠が見つかったら、正式に動きますからね」

胸を撫で下ろしている温子に、追撃の一言を投げかける。再び恐怖に凍りついたその柔和そうな顔を睨みつけてから、由里枝は遺影を棚の上に戻し、スリッパも履いていない足で玄関へと急いだ。

温子と国保の二人は、見送りにすら出てこなかった。

それまでの態度から予想はついたものの、いよいよ腹立たしい。ローヒールの白いパンプスに足を差し込み、灼熱《しゃくねつ》の屋外に出て数歩進んだところで、由里枝は玄関に日傘を忘れてきたことに気がついた。

目の前の道で立ち止まり、元が何色だったかも定かでないほど黒ずんだ家の外壁を見上げながら、取りに戻るべきかどうか逡巡する。この貧乏臭いシェアハウスに自分の持ち物を置いていくわけにはいかないが、あの二人と再び顔を合わせるのはもっと気が進まない。

腕組みをして佇《たたず》んでいると、不意に視線を感じた。隣の古ぼけたアパートの入り口からだった。この暑いのに、数名の老人が階段に座り込み、飲料缶を片手に談笑している。こちらを窺うように見つめている男は、明らかに表情がとろけていて、頬が赤く染まっていた。見てはいけないものを見てしまった気がして、慌てて視線を逸らす。この人たちはなぜ、平日の午前中から、こんなところで酒盛りをしているのだろう。

きゃはは、と今度は後ろで耳障りな笑い声がした。驚いて振り向くと、奇抜な格好をした若い女性二人が、向かいのアパートの外階段を上っていくところだった。ピンクのレースがこれでもかとあしらわれた、裾が膨らんでいる黒地のミニワンピースに、艶《なま》めかしい黒の網タイツ。頭につけた大きなピンクのリボンや派手な巻き髪や、黒いレースのマスクまでおそろいで、肩から腕にかけては大胆に露出している。成人向けアニメからそのまま飛び出してきたような服装の女性たちは、顔を寄せ合うようにして雑談しながら、アパート二階の外廊下へと消えていった。

異様な地域住民の姿を目の当たりにして、由里枝はようやく、駅から徒歩二十分ほど離れたこのエリアの悪評を思い出した。十数年前に大きな資本が入って綺麗に整備された駅周辺とは違い、古くからの建物や住人がまだ多く残っている。酔っ払い同士の喧嘩《けんか》が起きるなど治安が悪く、小学校や中学校も周りの学区に比べて荒れている。街並みも汚いし、なるべく近寄らないのが吉――そんな噂を、引っ越してきた当初に隣人から聞いたのだったか。大きな商業施設や公園が付近にあるわけでもなく、言われなくても立ち寄る用事などなかったため、今の今まですっかり忘れていた。

見れば、老人たちが入り口で飲んだくれている隣のアパートも、直視するのがためらわれるほど浮世離れした格好の女性たちが入っていった向かいのアパートも、温子らの住むシェアハウスと似たり寄ったりの昭和めいた外観だった。自宅からたった十五分ほど歩いただけなのに、と由里枝は心底憂鬱《ゆううつ》になりながら、老人たちの視線を引き剝がすようにして道を歩き出す。今は一刻も早く家に帰りたかった。どうせ馬淵温子とはこの先も対峙《たいじ》することになるのだから、日傘は折を見て回収すればいい。

どうして私が、こんなことに巻き込まれなければならないのか。

というより、詩音は――。

自宅へと歩く途中、由里枝は何度も道端で足を止めた。電信柱やブロック塀に手をついては休み、倒れ込みそうになる身体を支えた。温子や国保のもとを離れて一人になった途端、今しがた判明したばかりの信じがたい現実が、唐突に、悪夢のように襲いかかってくる。

詩音が――死んだ？

いや、そんなはずはない。それも、自ら死を選ぶなんて。

予兆はどこにもなかった。音大を休学し始めた頃ならともかく、整形という念願を果たしてからの詩音は、日に日に活力を取り戻していた。生活費を出してもらうばかりで申し訳ないから朝ご飯は毎日自分が作ると言い出し、由里枝が促したわけでもないのに、小学生の頃に教えたとおりのレシピでスクランブルエッグを作っていた。日課の散歩の帰りには、由里枝が好きな洋菓子店のケーキや、昔からよく訪れていた近所のベーカリーの特製マフィンをお小遣いで買ってきてくれた。幼い頃から、大人しく、従順で、心根の優しい子だった。失踪する前日には、今年の誕生日のお祝いは何がいいかと由里枝に尋ねてくる健気な一面も見せていたのだ。あんな親思いのあの子が、自殺などするはずがない。

詩音は絶対に、死んでなどいない。

だが――柳島詩音が今もどこかで生きていると主張するのは、すなわち、一つ屋根の下で暮らしていた〝娘〟が詩音ではなかったと認めるということだ。電車に飛び込んで死んだのは、詩音じゃなく、馬淵鈴。つまりこの二年間、由里枝が実の娘だと思い込んで日々接していたあの子の正体も、詩音じゃなく、馬淵鈴。

違う、と由里枝は首を激しく横に振る。別人が娘のふりをしていると気づかないまま、二年間も生活をともにしていたなんて、そんなことが起こりうるはずがない。あの子は私の子だ。柳島詩音だ。世界にたった一人の愛娘《まなむすめ》だ。それ以外の可能性など受け入れられない。ただそうなると、〝娘〟である詩音は一週間前に電車に飛び込んで、すでにこの世の人間ではなくなっていることになり――。

思考が堂々巡りになり、頭を抱えて叫び出しそうになる。これはいったいどういうことなのだ。詩音が死んだとも言い切れない。生きているとも言い切れない。ついこの間まで同じ家で暮らしていたあの子が、実の娘だったのか、その友人だったのかも分からない。何もかもが雲をつかむようで、現実感がない。八方塞がりだ。考えるのを放棄したいのに、やめられない。

一週間前、あの子が『探さないでください』という書き置き一つ残して姿を消したときも、激しい混乱に襲われた。あれほど母娘仲良く暮らしていたのになぜ、一言も相談せずになぜ、と。誘拐などの犯罪に巻き込まれたのではないかと疑い、警察にも話した。それくらい、原因に心当たりがなかったのだ。電車への飛び込みなどという結末は、予想もしていなかった。あの子が自ら、命を絶っていたなんて。

「そんなわけがないのよ……そんなわけが……」

口の中で繰り返し呟きながら歩いた。詩音は死んでなんかいないし、あの子は詩音だったに決まっている。そう無理やりにでも思い込もうとする。矛盾が生じることは分かっている。馬淵温子は十中八九、人を騙せるような人間ではない。それでも脳は拒否反応を示し続けている。今日知ってしまった馬淵鈴という娘の同級生の存在を、懸命に頭から追い出そうとしている。

行きは迷わなかった道を幾度も間違え、ようやく自宅に帰りついた。

全館空調の家は涼しいが、由里枝一人が寝起きするには広すぎる。よろめきながらリビングに入り、一番近くにあったグランドピアノの椅子に腰かけると、華々しい未来へ突き進んでいた頃の詩音がまぶたの裏に蘇《よみがえ》った。美しく背筋を伸ばし、しなやかな音の糸を紡ぎ出していた娘。私の夢をあと少しで叶えてくれそうだった娘。心身ともに疲れ果てた由里枝は、閉まったままの黒い蓋の上に突っ伏し、流れる涙と汗を、手の甲でただ受け止める。

どれくらいの時間が経《た》っただろう。

由里枝は重い腰を上げ、壁際の電話台へと向かった。固定電話の受話器を取り、夫の職場の番号に発信する。

電話に出た女性社員に柳島誠《まこと》の妻である旨を告げると、すぐに取り次いでくれた。予想したとおりの不機嫌そうな声が、耳に飛び込んでくる。

『こんな時間にどうした。職場に電話されても困るって言っただろ。もうすぐ昼休みなんだから、そのときにしてくれよ』

四年前に転職してからというもの、夫は勤務時間中の妻の電話に不寛容になった。私用の携帯にかけても、業務を言い訳に折り返しすらしてくれないため、こうして会社の固定電話にかけるしかない。前職の大手通信会社にいた頃は、仕事中に暇になるとすぐ『今日の晩飯は？』などと電話をかけてきていたくせに、つくづくひどい変わりようだ。業種も規模も異なる会社で、それだけ仕事のストレスが溜《た》まっているのだろうが、棘《とげ》のある言葉を始終投げつけられてはたまらない。転職後すぐに由里枝のほうから別居を切り出したのも、そんな夫の八つ当たりに我慢ならなくなったからだった。

「それくらい分かってるわよ。大事な話だから急いで電話したんじゃない」

『詩音のことか？』

「ええ、それがね、とてもじゃないけど信じられないようなことになって――」

家出の件はすでに話してあった。今朝、詩音のスマートフォンと財布を預かっているという女性から突然電話をもらってから、詩音か馬淵鈴のいずれか一方が整形して二つの家庭で暮らしていたという結論に至るまでの経緯を、早口でまくし立てるようにして語っていく。

自分でも未だ混乱しているのだから、ところどころ説明が支離滅裂だったかもしれない。喋り続ける由里枝を強引に制止するようにして、夫は『バカ言ってんじゃないよ』と苛立った口調で吐き捨てた。

『お前、頭大丈夫か？　詩音のスマホや財布を善意で届けてくれようとした人の家に乗り込んで、亡くなったばかりの娘さんの遺影を奪って自分の子だと言い張ったって？　ったく、まともな人間のやることじゃないぞ』

「あのねえ……私の話、ちゃんと聞いてた？」

『ああ。あのへんが治安の微妙なエリアだってことだけ同意。一気に開発された駅前と、その奥の地域とでは、地図上で線でも引いたみたいに違う街なんだよな。新興住宅地と昔ながらの下町、というか。だからまあ、そんなシェアハウスがあってもおかしくないだろうなぁ』

「あなたの意見を聞きたいのはそこじゃないのよ。とにかく、あれは見間違いでも私の妄想でもなくて――」

『俺の意見は一つ。詩音の心配はほどほどにしろ。もう子どもじゃないんだし、どうせ男の家にでも転がり込んでるんだろ。で、お前はこれ以上周りに迷惑をかけないよう、精神状態が落ち着くまでは家にこもってろ。いいか、分かったな？』

叩《たた》きつけるような音とともに、電話が切れた。

それでも父親か、となじりたくなる。詩音が高校三年生の頃から別居中とはいえ、たった一人の娘のことは気になるだろうからと気を使って、こちらは逐一報告しているというのに。詩音と馬渕鈴の容姿が同一であることを勘違いだと決めつけるのも、きっと誠自身が、しばらく会わない間に整形手術をして派手な化粧をするようになった詩音の姿を見分ける自信がないからだろう。娘のことを分かってやれるのは、やはり母親の自分だけなのだ。

受話器を置き、そばの壁に力なく背を預ける。

昨日、由里枝は五十歳になった。

別居中の夫からは、もちろん電話の一つもなかった。唯一の同居家族だった詩音が祝おうとしてくれていた誕生日は、自宅で開いているピアノ教室の講師として生徒と接しているうちに、虚《むな》しく過ぎていった。

馬渕温子のスマートフォンに表示されていた、楽しそうな誕生日パーティーの写真が脳裏をよぎる。シェアハウスに出入りしていた〝娘〟は、普段から仕事で忙しくしていたにもかかわらず、自身や母親をはじめとした住人の誕生日を祝うことだけは欠かさなかったという。その証言が、今年のお祝いは何がいいかと由里枝に尋ねてきた詩音の姿と、どうしても重なる。

この二年間、詩音には、娘として所属するもう一つの家庭があった。――そんなことがあっていいのだろうか。

なぜ、と考え始めたときに、由里枝はやはり、あのシェアハウスの住人らの悪意を疑ってしまう。〝普通〟からはみ出した生活を送る彼らには、どこか後ろ暗い部分があるのではないか。そもそもどんな手を使って、うちの娘をあの家に招き入れたのか。割のいいアルバイトがあるとでも言って誘い込み、タダ働き同然で料理や掃除でもさせていたのではあるまいか。あの子の十本の指は、そんなもののために存在するわけではないのに。

由里枝はしばらくの間、グランドピアノを置いても十分に空間的ゆとりのあるリビングで、天井の間接照明を黙って見上げていた。


その夜、由里枝はふと思い立ち、娘の卒業アルバムを探した。詩音の部屋の本棚にあるはずだと思っていたが、高校のものだけでなく、小学校や中学校のアルバムも見つからない。何十冊もの本を手当たり次第に引き抜き、血眼になって捜索したものの、大判でよく目立つはずの卒業アルバムは、家族共用の書庫にも、誠がかつて使っていた書斎にも、どこにもなかった。

どうして、詩音——。

白いカーペット張りの床に、由里枝のか細い声が、跡形もなく吸い込まれていった。

◇

へえ、珍しいね、と先に声をかけたのは、馬淵鈴のほうだった。

窓際の席で静かに外を見ていた柳島詩音が、吹き込む風にセミロングの黒髪をなびかせながら、教室の中央をゆっくりと振り返る。

「鈴、ちゃん？」

「鈴でいいよ」

「じゃあ私のことも、詩音で」

うっす、とおどけて敬礼のポーズを取りながら、鈴が詩音に近づき、目の前の空席に座った。

高校二年生になったばかりの四月下旬、大型連休が間近に迫った水曜日の昼休み。鈴と詩音のほかに、クラスメートは誰一人教室にいない。

「……珍しいって、何のこと？」

「今、体育館に行かずに教室に残ってるのが。優しそうで、頭もよさそうで、誰からも嫌われないだろうなって感じの雰囲気だから」

「私が？」

「そうだよ、詩音が」鈴はショートボブの茶髪に手をやり、人好きのする笑みを浮かべて答える。

「よく言われない？」

「言われなくもない、けど」

藤戸東高校には、昼休みにクラス対抗のスポーツ大会を行う伝統があった。年間を通して六種目を実施する計画で、四月はバスケットボールのトーナメントマッチが毎日のように開催されている。鈴と詩音の所属する二年一組は、男女ともにバスケットボール部員を二名ずつ擁していたおかげで、どちらも見事ベスト4まで勝ち残っていた。今日は、三年生のクラスを相手に、正念場の準決勝が行われている。

詩音が心外そうに唇を曲げ、机に頬杖《ほおづえ》をついた。

「私みたいなタイプは、バスケ自体にあんまり興味なくても、周りの子たちに合わせてクラスの応援に行きそうなのに、ってこと？」

「そうそう、波風を立てないようにさ」

鈴が肯定すると、詩音はいっそう不満げな表情になった。

「私、よく外見で勘違いされるけど……別にそんな性格じゃないよ。わりとマイペースなところもあるし。バスケは、なんというか……見てるだけで嫌なの。だから行かないし、応援もしない」

「見てるだけで？」

「球技はやるなって、昔から親に禁止されててね。体育の授業だけはしょうがないけど、できる限りボールに触らないようにしなさい、って。だから、みんなが楽しそうなのを見てると、本当はやってみたかったのにな、って鬱憤《うっぷん》があふれて止まらなくなっちゃう」

「なんで禁止されてるわけ？」

「突き指しかねないでしょ、って」

「何それ、過保護」

「あ、知らない？　私がピアノやってるの」

入学式とか、卒業式とか、校内合唱コンクールとか、何かあるたびにうんざりするほど伴奏に駆り出されてるけど、と詩音が机の上で十本の指を軽快に動かしながら説明した。しかし鈴はピンとこない様子で首を傾げている。「もしかして、行事、サボってた？」という詩音の問いに、鈴が「ピンポーン」と急に電子音めいた声で答えると、詩音は不意を衝《つ》かれたように、それまでの硬か

った表情を崩した。

「ああ、納得」と詩音が破顔する。「鈴はサボり魔なんだ。今もバスケの応援、面倒だからサボってるんでしょ」

「うわっ、ひどい決めつけ。私だって詩音みたいに、バスケに恨みつらみがあるのかもしれないじゃん？　実は誰にも言えない過去があって、試合を見ただけで過呼吸になっちゃうような、深刻なトラウマがあるとかさぁ」

「……あるの？」

「ないよ」

「ないんじゃん」

「クラスって不思議だね。みんなで空気を読みあって、いっせーのせ、で応援に繰り出した結果、サボり魔と天才ピアニストの二人だけが教室に残っちゃうんだもん」

「あ、サボり魔って認めたね」

「詩音も、天才ピアニストってとこを否定しなかったね」

天才なんかじゃないし、とワンテンポ遅れて詩音がむくれる。可愛い顔、と鈴が声を上げて笑い、詩音がさらに頬を膨らませる。鈴にからかわれるのが満更でもない証に、詩音の目尻はほんの少しだけ下がっていた。

「もしかしてだけどさ」鈴が反対向きに椅子に跨《また》り、詩音の机に身を乗り出す。「球技がダメってことは、六月のバレーボールも『見てるだけで嫌』だし、九月のソフトボールも『見てるだけで嫌』？」

「そういうことになる、かもね」

「バドミントンと卓球とサッカーは？」

「突き指の危険はないかもしれないけど、応援しにいくのはちょっと、気が進まない」

「理由、当ててみようか」

「いいよ」

「死ぬほど運動音痴だから」

「身も蓋もない！」

詩音はギャグマンガの登場人物のように、机に手を滑らせてこける真似《まね》をした。だが、普段はあまりそういうことをするキャラではないようで、その仕草は控えめで、どうにもぎこちない。

「でも、正解でしょ？」

「どうして鈴はそんなに自信満々なの」

「だって見れば分かるじゃん。詩音と私、おんなじ体形だもん。筋肉がなくて、細身で、色白で、身体が硬そうで」

「え、そう？　鈴は運動部じゃないの？」

「私、なぜかよく勘違いされるけど」と鈴が詩音の口調をそっくり真似ながら言う。「残念、バリバリの帰宅部です。週五でバイトしてんの、コンビニで」

「週五！」

「ちなみに詩音、身長は？」

「百六十センチ」

「お、やっぱりほぼ同じだ。私、百六十一センチ」

「一センチ勝った、みたいな顔するのやめてよ」

「だって事実だし」

「言っとくけど私、まだ伸び続けてるので」

「嘘！」

「残念、鈴に追いつく日も近いよ」

二年生で初めて同じクラスになり、まともに言葉を交わすのもこれが最初だというのに、二人の会話のリズムは驚くほど嚙《か》み合っていた。今後のクラス対抗スポーツ大会の応援も全部サボっちゃおうよ、と鈴が詩音を唆《そそのか》し、こうやって同盟を結んじゃえば怖くないね、と詩音が妖しい笑みを浮かべる。

生き別れた双子が運命の再会を果たしたかのように、鈴と詩音はあっという間に打ち解けた。身長も、体形も、足のサイズも、運動が苦手なことやグループでの馴《な》れ合いを好まないことまでも、二人は一緒だった。似ていないのは、顔立ちと、髪型と、化粧の有無と——あとはたぶん、家庭環境くらいだ。

その日、二年一組は男女両チームとも、準決勝で敗退した。どちらか一方だけでも決勝まで行ってくれれば、また昼休みの教室で二人きりになれたのにね、と二人は小声で悔しがった。

それからというもの、鈴と詩音はいつだって、行動をともにするようになった。

鈴がＳＮＳで流行りのダンスを習得したいと言い出せば、昼休みに二人で動きをそろえて練習し、スマートフォンで何十本も動画を撮影した。

詩音が化粧に興味を持ちだすと、鈴が自前のメイク道具一式を学校に持ち込み、女子トイレの鏡の前でマンツーマンのメイク講座を開いた。

学校が休みの日には、鈴のアルバイトと詩音のピアノの練習の合間を縫って、外に出かけることもあった。映画を見て、カラオケに行って、ファミレスで雑談した。ゲーセンでプリクラを撮り、三百円均一のアクセサリーショップでおそろいのブレスレットを買った。高校生女子がカップルや親友同士でやりそうなことは、あらかたやりつくした。

三年生に進級後も、二人はまた同じクラスになった。

そして、あるとき知った。

正反対の家庭で育ったはずの自分たちが、なぜ、これほどまでに惹《ひ》かれあっていたのか——、を。

◇

温子はソファの片隅に沈み込み、ローテーブルの上に置かれた三本のロング缶を見つめていた。

今朝、由里枝が捨て台詞《ぜりふ》を吐いて出ていってからというもの、手足の震えが止まらなかった。ヨースケが昼過ぎに起き出してくるまでは、武流が隣に座り、温子の身体をずっと優しく抱きしめてくれていた。その肌の温《ぬく》もりと、温子を落ち着かせるように彼が時たま呟く「愛してるよ」の言葉に救われた。吐息交じりの声には、彼がかつてバンドのボーカルを務め、一ファンに過ぎない温子を魅了していた頃の魔力が未だ揺蕩《たゆた》っていた。

昼ご飯は武流がコンビニで買ってきてくれ、その後武流の口から事情を聞いたヨースケが、冷蔵庫から発泡酒の缶を三本出してきた。「飲まないとやってらんねえ」が口癖のヨースケに促されずとも、今の自分に最も必要なものが酒であることは分かった。アルコールが血管をめぐり、疲労した脳を甘く痺《しび》れさせ、胸を覆っていた恐怖を身体の外へと押し出していく。

向かいのソファに座るヨースケが、口髭についた泡を手の甲で拭《ぬぐ》い、この三時間で何度目か分からない台詞を口にした。

「いやぁ、あの子は絶対に鈴ちゃんだよ。それ以外考えらんねえ」

「そうよねぇ……私もそう思うんだけど」

「だってさ、こないだみんなでケントの誕生日パーティーしたときも、俺のどぎつい下ネタに腹抱えてゲラゲラ笑ってたんだぜ？　いかにも潔癖そうなさっきの女が育てた生粋《きっすい》のお嬢様だったら、どうひっくり返ったって、そんな耐性つくわけねえだろ。あの息の合った反応は、鈴ちゃん本人じゃないと無理、無理」

「そもそも、うちの可愛い鈴に下ネタを振るなよな」温子の隣に座る武流が、むっとした顔をする。

「そういうのは、行きつけのガールズバーの女の子にでも相手してもらえよ」

「でも鈴ちゃんも同業だったろ？」

「その話は聞きたくない」

武流が拗ねた子どものように顔を背け、ヨースケが呆《あき》れたように肩をすくめる。武流は、ヨースケや温子より十歳年下の四十五歳だ。このシェアハウスの住人のうち最年少は三十六歳のマミだけれど、彼女に次いで若い武流は、温子だけでなく、ヨースケやケントにもよく甘えた態度を取る。

それでいて鈴の死後は、急に父親ぶるようになった。たった今ヨースケに突っかかったのもそうだし、今朝、由里枝に対して明確に宣言したのもそうだ。生前は「あの子は〝みんなの鈴ちゃん〟だから」とシェアハウスの住人に配慮して一歩引いた姿勢を貫き、鈴が高校卒業後に水商売の店で働き始めてからは「あんなのうちの娘じゃない」と激怒して距離を置いていたのが、驚きの変わりようだった。

今から二十二年前、武流のバンドの追っかけをしていた温子が、思いがけなく憧れのボーカリストに言い寄られ、まだ交際とも呼べないような段階で妊娠したのが鈴だった。そのまま籍も入れずに出産を迎えたため、てっきり武流には父親である意識が希薄なのだと思っていたのだけれど、鈴を失って初めて、その自覚が芽生えたのかもしれない。

このシェアハウスの家主であるヨースケは、根っからのリーダータイプだった。一方の武流も、軟弱そうに見えて実は気が強い。そのため、普段から二人きりで会話させると喧嘩に発展することが多かった。特に今は酒も入っている。いつものように緩衝材の役割を果たすべく、温子はさりげなく間に割って入った。

「私ね、本当に後悔してるのよ。鈴のバッグから別の子の持ち物が見つかったからって、親御さんに連絡なんかしなければよかった。せめて、あの人をうちに入れなければよかった。そしたら何も知らずに済んだのに……」

「鈴ちゃんが死んじまったってだけで悲しいのに、こんな意味不明なことになるなんて想像もしないよな。とりあえずさ、俺らも協力して、あいつに全力で立ち向かうから。大事な鈴ちゃんの骨を、あのいかれたババアに奪われてたまるかよ」

ヨースケが力強く励ましてくる。温子は朝から魂が抜けたようになっていたが、ようやくその頼もしい言葉が耳の奥に染み込んできた。武流といいヨースケといい、混乱で我を失いそうなときに、気の置けない人たちがそばにいてくれるのはありがたい。

玄関のドアが開く音と、ただいま、というケントの間延びした声が聞こえてきた。やべ、もうこんな時間かよ、とヨースケがスマートフォンの画面を覗き込んで席を立つ。

「よっ、おかえり。今日もずいぶん早《はえ》ぇんだな」

「相変わらず店長の評判が悪くて、入庫してる車が少ないんだよ。俺もそろそろ辞めどきかな」

リビングに入ってきたケントは、朝ここを出ていったときと同じ、首回りの伸びた白いTシャツにカーキ色のハーフパンツというラフな格好をしていた。勤務先の自動車整備工場のシャッターが常に開け放されていて直射日光が差し込むせいで、趣味のサーフィンに繰り出さなくとも自然と日焼けしてしまうらしく、今すぐにでも海辺を歩き出せそうな服装がよく似合っている。

ケントは、ヨースケが経営する居酒屋の元常連という縁で、五年前からここで暮らすようになった。髭面のヨースケやひょろ長い身体の武流と違い、白い歯と黒い肌のコントラストが際立つ、筋肉質で健康そうな容姿の中年男だ。年齢は、温子とヨースケの三つ下だった。

「俺、そろそろ出勤だわ。ってか、マミはいつまで寝てんだ？　若いからぶっ続けで寝られんのか、羨《うらや》ましい。ちょっと起こしてくるわ」

十九歳年下の女と誰より深い仲になっている優越感を言葉の端々ににじませつつ、ヨースケが二階の寝室へと上がっていった。階段を上る間際に、憔悴している温子の肩をぽんと叩いて慰めるのも忘れない。このシェアハウスでの暮らしが成り立っているのは、常に周りに気を配ることを忘れない彼のおかげだった。

マミはすでに起床して支度を済ませていたようで、すぐにヨースケと連れ立って下りてきた。ヨースケは改めて温子ら三人と言葉を交わしたが、黒いタンクトップ姿のマミは寝起きの不機嫌そうな顔をしたまま、ろくに挨拶もせずに玄関に向かっていく。

表には出さないものの、シェアハウスの一番の新入りであるこの女のことが、温子はあまり好きではなかった。若さを武器に男たちの注目を集め、ちやほやされるのを鼻にかけている気がするからだ。鈴が生きていた頃は、二十歳そこそこの鈴と自分を同じ若者として一括りにし、その母親である温子をおばさん扱いするような発言もよくしていた。三十六歳という彼女の年齢だって、世間から見れば決して若くはないのに、呆れたことだ。

マミはヨースケが経営する居酒屋で働いている。雇われたのは三年前で、ここに住み始めたのはそれから三か月後くらいだったろうか。住人が立て続けに二人抜け、女が温子と鈴だけになったのをきっかけに、ヨースケがマミを連れ込んだのだった。

二人が居酒屋へと出勤していくと、ケントが冷蔵庫から缶チューハイを取り出してきて、先ほどまでヨースケが座っていた位置に腰を下ろした。「今日は昼から飲んでたの？　珍しい」と複数の空き缶を横目に尋ねてくるケントに、武流がこれまでの経緯を説明する。

「俺が一日働いてる間に、そんなことになってたとは……」

長い話を聞き終えたケントは、缶チューハイを片手に持ったまま、棚の上の鈴の遺影を見やり、小さなため息をついた。

「ってことは、玄関にある黒い日傘は、その女の人の忘れ物だったんだな」

「あれ、置きっぱなしになってた？」

「うん。バーバリーっぽい柄の縁取りがついてたから、マミがまたどっかでパチモンでも買ってきたのかと思ったら、ありゃたぶん本物だな」

高級品に縁のない温子でも知っているブランドとなると、相当値が張るのだろう。バッグや財布だけならともかく、日傘までハイブランドで固めている柳島由里枝という母親は、やはり自分とは別世界に住む女性のようだった。

劣等感と反感とが、温子の胸の内で綯《な》い交ぜになる。

「そうだ、その――柳島、だっけ？　名前を聞いて思い出したんだけど、ここから駅まで歩いていく途中に、いかにもお金持ちが住んでそうな豪邸があるよな？　玄関のドアのところに、高級ホテルみたいな巨大なシャンデリアが覗いてて……あとは道に面してるお洒落な出窓のカーテンが、わざと見せつけるようにいつもちょっとだけ開いてて、グランドピアノのあるリビングが見えてさ」

「大きなシャンデリアがあるおうちというと、確か、一番駅に近いあたりの？　その家は分かるけど、グランドピアノなんてあったかしら」

「ちょっと覗き込むと見えるんだよ。俺、子どものころ建築士になりたいと思ってた時期もあったから、今でも独特なデザインの家があるとつい観察しちゃうんだけどさ。確か門のところに、柳島なんたらって書いた表札と、音符のイラストつきの小さな看板がかかってた気がして」

「ああ、その看板なら俺も見たことある！　なんと、あの家の奥さんだったのかぁ」

武流が同調し、「困ったな、あれは本物の金持ちだ」と苦々しい表情を浮かべる。由里枝が雇った弁護士や調査員が分厚い鞄《かばん》を携えてこの家を訪ねてくる図が脳裏をよぎり、温子はいっそう陰鬱《いんうつ》な気分になった。

「ピアノ教室講師って書いてある名刺をもらったけど、自宅で教えてたのね」

「あれだけ立派な家なら、家にいくらでも生徒を呼べるだろうな」

「でもピアノはリビングにあるんだよね？」と武流が首を傾げる。「生徒も弾くし、音大生の娘も練習するとなると、だいぶうるさそうだけどな。そんなんじゃ、落ち着いてコーヒーも飲めないよ」

「そこは金持ちだからさ、別に防音室か何かがあって、小さいのがもう一台置いてあるんじゃないか？」

「ああ、そういうことか。グランドピアノはほとんどお飾りってわけね」

ケントの予想に、武流が腕組みをして大きく頷いた。「そんな家の子と、鈴がどうして……」と温子の唇から疑問がこぼれ、場に束《つか》の間《ま》の沈黙が訪れる。

今朝、由里枝が出ていってすぐ、武流とともに二階の部屋に戻り、鈴の高校の卒業アルバムを探した。音大の学生証は由里枝に返してしまったため、詩音の元の顔立ちが分かる写真を確保しておこうと思ったのだ。

シェアハウスの部屋数は限られているため、温子と鈴は普段から同じ部屋に私物を置いていた。それなのに、いくら探してもアルバムの類いは見つからなかった。思い返してみると、ずいぶん前から見かけた記憶もない。温子の知らない間に、鈴が処分してしまったとしか考えられなかった。

「不思議な話だなぁ。でもさ」

ケントが日焼けした膝に両手を置き、温子の目をまっすぐに見つめてきた。

「俺の意見を言わせてもらうと……鈴ちゃんはやっぱり、鈴ちゃんだったと思うよ。反対してた武流の前ではちょっと言いにくいんだけど、夜のお店であれだけ稼ぐのって、鈴ちゃんみたいに要領がよくて愛嬌《あいきょう》もある子じゃないと難しいと思うんだよな。自分がなりたい顔になるために貯金をはたいて整形した後も、みんなで使うテレビやダイニングセットをぽんと買い替えてくれたり、あっちゃんの家事の負担が減るように、お鍋のセットをプレゼントしてくれたりしてたろ？　仕事の内容といい、俺らの生活を少しでも支えようとする心がけといい、グランドピアノのある豪邸で何不自由なく育ったお嬢様には、さすがに無理なんじゃないかなぁってさ」

「ヨースケも同じようなことを言ってた。潔癖そうな親の子だから、って。そうよね……そんなことで判断するのも変な話だけど、やっぱりあの子は鈴よね」

「その愛嬌を、もっと真っ当な仕事で生かせばよかったのになぁ」

自分が長年無職であることを棚に上げて、武流が唇を尖《とが》らせる。

武流が念願のメジャーデビューを果たせないまま、メンバーとの仲がこじれて失意のうちにバンド活動を引退した後、今に至るまで彼の生活費を出し続けているのは温子だった。整形後に温子との仲を修復してからは、武流が働かない分、鈴も立派な大人の一員として、家計を支えてくれていたのだ。

そう――ケントの言うとおり、あれも鈴が鈴である証拠の一つに違いない。仮に柳島詩音がいつの間にか鈴に成り代わり、自分たちの家庭に忍び込んでいたのだとしても、赤の他人である温子や他の住人たちに、あそこまで尽くす義理はないはずなのだ。

「ヨースケも言ってたんなら決まりだな。俺たちと暮らしてたのは鈴ちゃん本人だった、ってことで。その柳島っておばさんが言いがかりをつけてるだけだよ。心配しなくても、鈴ちゃんのお骨を持っていかれるようなことにはならないって」

「だけどね、あの子がこの二年間、どちらの家にも出入りしてたことは確かなのよ。写真も同一人物としか思えなかったし、足を怪我《けが》した時期や、ほっぺたにニキビができたタイミングまで一緒だったし……」

「どこかに消えてしまった豪邸育ちのお嬢様の分まで、なぜか鈴ちゃんが二人の人生を掛け持ちしてたってことだよな。しかもその状態で自殺してしまったと」

うーん、とケントが鼻の頭にしわを寄せて考え込む。温子だって、鈴がまだ生きている望みを持ちたいのは山々だけれど、母親としての勘を信じるなら、やはりそう考えるしかなかった。

「ねえ、あっちゃん、なんか思い当たることあったりする？」

武流が無邪気な声で尋ねてくる。温子はいったん小さく首を横に振ったものの、すぐに「あ、でも」と口を開いた。

「鈴が電車に飛び込む十五分くらい前に、あの子に電話をかけたことは話したわよね」

「ああ、うん。ランチに誘おうとしたんだっけ？」

「ちょうど隣の駅に出かけてて、デパ地下の食品コーナーのそばを通ったらお腹《なか》が空《す》いてきちゃったから、気まぐれにね。たまには親子水入らずで外食でもしましょう、今家にいるなら武流にも声をかけて一緒に来てね、って言ったのよ。だけど最初の『もしもし』の後、鈴の声がまったく聞こえないことに途中で気づいて……電波が悪いのかなと思って何度かかけ直したんだけど、呼び出し音が鳴るばかりで全然繫がらなくて、そしたら何回目かに――」

「警察官が電話に出たってわけか」

ケントが沈痛な面持ちで言葉を引き取った。武流が顎に手を当てて唸《うな》り、「それって、本当に電波が悪かったのかなぁ」と呟く。

「私もそう思ったのよ。もしかするとあのとき、鈴はもう、私の電話に付き合えないほどの何かに巻き込まれてたんじゃないか……って」

「ありえそう。だって俺さ、あの日、ランチ行こうって鈴に声かけられてないもん。俺が二階で昼寝してる間に、いつの間にか家からいなくなっちゃってたみたいでさ。あっちゃんが鈴にそんな電話をしてたってこと自体、後から言われて初めて知ったし」

「やっぱり、鈴ちゃんの身に何か非常事態が起きてたのかもな」ケントが難しい顔をして言った。

「で、話を聞く限り……トラブルの原因はなんとなく、あっちの家庭にありそうな気がするよね。俺らはまったく心当たりがないわけだし」

温子と武流は、同時に深々と頷いた。

柳島由里枝は、見るからに神経質そうな母親だった。娘の詩音は音大が肌に合わず休学中で、一時期は親との会話がほとんどなくなっていたとも言っていた。家の前を歩く通行人にシャンデリアとグランドピアノを見せびらかし、近所に出かけるにもハイブランドの日傘を持ち歩き、自身が得意とする音楽の道を一人娘にも歩ませようとしていた教育熱心な母親。具体的に何がそう感じさせるのかまでは分からないけれど、やはり彼女はどことなく、不穏な香りをまとっている。

「元気出してよ、あっちゃん」

隣に座る武流が、こちらに身を寄せ、腰に手を回そうとしてきた。ケントの視線が気になり、そっと距離を取って押しとどめると、武流は不満げに口角を下げ、ローテーブルから発泡酒の缶をひったくるようにして一気に飲んだ。

缶を元の場所に戻した拍子に、そばに置いてあった温子のスマートフォンに武流の手が触れ、画面が点灯する。

時刻はすでに、六時近くになっていた。

朝も昼も何もしなかったのだから、せめて晩ご飯くらいは作ろうと重い腰を上げる。料理は嫌いではないけれど、ミックスベジタブルを入れたカラフルなハンバーグや、砂糖をたっぷり入れた卵焼きを、大人になっても喜んでくれていた娘はもうこの世にいないのだと思うと、途端にやる気が減退するのも、調理中にふと形のない寂しさが込み上げてくるのも、きっと仕方のないことだった。

こんな状態で仕事になんて行けそうにないと、武流の腕の中で泣きながら眠り、気がつくと朝を迎えていた。

衣装ケースの一番上に入っていた適当なチュニックに、職場指定の黒いパンツを合わせる。階下の洗面所に向かい、セミロングの黒髪を一つに括って簡単な化粧をすると、接客業に従事する者として最低限の身だしなみが整った。

それから三人分の朝食を作る。出来上がる頃に、ケントが二階から下りてきた。あと一人分は、いつ起きてくるか分からない武流の分だ。ヨースケとマミは、未明に仕事から帰ってきてこの時間は就寝しているから、食事を用意する必要はない。

鈴もそうだった。朝食に間に合う時間に帰宅しても、低血圧でお腹が空かないからと、そのまま手を振って二階に上がっていってしまうことが多かった。あれは、半分嘘だったのだろうか。体調の問題ではなく、柳島家ですでに朝食を済ませてきていたから、その日二回目の朝ご飯を断っていたのだろうか。

出勤するケントを送り出し、三十分ほどしてから温子も家を出た。立てつけの悪い門を開けて自転車を引き出すなり、向かいのアパートの外廊下の方向から、「男を連れ込むんじゃないよ！」という老婆の怒鳴り声と、ドアを激しく叩く音が響いてくる。今日も朝から元気に、自身の所有する賃貸アパートの見回りをしているようだ。そのせいで入居者の入れ替わりが激しく、家賃も下がる一方となり、たちの悪い酔っ払いや露出の激しい格好をした若い女たちなど、素行の悪い住人ばかりが集まってくる。それに不満を募らせた大家がまた騒ぐ——という負のループに陥っていることに、おそらく本人は気づいていない。

老婆の罵声《ばせい》を聞き流しつつ、温子は自転車に跨って通勤路を辿り始めた。雑然と古いアパートや一軒家が立ち並ぶ街並みが、途中で片側一車線の道路を渡ると一変し、綺麗に区画整理された住宅地になる。

等間隔で植えられている街路樹を掠《かす》めるようにして歩道を進んでいくと、行く手に燦然《さんぜん》と輝く西欧風の邸宅が見えてきた。真っ白な外壁に、三角屋根のついた大きな出窓。ケントのように駅まで徒歩で通勤しているわけではないため、目の前で足を止めてまじまじと見たことはなかったものの、地価が高そうなこの駅前のエリアの中でもひときわ目立つ建物であることは、温子と武流を含む三人全員の記憶に残っていたことからも明らかだった。

自転車のブレーキをかけ、家の目の前で停止する。白い塀のところどころに開いている正方形の穴からは、芝生の敷かれた前庭が見えた。小さな花壇には、色とりどりの花が咲いている。

玄関ドアの上部に半円形の嵌め殺しの窓があり、天井から吊るされた煌《きら》びやかなシャンデリアが姿を覗かせていた。恐る恐る首を伸ばしてみると、ケントの言ったとおり出窓のカーテンが少しだけ開いていて、奥にグランドピアノが据えてあるのが見て取れた。

温子は気後れし、すぐに再びペダルを漕ぎだした。通り過ぎる間際、門柱に掲げられた表札が目に入った。銀色の金属板の上に、『柳島』の文字があり、右隣に黒いテープが貼られている。その下に、『由里枝』『詩音』の名前と、『ピアノ教室Lily』の小さな看板が並んでいた。

黒いテープで隠されていたのは——夫の名前だろうか。

わざわざ名前が消されているということは、当初は一緒に住んでいたものの、あるときからここの住人でなくなったということになる。死別ならこの消し方はしないだろうし、離婚だと由里枝の苗字《みょうじ》が変わりそうなものだから、別居中なのかもしれない。それにしたって、家族構成が変わったのなら、表札ごと取り替えてしまえばいいものを。こういった外観の家に住んでいるお金持ちの女性が、見た目が不格好になるのを分かっていながらあえて夫の名前の上に真っ黒なテープを貼りつけるという行為に、なんだか背中が薄ら寒くなる。

同時に、由里枝ならやりかねないだろうと納得もしていた。昨日突然言いがかりをつけてきたときも、近所迷惑を考えずに金切り声を上げる、鈴の遺影の入った写真立てを胸に抱いて離そうとしないなど、目に余る言動が多かった。防音性の高い家に住んでいて、自分の声の大きさに無頓着《むとんちゃく》になっているだけかもしれないが、裏を返せば、あの豪華な自宅の中ではそれくらいの感情爆発を起こしても特に問題にならないということだ。

夫とは、マイホームを建てた後で別居。

一人娘は、せっかく入った音大をすぐに休学。

由里枝が長年かけて家族を精神的に追い詰めたのではないか、と邪推してしまう。あの激しい性格ゆえに夫との仲がこじれ、また娘が嫌がっているにもかかわらず、厳しく叱咤《しった》してピアノの練習を強いたのではないか。この考えを話せば、由里枝の気性の荒さを目の当たりにした武流や、言い争いの断片を耳にしたはずのヨースケも、きっと賛同してくれるだろう。

そういう女性を敵に回してしまったということが、何より恐ろしかった。彼女がつけてきた言いがかりが、単なる妄想などではなく、とても無視できないような性質のものであると判明したことがさらに、事態をややこしくしている。

朝の日差しを真正面から受けて、額にも背中にも汗をかきながら、温子は線路下の地下道を抜け、自転車を走らせ続けた。

温子の職場であるベビー用品店は、駅の反対側にあるショッピングモールの、そのまた数百メートル先にあった。国道沿いの独立型店舗で、駐車場も広い。

今日は開店三十分前からの早番シフトに割り振られていた。先に出勤していた店長は、腫れ物に触るような態度で温子に接し、「レジはなるべく私がやるから、馬淵さんは品出しと商品整理メインでね」と何も分かっていない指示を出した。娘を亡くして打ちひしがれているスタッフに接客を任せるのは酷だと考えたのかもしれないが、退屈な品出しや陳列した商品の整理を朝から夕方までやり続けるよりは、よそゆきの声を出して少しでもお客さんとやりとりしたほうが、よっぽど気が紛れる。

その不満は、結局口には出せなかった。自分から言い出しておいて、会計ミスでもやらかそうものなら申し訳が立たない。

バックヤードに積み上がっている段ボール箱を次から次へと開け、個包装されたロンパースやベビーシューズを片っ端から店内のハンガーラックにかけていく。その間、黒いテープの貼られた銀色の表札や、レースカーテンの隙間から見えたグランドピアノや、柳島詩音の音大の学生証や、頬骨をドリルで削っただの鼻を高くしただのと武勇伝を披露していた鈴の得意げな表情が、温子の頭の中でとめどなく渦巻き続けていた。

中番の学生アルバイトには、「お悔やみ申し上げます」と丁寧に頭を下げられた。遅番の同じ契約社員には、「涙一つなく働いてすごいわ、『母は強し』とはこのことね」と無神経な称賛を浴びせられた。鈴と同じ年頃の聡明そうな学生や、隙あらば同情を寄せようとする同年代のスタッフから逃げるようにして、温子は夕方五時半にタイムカードを押し、制服代わりのエプロンを外して退勤した。

夕刻になっても、真夏の空は昼間のように明るかった。

再び身体中に汗をにじませつつ、自転車を漕ぐ。西日に両目を焼かれるうちに、何もかもが憎くてたまらなくなってきた。品出しと商品整理に専念するよう命じてきた店長も、口ではお悔やみを言いながら土日シフトと平日シフトの交換を打診してきた年下のスタッフも、死んだ鈴を冒瀆《ぼうとく》するような振る舞いをする由里枝も。こんな暑い日には、彼女があの豪邸から一歩も出ずに、冷房の効いた部屋で優雅に時を過ごしているのだろうことも。

気がつくと、柳島家の前に自転車を停《と》め、門の前に仁王立ちになっていた。

震える指先で、インターホンの四角いボタンを押す。

長い間があり、はい、という由里枝の遠慮がちな声がスピーカーから聞こえてきた。温子が名乗ると、門を入って玄関まで来るようにと案内された。

応答までに間が空いたのは、インターホンのモニターに映った温子の姿を見て、居留守を使おうかどうか迷っていたからだろう。門と玄関ポーチを繋ぐレンガの小道といい、重厚そうな木製のドアにつけられた、波のような曲線を描くアイアンのレバーハンドルといい、目に映るものすべてが温子の来訪を拒否したがっているように思えてきて、腸《はらわた》がいっそう煮えくり返る。

玄関ドアから顔を覗かせた由里枝は、青白い顔に隙のない化粧を施し、黒いノースリーブのワンピースに身を包んでいた。

どうぞ、と彼女は温子を中に招き入れ、背後のドアをぴたりと閉めた。これまではガラス越しにしか見たことのなかった、ピラミッドを逆さまにしたような形のシャンデリアが、頭上で白く瞬いている。

「お渡しした名刺の住所をご覧になって、お越しくださったんですか？」

「いいえ、この家のことは元から知ってたので。仕事に行くとき、いつも前を通るんです」

「あら、そうでしたか」由里枝が目に警戒心を浮かべながら言う。「事前にお電話いただければ、また私のほうから伺いましたのに。お上がりになりますか？　いつもならこの時間は忙しくしてるんですけど、ピアノ教室は今日からしばらくお休みにしましたので、紅茶などでよろしければお淹《い》れしますよ」

由里枝が玄関先での立ち話を避け、入念にドアを閉めたのは、近所の目を気にしてのことだったのだろうと察する。しわの寄ったチュニックに色あせた黒いパンツを穿《は》いた凡庸な女と、互いの一人娘を巡ってトラブルになっていることを、綺麗な庭つきの家に住む近所の住人らに知られたくないのだ。

ひどくバカにされているような気がして、頭に血が上った。来客用と思しき花柄のスリッパを出してきた由里枝に向かって、温子はドアの前から動かずに「ここでいいです」と言い放つ。

大理石調のタイルが敷き詰められた玄関ホールの中央で、由里枝が足を止めた。上がり框《かまち》を挟んで上下に立ち、互いを見つめあう。

「あの、ご用件は？」

由里枝が眉を寄せ、迷惑そうに肩をすくめた。

その瞬間、ベビー服や雑貨を並べながら一日中考え続けていた内容が、温子の喉の奥から勢いよく迸《ほとばし》った。

「昨日のこと、ずっと考えてたんです。あの子はどうして電車に飛び込んだりしたのか、うちだけじゃなくこっちの家にも出入りしてたのか、って。普通なら、鈴は自殺なんかしません。そんな心の弱い子じゃありません。だけど、友達のためだったとしたら、話は別です」

「友達——詩音のため？」

「そうです。鈴と詩音ちゃんは同じ高校の出身でしょう。通っているときも、卒業してからも、たぶん、すごく仲がよかったんだと思います。そんな親友の詩音ちゃんは、ずっとピアノをやめたがっていた。お母さんにも相談したけど、そんなことは許しませんと厳しく叱られるばかりで、無理やり入学させられた音大にも通えなくなるほど、心が疲れてしまった。詩音ちゃんはきっと、鈴にこう言ったんです。『こんな家、出ていってしまいたい』って。鈴はああ見えて根は優しいから、『協力するよ』って答えたはずです。それで、この鳥籠みたいな家から、詩音ちゃんを逃がしてあげたんです」

鳥籠という表現は、真っ白な玄関ホールから連想したものだった。豪勢だが生活感がなく、ここに立っているだけで息苦しい。重い木製のドアを閉め、鍵でもかければ、一生出られなくなってしまうような気がする。こんな場所に日頃から出入りし、由里枝にどんな仕打ちを受けても誰にも助けを求められなかった鈴は、どんなに心細かったことだろう。

「……鈴さんが詩音の身代わりになった、と言いたいんですか？　詩音をかわいそうに思って？」

由里枝が恐ろしいほど静かに言い、片方の眉を吊り上げた。赤い口紅を引いた唇の端が、かすかに痙攣《けいれん》している。

「ええ。だって、詩音ちゃんが家出したと分かると、きっとお母さんが騒ぎ立てて、警察に連れ戻されてしまいますよね。あの子たちとしては、それを防がなきゃならないですから」

「友達の家出に協力するために、そこまでしますか？　整形手術は失敗や感染のリスクが高く、しかもやり直しが利かないんですよ。昼と夜との二重生活を送ることで、自分の人生を犠牲にすることにもなります。いくらなんでも、そんな手段を取るでしょうか」

「鈴はもともと、目のプチ整形をしてました。だから抵抗がなかったんだと思います」

「ありえません。まぶたを二重にするのと、顔全体にメスを入れて造り替えるのとでは、まったく程度が違う話でしょう？　百歩譲って、鈴さんがそうした無茶な提案を善意で持ちかけたのだとしても、さすがにうちの詩音が断るはずです」

「じゃあ……鈴は、詩音ちゃんに脅迫されてたんじゃないでしょうか」

「はあ？」

「親友じゃなくて、いじめっ子といじめられっ子の関係だったかもしれない、ってことです。鈴は中学生の頃から、お酒を飲んだり隠れて煙草《タバコ》を吸ってみたり、ちょっとやんちゃなところがある子だったので、何か弱みがあったのかもしれません。顔を整形するのも、二つの家を行ったり来たりするのも、全部詩音ちゃんに命令されてたんだとしたら、仕方なくやるしかないですよね？　でも、鈴はピアノが弾けません。詩音ちゃんの完璧な身代わりにはなれません。この家に来るたびに、練習しろと怒鳴られて、叩かれて、否定されて、どんどん追い詰められていくうちに、にっちもさっちもいかなくなって、それで電車に――」

「ふざけたことを言わないでください！」

玄関ホールの吹き抜け天井に、由里枝の悲鳴が大きく反響した。

＊

脅迫？　いじめっ子？　命令？　バカなことを。

思い込みが激しいにもほどがある。うちの詩音が――いつも一歩引いた姿勢で、周りに落ち着いた視線を向けていたあの子が、犯罪まがいの手段でクラスメートを支配しようとするはずがない。よりによって、相手は馬淵鈴だ。高校生の頃から髪を明るく染めていた上、入学以前から酒や煙草にも手を出していたとなると、彼女のほうがよっぽど、教室で暴君として振る舞う素質がありそうではないか。

突然自宅に押しかけてきた馬淵温子の言い分は、何から何まで、妄想の産物としか思えなかった。

「そんなことを言いに、わざわざうちに来たんですか」

由里枝が怒りに声を震わせながら尋ねると、温子がこちらをまっすぐ見つめたまま頷いた。

「そうです。だって母親として、鈴を守らなきゃいけませんから。あなたみたいな人に、鈴のお骨も、写真も、取られるわけにはいかないんです」

私はいい母親でした——そう言わんばかりの顔に、苛立ちが募る。相手も自分に対して同じことを感じているかもしれない。だが少なくとも、近視眼的な物の見方しかできないこの母親より、由里枝のほうが理性と客観性を持ち合わせているはずだ。

「結論ありきの主張をするのはやめてください。こじつけですよ。さっきから聞いていれば何ですか、詩音がピアノをやめたがっていたって。憶測で物を語られても困ります」

「でも、柳島さんは、ピアノの先生でしょう。だから娘の詩音ちゃんに、ピアニストを目指させて、音大にまで入れたんですよね」

「ですから、決めつけていませんか？　私が詩音の意思を無視して、虐待のようなスパルタ教育をしていたと」

「……違うんですか？」

「確かに娘には期待していましたよ。幼い頃から地区のコンクールで一位を獲《と》って全国大会に出場したりしていましたからね、かつての私の憧れでもあったピアニストにも手が届くのではないかと、一緒になって夢を見ていた時期もありました。でも練習中に、詩音を怒鳴ったり、叩いたり、人格否定したりしたことはありません。それどころか、直接ピアノを教えてすらいませんよ」

「え、教えてない？」虚を衝かれたように、温子が目を瞬く。「でも、柳島さんは、ピアノ教室を――」

「実の親子が師弟関係を築くのには、時にリスクが伴うんです。成長の過程で、子どもは親に必ず反抗心を抱くときがきます。そうでなくても、親が教えていると、互いに慣れや甘えが出てしまうものです。だから娘には、外部の家庭教師をつけていました。一人で電車に乗れる年齢になってからは、ご高名な先生のもとに通わせるようになりましたね。親が行うのはあくまで金銭的支援のみ、というのがうちの方針です」

途中から、自然と勝ち誇った口調になった。すべて本当のことだ。詩音には多額のお金をかけた。『ぴあにすとになれますように』――今から十六年前、幼稚園に飾られた七夕の笹に吊るされていた娘の壮大な夢を叶えるため、由里枝は監督でなく、彼女のスポンサーかつ伴走者になることを選んだ。

夫を説得し、出費を惜しまず娘に投資することはもちろん、家庭内でも陰のサポートに努めた。学校から帰宅しておやつを食べたらすぐに練習を始められるよう習慣づけを徹底し、漫画やテレビといった誘惑になるものは一切家に置かないようにした。娘の学校の友人から遊びの誘いがあると、こっそり先方の親に電話して事情を話し、丁重に断った。小学校の担任教師とも連携を取り、体育の授業で球技をやる際は、突き指の危険の少ないポジションに娘を配置させた。

詩音がコンクールで上位入賞すると、ご褒美にホテルのレストランに連れていき、デパートで好きなだけ普段着や演奏用ドレスを買い与えた。そして、師事する先生には事あるごとに高価な菓子折りやお酒を贈り、他のどの生徒よりも詩音が目をかけてもらえるよう、遠回しに念を押した。

詩音が長きにわたってピアノと向き合い続けることができたのは、裏方として精力的に働いていた由里枝のおかげだ。その判断は正しかったと、今でも思っている。

「じゃあ……詩音ちゃんは、無理やりピアノをやらされてたわけじゃない、ってことですか？」

「ええ。大きくなるまでピアノを習い続けたのも、進路を決めたのも、全部詩音の意思です」

「だけど詩音ちゃんは、音大を休学してたって……」

「大学に入って初めて、プロの壁が高いことに気づいてしまったんでしょう。ピアノ科の学生の半数以上は附属高校からの進学者で、非常にレベルが高かったそうです。詩音は中学の成績もよかったので、選択肢を広げるためと思って普通科の高校に入学させたのですが、それで練習量が減ったのが仇《あだ》になってしまったかもしれませんね。そのことだけは、大変後悔しています」

普通科の高校で馬淵鈴と出会い、こんな事態に陥ってしまったのだと分かった今、後悔もさらに膨らむというものだ。

温子は納得のいかない顔をしていた。三和土《たたき》に立ったまま、薄汚れた白いスニーカーを履いた両足に目を落としている。

「だけど……休学して家にいるようになった詩音ちゃんと、親子の会話がほとんどなくなってたって、柳島さん自身が言ってましたよね。やっぱり、ピアノのことで厳しく当たって、嫌われてたんじゃないですか？」

「嫌われるだなんて、そんな」温子の不躾な物言いにひどく腹が立ったが、ここは反論に徹することにした。「一時的に気まずくなっただけですよ。まだ入学して半年も経たない頃で、私もすぐには諦《あきら》めきれませんでしたから。さすがにきつく言ったんです。挫折《ざせつ》するにはまだ早い、親にかけてもらったお金を何だと思ってるの、って」

「そのときに、詩音ちゃんの心がぽっきり折れちゃったのかもしれません。もう弾きたくないのに、頑張ってピアノを弾けと言われて。それで家出を決意して、うちの鈴を身代わりに――」

「弾けだなんて言ってません」

「え？」

「そんなにつらいなら、ピアノとはいったん距離を置いてもいいから、座学の講義や副科のレッスンだけでも行って単位を取ったらどう、と助言したんです。気持ちが離れかけているときに、無理にピアノに向かわせるのは逆効果になりかねませんからね。これがそんなにおかしなことですか？」

「おかしくは……ないと思いますけど……」

「結局は詩音の意向により休学せざるを得ませんでしたが、私としては、いつか娘が立ち直ってくれると信じていました。だから家にいる娘の逃げ道をなくすような発言は決してしませんでしたし、ピアノの練習を強制することもありませんでした。それに最近は、もう音大を辞めてもいいとはっきり伝えていたんです。あなたが再び社会復帰することができるのなら、就職でも、一般的な大学への進学でも、どんな道を選んでもいい、お母さんは心から応援するからね、って。するとあの子は嬉《うれ》しそうにして、沿線の大学のオープンキャンパスに行きたいだなんて希望を話してくれるようにもなっていたんです。それなのに――」

話すうちに、目の前のみすぼらしい母親に対する感情が、荒波のように激しさを増し始めていた。

鳥籠みたいな家、と先ほど温子は言った。

どの口が言うのだ。閉鎖的で救いのない家庭に子どもを閉じ込めていたのは、そっちのほうではないか。

「あなた方が、詩音を唆したんじゃないですか？」

「……は？」

「そもそも、うちの娘と同じ高校に合格できるだけの学力があった鈴さんが、高卒で水商売のお店に勤め始めたことがおかしいんですよ。あのシェアハウスは何ですか？　男女が何組も集まって一つ屋根の下に暮らしていることも、来訪者の面前でいやらしくボディタッチをすることも、あなたがパートナーの男性と正式に籍を入れていないことも、まったく普通ではありませんよね。それに、家の中も外も物が散らかっていて、掃除が行き届いているようには到底見えませんでした。温子さん、あなた、家事はされていますか？　パートナーの方も、男性にしてはずいぶん髪が長いようでしたけど、いったい何のお仕事をされているんですか？　十分な収入は得ていますか？　鈴さんは、家計のために働き、家事の負担も余儀なくされる、いわゆるヤングケアラーだったのではないですか？」

「違います！」温子が驚いたように唇を何度か開閉させた。「掃除は、みんな苦手で、ずぼらなだけで……武流は確かに無職ですけど、鈴が夜のお店を選んだのは、若いうちからお金がいっぱい稼げて夢があるし、仕事中にお酒が飲める職業がいいっていう本人の意思で――」

「それが本音だったとは思えません。鈴さんはきっと、自暴自棄になっていたんですよ。父親以外の男性と同居しなければならないことも、その父親と法律上の親子関係を結べていないことも、家事の負担が重いことも、本当は心底嫌だった。だから逃げ出したんです。あの不健全なシェアハウスから。困ったあなた方は、そこで詩音を誘い込むことにした」

「詩音ちゃんを、うちに？　どうしてそんな」

「ヤングケアラーだった鈴さんの穴を埋めるためですよ。きっと、詩音は鈴さんの友人としてそちらの家に何度か招かれたことがあって、元からあなた方と面識があったんでしょう。詩音はピアノの練習一筋で生きてきた子です。音大で挫折を味わった直後というデリケートな時期に、誕生日パーティーだのお酒だの煙草だの、分かりやすい快楽を眼前にちらつかせられたら、どうしたって気持ちが揺れ動くに決まっています。あなた方はそこに付け込んだ。詩音は甘言に釣られてあのシェアハウスに入り浸るようになり、次第に掃除や料理などの家事も押しつけられるようになった。もしかしたら、お酒の席で住人の男性からセクハラ行為を受けて、深い心の傷を負ったりもしたかもしれません。でも後の祭りです。目先の快楽に酔っているうちに休学が長引き、好きだったはずのピアノの道ではもう生きていけなくなってしまった。自分にはもう居場所がない。援助してくれていた両親にも顔向けできない。将来を悲観した詩音は、ある日、衝動的に駅のホームから——」

「柳島さん！」

温子の困ったような声で、由里枝は我に返った。次々と生まれる思いつきを言葉にして送り出すうちに、自分がどこにいて、誰に向かって喋っているのかも、危うく忘れかけていた。

「それじゃ……整形する意味がないですよ。詩音ちゃんの顔のままでいいじゃないですか……」

彼女が自信なげに呟いた言葉に、由里枝は一転して口をつぐむ。

温子の指摘は的を射ていた。この女に一本取られるなんて、と内心歯噛みする。自分もまた、怒りに任せて、支離滅裂な妄想を繰り広げていたということか。

静まり返る白一色の玄関ホールに次に響いたのは、温子の意気消沈した声だった。

「柳島さんの言うとおり……確かに、散らかってて貧乏臭い家だとは思います。でもシェアハウスに住んでる人たちとの間には、何の疚《やま》しい関係もないですし、鈴の友達を騙して傷つけるような悪者もいません。鈴だって、生きてるときはみんなと仲良くしてたんです。夜のお店で稼いだお給料だって、別にこっちから頼んだわけじゃないのに、鈴が進んで家に入れてくれてました。それに甘えてしまっていたのは、母親として恥ずかしいことだったとは思いますけど……」

由里枝にとって、馬淵温子は間違いなく敵だった。

それなのに、温子は嘘をついていない、彼女は本心をさらけ出しているはずだと、頭の中にいるもう一人の自分が囁きかけてくるのはなぜだろう。

どうしても、この不器用そうな母親に、裏の顔があるようには思えないのだった。

赤い光を振りまく夕暮れの太陽が、雲の陰にでも隠れたのか、外が急に暗くなる。壁のスイッチに手を伸ばすと、頭上のシャンデリアが強い光を放ってその存在を主張し、温子が怖気《おじけ》づいたように一歩後ずさった。

不思議だ――と、改めて、今の自分たちの会話を振り返る。

由里枝も温子も、電車事故で亡くしたほうの〝娘〟が自分の子だと言い張っている。整形前の時点で失踪し、現在に至るまで行方不明になっているほうの子だと考えたほうが生存の望みがあるのに、その方向で考えることができないのは、やはり二年もの時を、一人二役を演じていた〝娘〟とともに過ごしてきたからだろうか。

整形前に失踪した段階では、母娘の仲は大いにこじれていた。晴れて関係が上向いたのは、〝娘〟が整形して家に戻ってきた後だ。思春期の延長線上である難しい時期を乗り越えて、ようやく親に心を開いてくれるようになったと思っていた相手は、実の娘だったのか、それとも赤の他人だったのか。

実の娘だ、と思い込まないと救われない。

由里枝も、温子も。

「このまま話していても、議論が平行線を辿るだけでしょう。証拠を集めないことには、答えなんて出るはずがありません」

「証拠、ですか」

「娘たちの思考回路を追うんです。高校時代に二人が出会ってから、片方が失踪し、もう片方が整形して私たちの家での二重生活を実行するまでの。電車に飛び込んだ理由は、いったん脇に置いておきましょう。まずは高校時代の担任の先生にコンタクトを取ってみようかと思いますが、もし話を聞けることになった場合、馬淵さんもご同行されますか?」

「……いいんですか?」

「聞いた内容を私が事後報告する形でも一向に構いませんけど、それだと馬淵さんは納得しないでしょう? 私が自分にとって都合の悪い情報を伏せたり、事実を捻《ね》じ曲げて伝えたりすることもできてしまうわけですから」

先回りして相手の懸念を払拭《ふっしょく》したつもりだったが、温子は口を半開きにして、どこか感心したように頷いている。わざわざ気を利かせたことを後悔しながら、由里枝はリビングにメモ帳を取りに戻り、温子の携帯電話番号とメールアドレスを尋ねた。「鈴さんが亡くなったことは高校に連絡済みですよね?」とついでに確認すると、「いいえ、鈴は先生と仲良くするタイプじゃなかったと思うので……」というか細い声が返ってくる。

これにはさすがに呆れた。高校に死の事実を伝えれば、当時の同級生たちに葬儀への参列を呼びかけてくれたはずだと言い添えたところ、温子は再び口をぽかんと開け、その考えはなかったとばかりに首を縦に振っていた。本当に気が回らない性格のようだ。〝娘〟の正体が詩音だと判明した暁には、親戚も教師も同級生も山ほど呼んで、盛大に葬儀をやり直してあげなければ——と、その様子を見て由里枝は心に決める。

「あの」

帰り際に、温子がふと思い出したように呼びかけてきた。わざと冷たい視線を投げかけると、温子が首をすくめて言葉を続ける。

「電車事故の直前に……私、今からデパートのレストラン街でご飯を食べようって、鈴のスマホに電話をかけたんです。でも途中から、鈴の声が全然聞こえなくなっちゃって。ちょうど緊急事態が起きていたのかも、なんてみんなと話してたんですけど、何か心当たりがあったりしませんか」

由里枝はしばし考えた末、黙って首を横に振った。〝娘〟が電車事故で命を落としたのは、詩音が書き置きを残して姿を消したその日のことだった。家出して以来、自宅にいた由里枝のもとに、詩音からの連絡は一切なかった。

さらにいえば、その前にだって、異変は感じなかった。自分で作った朝ご飯を食卓に並べ、食べ終わると日課の散歩に出ていき、夕方に帰宅して今度は由里枝の手料理を味わう。声をかけあって順番にお風呂に入り、カフェインレスの温かい紅茶を飲みながら他愛《たわい》ない雑談をし、おやすみなさいお母様、いい夢見てね、という囁き声を残して寝室に去っていく。いつもと同じ平穏な一日を終え、翌朝を迎えると、詩音はもういなくなっていた。綺麗好きな詩音らしく、ベッドは丁寧に整えられていて、ミルクティーカラーの髪の毛一本落ちていなかった。

鈴は、詩音。

詩音は、鈴。

温子が力なく一礼して玄関を出ていき、鉄製の門を閉じる音が聞こえた後も、由里枝の頭の中では、二年ものあいだ同一人物となっていた娘たちの名前が、上になり下になり、長く溶け合っていた。

ふと気がつくと、窓の外が真っ暗になっていた。

由里枝はたまらずリビングに駆け込み、固定電話の受話器を取った。

昨日かけたときに小言を言われたことを思い出し、携帯電話の番号をしつこく呼び出す。九回目の発信でようやく電話が繋がり、苛立った夫の声が聞こえてきた。

『おい、連日何だ？　定時を過ぎてるとはいえ、こっちは残業中だぞ』

「今、あの人がうちに来たのよ！　相手の子の母親が」

邪険にされると分かっていても、誰かに愚痴を言いたくてたまらなかった。仕事帰りに乗り込んできた馬淵温子に、由里枝は虐待、詩音は脅迫という事実無根の罪を着せかけられたことを中心に、先ほどの出来事を伝える。

『はいはいはい。だから誰にも会わずに休んでろって言ったろ。二日連続で先方とトラブルを起こしてどうすんだ』

「そうはいったって、今日はあちらのほうから訪ねてきたのよ。用件も聞かずに追い返すわけにはいかないじゃない」

『まあ、お前の摩訶《まか》不思議な主張を真に受けてる時点で、相手の母親もどうかと思うし、虐待だの脅迫だの、言ってることは決めつけが過ぎるけどさ――』

受話口から聞こえる誠の声に、初めて、興味の色が混ざる。

『――確かに、ここ二年くらいの詩音が実は他所《よそ》の子だった、ってのは一理あるかもしれないなぁ。前は俺と会っても絶対に目を合わせようとしないとか、何かにつけて反抗的な態度を取ってたのに、電話で近況を聞く限り、最近はなんだか人が変わったみたいにいい子になってるみたいだったし』

「何言ってるの？　あれは詩音の成長の証よ。整形後に再会した頃はお互い気まずくてたまらなかったけど、この二年で、母娘の距離がほんの少しずつ近づいていったの。その過程を知らないくせに、勝手な想像で物を言わないで！」

『怒るくらいなら俺に連絡してくるなよ』

「別居中とはいえ親なんだから、子どもの情報を把握しておくのは当然の義務でしょう」

『俺はもういいんだよ、そういうのは。生活費は十二分に払ってるだろ？』

「何よ、その言い方」

『詩音が俺のことを嫌いなのは分かってる』

誠が憎々しげに、吐き捨てるように言った。

『だったらこっちも、あいつのことはどうでもいいけどな、って話だ。あれだけリスクを取って仕事をして、相当な金をかけてやったのに、あいつは親の献身を否定したわけだろ。ったく、誰のおかげで何不自由ない生活をしてこられたと思ってんだろうな、あいつは』

「詩音のことをそんなふうに呼ぶのはやめて！」

『じゃあ電話してくるなよ。とにかくお前は頭を冷やせ。そうすればいつか詩音もふらっと帰ってくるだろ。俺は仕事に戻るから、じゃあな』

引き留める間もなく、直後に電話が切れた。無機質な電子音を聞きながら、由里枝は憤然と受話器を置いた。

こちらの言うことを真面目《まじめ》に聞こうとしないだけならともかく、一人娘を突き放すなんて、ひどい父親だ。子どもにいくら嫌われ、反抗され、家出までされようとも、いつか関係修復できる日が来ると信じて辛抱強く待ち続けるのが、親の務めではないのか。

あんな男にはもう頼らない、と心の中で叫ぶ。

馬淵温子には、事実婚のパートナーである国保と、シェアハウスの住人たちという仲間がいる。対するこちらは一人だ。多勢に無勢。それでも、孤独に戦い抜く。

——詩音、待っててね。

まぶたの裏に浮かべた娘の幻影に向かって、由里枝は懸命に呼びかける。こうして娘の姿を思い描くとき、眼前に現れるのは決まって、整形前の彼女のうららかな笑顔と、華奢《きやしや》な背中に垂れるストレートの黒髪だった。

◇

空気を包み込むように曲げられた十本の指が、茶色い板の上を軽やかに走る。

スマートフォンから聞こえる流行りの音楽に合わせて、即興でエア演奏をする詩音の手を、隣の机に突っ伏して顔だけを横に向けている鈴が、眠そうな目で眺めていた。

「なんかさ、すっごい不思議」

鈴が心地よさげにこぼした言葉に、詩音が「何が？」と返す。

「こんな私が、詩音の親友だってことが」

「どうしたの今更」

「ピアノ、本当に上手いよねぇ。指の動きだけでも芸術的。いくらでも見てられるもん」

放課後の三年一組の教室に残っているのは、鈴と詩音だけだった。毎週木曜日は五時間授業であるところ、詩音の母親には六時間授業だと偽って、空っぽの教室を二人占めする至福のひとときを享受している。

鈴に手元を指差されて初めて、詩音は自分の指の動きを認識したようだった。気恥ずかしそうに手を机の下に引っ込め、「小さい頃から刷り込まれたら誰だってこうなるよ」と長い睫毛を伏せる。

「隠そうとしなくていいんだよ、その才能。私と詩音の仲じゃん」

「……才能、なんかじゃないよ」

「だから謙遜《けんそん》は要らないって」

「違う。嫌なの。鈴がおすすめしてくれた曲を楽しく聴こうとしてるだけなのに、いつの間にか鍵盤を意識しちゃってる自分が」

珍しく語気を強めた詩音を前に、鈴が不意を衝かれたように目を瞬いた。真顔になって上半身を起こすと、詩音の目の前に置いていた自身のスマートフォンを回収し、画面の中央に表示されている再生停止ボタンを押す。

冷房の低い運転音が、九月上旬の強い日差しにさらされる教室を支配した。

ややあって、ごめん、と鈴が反省したように首をすくめる。

「もしかして詩音……ピアノ、嫌いだったの？」

こちらこそごめん、と詩音もまた間髪を容《い》れずに返す。これから家に帰るのが憂鬱で気が立ってしまったと前置きしてから、詩音は苦しそうな声で、押し出すように言った。

「嫌いじゃない。むしろ……好きだよ。好きだから、つらいの。私のピアノなんて、人に聴かせる資格も、意味もないのに」

「え、なんで、超絶上手いよ、プロレベル。自信持っていいって」

「技術がどうとかじゃなくて」と、一瞬ためらいを見せてから、詩音が再び口を開いた。「鈴にだけは……話せそうな気がする」

出会ってから一年半の月日が経ち、二人は親友と呼び合う仲になっていた。しかし普段の会話は、女子高生らしい表面的なものが多かった。学校の授業や行事のこと、流行の服やメイクのこと、人気の俳優やお笑い芸人のこと。世間の流行に疎《うと》い詩音に、鈴がスマートフォン片手に動画を見せたり、音楽を聴かせたりする――その果てのない繰り返しが、二人の絆《きずな》を日々強固にしていた。

唯一、自分たちの共通点として把握していたのは、親との関係が良好でないということだった。

「本当うざいよね」「ね、最低」「また喧嘩したわ」「私も」という砕けたやりとりの裏に、いつもほのかに漂っていた不穏な香りを互いに見て見ぬふりしていたのは、教室で二人きりの時間を過ごす喜びに、不用意に水を差したくなかったからかもしれない。

鈴が息を詰めて見守る中、詩音はストレートの黒髪に手をやり、教室の床に目を落として言った。

「うちの父親、このあいだ会社をクビになったんだ。経費の不正請求で」

「経費……の、不正？」

「交通費だとか、出張費だとか、家賃手当だとか、あとは何だろう、飲食代とか単身赴任手当とかかな？　とにかく、会社の仕事をする上でかかった費用や、一部の人しかもらえないような手当を、嘘をついて全部水増し請求して、会社から引き出してたみたい。要は、詐欺《さぎ》をしてたってこと」

「何それ、犯罪じゃん」

「そうなの。だけど警察に逮捕はされてないし、今のところ裁判を起こされてもない。不正にもらったお金を一括で返すことと、すぐに退職することを条件に、会社側が秘密にしてくれたらしくてね。『そりゃそうだ、うちの経理がガバガバだってことを株主に知らしめるようなものだもんな』ってお父さんは笑ってた。大した罰を受けてないから、罪の意識がわかないのかな。お父さんも、お母さんも」

「お母さんも？」

「だって共犯みたいなものだもん。私が親の会話を立ち聞きしちゃって、お父さんがしたことを知って怒ったとき、うちの母親が何て言ったと思う？　『そんな大した額じゃないのよ。それに一部の社員だけを優遇する会社の制度がそもそもいけないの、お父さんはその不平等を個人的に正して有効利用しただけ』だよ。家が遠い人とか、単身赴任中の人とか、出張や接待が多い部署の人とか、賃貸の家に住んでる人とか……そういう社員に会社がお金を多く払うのは、別に優遇してるわけじゃないよね？　普通に考えたら分かることなのに、なんで自分たちの行為を無理やり正当化するんだろう」

「もらえるもんはもらっておけ、くらいにしか思ってなかったのかな。要領よくやって得したもん勝ち、みたいな。まあ、気持ちは分からなくもないけど」

「それにしたって、金額が金額だよ」

「あれ、一括で返せるくらいじゃなかったの？」

「退職するまでに発覚した分はね」

そう口にした途端、詩音の両目が潤んだ。すぐに言葉を続けるも、声が震え、弱々しくなる。

「うちのお父さんは、その会社に二十六年も勤めてた。会社の経理のことはよく分からないけど、不正が明らかになったからって、十年も二十年も前の記録を遡るのはたぶん難しいんだよね？　鈴には話したことなかったけど、築十八年のうちの家、怖いくらい広くて豪華なの。住宅ローンを五年で返し終わったっていうのが両親の自慢なの」

変だよね、と詩音が自分に言い聞かせるように呟く。勤め先が大手企業といっても父親が普通の会社員であることには変わりないし、祖父母はまだ生きてるから遺産が入ったわけでもないし、母親のピアノ教室はほとんど趣味みたいなもので、共働きといえるほど収入があるわけでもないのに。

「あとは、なぜか小さい頃から高級な服やドレスをよく買ってもらったり、ホテルのレストランでコース料理を食べたりしてた。私がピアノを習い始めたのも三歳のとき——今から十四年前のことだよ。家庭教師の先生が、週に三回も四回も家に来てくれてたの。それでめきめき上達して、たくさん出場したコンクールでいくつも優秀な成績を取れたから、小学生の途中からは有名な先生のレッスンに呼んでもらえるようになったわけで……」

「教育費や外食費以外の部分をめちゃくちゃ節約して、メリハリをつけてた、ってことはないのかな」

「私もそう信じたかった。でもね、お父さんを問い詰めようとしたら、お母さんに止められたんだ。『誰のためにお金を掻き集めたと思ってるの？　一番恩恵を受けたのはあなたなんだから、お父さんだけを悪者扱いするのはやめなさい』って」

恩恵、と鈴が驚いたように口の中で繰り返す。

詩音の表情が崩れ、目の端から一筋の涙がこぼれた。

「もしかしたらお父さんは、今後会社に訴えられるかもしれないし、やっぱり詐欺とか横領の容疑で逮捕されて罪を償わなきゃならなくなるかもしれない。だけど私はどうなるの？　父親が裁判を起こされたって、身につけちゃったピアノの技術は消えないよ。過去のコンクールの成績が取り消されることもないよ。お金みたいに『ごめんなさい』って返済できるものじゃないんだよ。うちの両親はちっとも分かってないみたいだけど、正義感の強い娘が父親を軽蔑して大嫌いになった、ってだけの話じゃないの、これは。私はピアノが心から好きで、できれば親の期待に応えてプロのピアニストになりたいと思って頑張ってたのに、気づいたら私の身体はどこもかしこも真っ黒で、ピアノを弾くたびに鍵盤が汚れていく感じがして――全部『恩恵』のせいなんだ！　この十四年間、ずっとピアノしかやってなくて、私にはもうこれしかないのに、私は私のことを、なんにも誇れなくなっちゃった……」

だから、ピアノを弾く資格もない。

意味もない。

だけど敷かれたレールの上を歩く以外の生き方を知らないから、今も親の言うことに従って、音大受験に向けて着々と準備を進めている。そんな自分も、そう仕向けた親も、嫌い。

詩音は勢いよく吐き出すと、貧血でも起こしたかのように、机に両肘をついて顔を覆ってしまった。鈴はしばらく黙っていたが、不意に椅子ごと詩音のそばに寄り、打ちひしがれている親友の黒髪を優しく撫でた。

「なーんか、今更よく分かったよ。私たちがこんなに仲良くなれた理由がさ」

「……何？」

「私、パパが四人もいるんだよね」

詩音が顔を上げ、大きく眉を寄せた。「パパって……お父さんって意味？」と思わず訊き返す彼女に、「そう」と鈴が軽い調子で返す。

「今は四人。三人だった時期も長かったし、一番多くて五人だったこともある。ちなみに、ママはいつも一人だけ。女の人はどうしても恋のライバルになっちゃうから、一緒に住んでても母親としてカウントされることはないみたい」

「ちょっと待って、どういうこと？」

「『ポリアモリー』って言葉、聞いたことある？」

鈴が尋ねると、詩音は呆気に取られたように首を横に振った。「『複数性愛』ともいうらしい」と鈴が辞書を読み上げるようなかしこまった口調で言い、自虐めいた笑みを浮かべる。

「その名のとおりなんだけどね。一対一で交際するんじゃなくて、複数人で付き合う恋愛スタイルのこと。例えば男が三人、女が二人の五人グループだとしたら、男には彼女が二人ずつ、女には彼氏が三人ずついて、恋人をみんなで共有してる――みたいなイメージ？　ごめん、上手く説明できてるか分かんないけど」

「もしかして、鈴がシェアハウスに住んでるって言ってたのは……」

「さすが詩音、話が早いね。そういうことだよ。うちのママ、優柔不断すぎて、好きな男性を一人に絞れない人でね。今は五十一歳の居酒屋店主、四十一歳の元バンドマン、四十八歳の車の整備士、五十歳の郵便配達員の四人と付き合ってるの。あ、黒板に描いたら分かりやすいかな」

鈴は席を立つと、まっすぐに教室の前方へと向かった。わざわざ水色とピンク色のチョークの二本を用いて、シェアハウスに住む男女の相関図を描いていく。上段に『ヨースケ』『タケル』『ケント』『マサノリ』の四人、下段に『アツコ（ママ）』『チアキ』の二人の名を書き、すべての男女の組み合わせを網羅すべく、間に八本の線を引く。

「うわ、ぐちゃぐちゃになっちゃった。余計分かりにくくなっちゃったかも」

「多夫多妻制、みたいだね」

「あー、そんな感じ。『現代の結婚制度には当てはまらない、新しい家族の形なんだ』とか何とか、ヨースケあたりが得意げに言ってたかな。まあ確かにさ、性的マイノリティっていうんだっけ、複数の人を同時に好きになっちゃう心の持ち主はどこかに存在するだろうし、いろんな国で広まり始めてるポリアモリーの理念自体を否定するわけじゃないけどさ……うちの家族をこれに当てはめるのは、だいぶ無理があるかなぁって」

そう言うと、鈴は黒板の相関図に細かい矢印や文字を書き足しつつ、説明を加えていった。

まだ鈴が生まれる前のこと。最初に付き合っていたのは、中学時代の同級生であるヨースケとママだった。

でもママには、ヨースケに話していない趣味があった。ライブハウスを巡り、売れないバンドの追っかけを熱心にしていたのだ。あるとき、タケルという名のボーカルが、音楽活動が行き詰まってお金に困ったと言って、ママとヨースケが同棲していたマンションに転がり込んできた。

気心の知れた同級生と、無職の元バンドマン。二人の男のどちらを選ぶのか、いつまで経っても気持ちが一向に定まらないママに痺れを切らし、ヨースケが当てつけとして自宅に連れ込んだのが、繁華街で声をかけた複数の女性たちだった。

しかし彼女らは、ヨースケより十歳も若いタケルを気に入って、次第に可愛がるようになる。そしてママとヨースケが二人で出かけているときなどに、ヨースケへの嫉妬《しっと》に燃えるタケルを誘惑してたびたび浮気をしたり、性生活の乱れた遊び人の男を招き入れたりするようになった。

それからは、グループ内の異性全員と肉体関係を結んでいいというのが、住人一同の暗黙の了解となった。マンションでは手狭なため、古いが部屋数のある一軒家へと拠点を移し、住人が夜ごとに違う相手を誘いあって二人ずつ寝室に消えていく習慣が自然と根付いた。すべてのペアが両想《おも》いならいい。だがそうとも限らない。それでも彼らは、一晩をともにする相手を探そうとする。時には本命の異性の嫉妬心をくすぐるため、また時には誘いを断られたショックを癒《い》やすため――。

「つまり、〝浮気と嫉妬と遊びの成れの果て〟ってわけ。一部は執念深すぎるし、一部は性への意識が軽すぎだよねぇ。残念ながら、高尚な理念は完全に後付け。誰がどう見てもめちゃくちゃな状況に、たまたま見つけた都合のいいラベルを貼っただけ」

「シェアハウスに住んでいる人の中に、本物の複数性愛者は少ないかもしれない……ってこと？」

「もしかしたら一人もいないのかも。人間に醜い恋愛感情がある限り、理想的なポリアモリーの形なんて、きっとそう簡単に成り立つもんじゃないんだよね。ま、知らないけど」

黒板の図は、いつの間にか糸がこんがらがりまくったようになっていた。鈴が黒板から一歩離れ、「改めて見るととんでもないね」と肩をすくめる。

一方の詩音は、先ほど涙を流したばかりの両目を赤くしたまま、心配そうに鈴を見つめていた。

「さっき、お父さんが四人って言ってたけど……」

「シェアハウスに同居してる大人の男の人の数が、ママの恋人の数であり、私のパパの数でもあるってこと。小さい頃からママに教えられてきたからね、『あなたは〝みんなの鈴ちゃん〟なのよ』って」

「でも……」

詩音が言い淀《よど》む。親友が心の内で考えていることを、鈴は正確に見抜いたようだった。

「やっぱ気になる？　この四人のうち、誰が私の本当の父親なのか」

「まあ、そりゃあね」

「驚かれるかもしれないけどさ、私にとってはまじでどうでもいい情報なんだよね、血の繋がりがあるかどうかって。ママの恋人は全員パパとして等しく扱いなさい、って昔から躾けられてきたせいかなぁ？　それか単純に、私にとって、あの人たちの存在が別に重要じゃないだけかも。だって、私がみんなの子どもってことは、それぞれの親からの愛も分割されて小さくなるし、子どもから見た一人一人の親の存在だって薄まるわけでしょ？　ママでさえそうなんだから、パパは特に……というか、どの人のことも『パパ』なんて直接呼んだことないし……」

そう言いつつ、鈴は黒板に書いた『元バンドマン　タケル』の文字を指差し、「じゃじゃーん、本当のパパはこの人でした！」と発表する。そっか、と詩音が呟いたきり黙り込むと、「ほらそういう微妙な反応になるじゃん」と鈴は朗らかに笑った。

「ねえ、鈴」

「うん？」

「……つらかった？」

「そうだねぇ。だって〝みんなの鈴ちゃん〟って、〝誰のものでもない鈴ちゃん〟って言われてるようなものだもん。実際、わりと放置されて育ったし、一緒に住んでるママ以外の女の人には陰で冷たく当たられることも多かったし」

「鈴の親、最低だね」

「詩音の親も最低だよ。詐欺だの横領だの、しかも子どもに恩まで着せようとしてさ」

「これが、『私たちがこんなに仲良くなれた理由』？」

「じゃないかなぁって」

「シェアハウスの家族のことって、私以外の誰かに話したことあるの？」

「ううん、詩音が初めて。だって恥ずかしいし、絶対に普通の人には理解されないじゃん」

「ありがとう、言ってくれて」

「先に打ち明けてくれたのは詩音のほうでしょ。じゃなかったら私、こんな話する勇気出なかったよ」

鈴が黒板の相関図を消し、前から三列目の席に座る詩音のほうへ戻ってこようとする。

そのとき、すぐそばの廊下から、何かを床に落としたような物音が聞こえた。

詩音が教室の前方の入り口へと視線を向け、大きく目を見張って立ち上がる。

「ちょっと、誰？」

彼女の鋭い声が響くのとほぼ同時に、鈴も表情をこわばらせ、物音がした方向を振り返った。

ほんの少しだけ開いている引き戸の向こうに、床に落としたスマートフォンを慌てて拾い上げ、今にも廊下を走り去ろうとしている人影があった。

第二章

娘《こ》の心母《おや》知らず

毎朝、私はふかふかのベッドの上で、心地よい目覚めを迎える。

スプリングがたくさん入った高級マットレスは効率的に疲れが取れるから、やっぱり夜を過ごすのはこちらの家に限る、と私は思う。

起床するとすぐに綿のパジャマから着替え、整形の細かい粗を隠すために入念に化粧をし、それから階下に移動して朝ご飯を作る。ある日はスクランブルエッグ、ある日はプレーンオムレツ。使ったボウルやフライパンは即座に洗い、水滴がついたシンク周りや油が跳ねたであろうＩＨコンロを布巾で拭っていると、身づくろいを終えた母親が広いリビングに入ってくる。

おはようございます、お母様。感謝していただきます。ごちそうさまでした。お母様、行ってまいります。

決まりきった挨拶だけは丁寧に。その他の日常会話は、友達に話しかけるのと変わらない、砕けた言葉でする。——ああ詩音、今日も美味《おい》しいわ。でもたまには私が作ってもいいのよ。——ううん、生活費を全部出してもらってるんだもん、これくらいやらせてよね。

この家では、常にゆっくりとした囁き声で喋るようにしている。幸いにもここは防音性に優れた高級住宅で、食事中にテレビをつける習慣もないから、母親に訊き返されることはない。

朝食を終えて間もなく、私は日課の〝散歩〟に出かける。今日はどこに行くの、帰宅は何時、という母親の質問には、河原かな、図書館かな、晩ご飯までには必ず、などと曖昧に答えておく。散歩というには長すぎる外出だけれど、それ以上突っ込まれることはない。母親は未だに怖がっているのだ。娘が笑わなくなり、会話もろくになくなった、息の詰まるような日々の再来を。

真っ白な豪邸を後にすると、私は後ろを振り返りつつ、いったん駅に向かう。母親が追いかけてきていないことを確かめてから、住宅街の横道に入り、反対方向に折り返す。そして歩きながら、白いショルダーバッグの中身を入れ替える。馬淵鈴の財布とスマートフォンを底板の上に、柳島詩音のものを下に。

雑然とした小さな前庭を通り、薄汚れた一軒家の玄関を入る。平日だと大抵、こちらの家の母親が疲れた顔で料理をしている。――おかえり。食べないよね？――うん要らない、お腹減ってない。

この家では一転してよく笑い、抑揚のついた早口を心がける。口を開くと自然と、酒焼けしたような嗄《しゃが》れ声が出る。今の生活を始めた当初は、わざと喉を締めつけるように首の筋肉に力を入れて喋っていたのだけれど、始終かすれた声で話し続けると、どうも喉が慢性的に炎症を起こす状態になるらしい。おかげで私の声質は、以前とは丸きり変化している。

目ヤニのついた目をこすりながら階段を下りてきた〝父親〟の一人に、はよー、と明るく声をかけながら二階の自室に向かう。自室といっても母親と共用だけれど、彼女は週五日働いているし、仕事が休みの日の昼間もリビングで恋人たちと戯《たわむ》れていることが多く、部屋で〝寝ている〟私の邪魔をしにくることはない。

睡眠はもう一つの家でたっぷり取ったから、昼間に眠くなるはずなんてなくて、大抵はスマートフォンをいじったり、爪にマニキュアを施したりして過ごす。夜に〝出勤して〟昼に寝る、連絡もなしに何日も帰宅しないことがある、といった乱れた生活をしていても、こちらの母親にはまったく叱られない。〝みんなの鈴ちゃん〟のことを、本気で心配する人はいないのだ。それは悲しいことだけれど、今の私にはとても都合がいい。

もう一つの家の母親に〝散歩〟のたびに持たされる、十分すぎるほどの昼食代やお小遣いの残りは、一か月ごとに茶封筒に入れてまとめ、こちらの家の母親に手渡す。彼氏や友達の家に連泊したふりをして、日中に単発のアルバイトを入れ、その稼ぎを足すこともよくある。〝みんなの鈴ちゃん〟は毎夜遠方の繁華街で働いて、給料の一部を家に入れてくれている――ここの住人らにそう思い込ませるのは、そんなに難しいことではない。


そして夕方、居酒屋勤務の住人二人が仕事に出かけた直後、私もシェアハウスを後にする。赤い西日を浴びながら、ショルダーバッグの中身を元に戻す。柳島詩音の財布とスマートフォンを底板の上に、馬淵鈴のものを下に。

玄関ホールにシャンデリアが燦然と輝く高級住宅に戻ると、母親が腕によりをかけて作った晩ご飯が食卓に並べられる。

いただきます、お母様。ごちそうさまでした。お風呂、先入っていいよ。洗い物はやっておくね。あ、今日は食洗機使うの？

順番にお風呂を済ませ、どちらからともなく、またダイニングテーブルにつく。乳液や美容液で肌を光らせた母親が、電気ケトルでお湯を沸かし、日替わりでホットドリンクを用意してくれる。ある日はカフェインレスの紅茶、ある日はミルクココア。寝る前に温かいものを飲むとよく眠れる、という彼女の方針のおかげで、私は毎晩幸せに眠りにつくことができる。

だけど――その日、母親がホットティーを飲みながら口にした言葉に、私の心は凍りついた。態度に出さないように気をつけながら、私は母親に笑顔を向け、ティーカップを下げてリビングを辞去する。

おやすみなさいお母様、いい夢見てね。

彼女に悪気はないと分かってはいるけれど――私はもう、この家にはいられない。

綱渡りの二重生活は、そろそろ潮時だ。


探さないでください、と書き置きを残し、夜明け前に白い豪邸を抜け出した。

レモン色のロングワンピースが夜風に吹かれ、強くはためき、私を残り一つの我が家へと引っ張っていく。

早足で進みながら、ショルダーバッグに手を突っ込む。馬淵鈴の財布とスマートフォンを底板の上に、柳島詩音のものを下に。念のため捨てないでおくけれど、その配置をひっくり返すことは、きっともう二度とない。

フローリングの床に直置《じかお》きの古いマットレスに身を投げ出して、半日近くが経った昼下がり、枕元のスマートフォンが煩《わずら》わしい振動音を立て始めた。

詩音のものは電源を切ってショルダーバッグに入れたままだから、鈴のものだ。

うつ伏せの状態から上半身をわずかに起こし、画面を見る。『ママ』の文字があった。今日は仕事が休みだから買い物に出かけると言っていた気がするけれど、出先で困ったことがあったのだろうか。冷蔵庫の中身を確認してくれ、とかいう依頼？　何にせよ、手を貸してあげたほうがよさそうだ。

マットレスの上に三角座りをし、スマートフォンの通話ボタンを押して電話に出た。もしもし、と早口の嗄れ声を発すると、にわかに興奮したような母親の声が、途端に耳に流れ込んでくる。

――もしもし鈴、まだ家にいるよね？　デパートの食品売り場に来てるんだけど、今からここの八階のレストランで食事でもしない？　たまには、親子水入らずで……どうかな？　私ね、ちょっと前に鈴に言われて、考え直したの。ポリアモリー、って呼ぶのは正しくないのかもしれないけど、こんな自分勝手な生活をいつまでもしていたら、鈴を悲しませ続けることになるんだなって……遅すぎるかもしれないけど、やっと気づいたの。

私ははっとして、スマートフォンを握りしめた。まさか彼女がそんなふうに心変わりしていたとは思わなかった。確かに半年ほど前に、酔っ払ったふりをして、彼女にさりげなく不満を伝えたことはあった。もっと私を見て、こんなに仲良くなった娘を見て、と。

こちらの家の母親には、思いつきを話し出すと止まらなくなる癖があった。また、声質を誤魔化す努力の結果として喉をつぶしてしまった私は、親との会話の中で無駄な相槌《あいづち》を打たないことが当たり前になっていた。

普段の口下手が嘘のように、母親は一方的に、かつ気恥ずかしそうに喋り続ける。

——実は、近いうちに、シェアハウスを出て本物の家族だけで暮らす、なんてことも考えてたりしてね。そのことを、私たち三人だけでゆっくり話し合いたいなって思ってたのよ。だからね、鈴は今からパパを連れて、一緒にレストランフロアまで来てくれない？　どうせ家にいるでしょ。私はもうデパートにいるから、そのへんで暇つぶしでもしてようかな……って、あれ？　鈴？　聞こえてる？

電話の声を聞きながら、私はマットレスから下り、すでに部屋のドアノブに手をかけていた。隙間の空いたドアの前で、私はスマートフォンを握りしめたまま、階段の下に見えるリビングを見つめ、呆然と立ち尽くす。

耳元では、母親の戸惑ったような声が鳴り響き続けていた。

——鈴？　どうしたの？　大丈夫？　うーん……おかしいな、電波が切れちゃったのかなぁ。

◇

由里枝に指定された待ち合わせ場所は、藤戸東高校の校門前だった。

駅から続く緩い坂道を十分ほど登ったところに、これといって何の特徴もない、経年劣化により薄汚れた白い校舎が見えてくる。部活動などで生徒が出入りして活気にあふれているものと思いきや、広くもなく狭くもないグラウンドはひっそりと静まり返っていた。

よそ者を警戒するように閉じられた校門の前に、黒い日傘に黒いアームカバー、黒いワンピースという出で立ちの柳島由里枝が佇んでいる。

温子はぎこちない動作で、由里枝に向かって一つ会釈をした。こんにちは、と彼女が平板な声で話しかけてきたのを聞き、こちらも慌てて挨拶の言葉を返す。

「あの、柳島さん、これ……」

「わざわざ持ってきてくださったんですね。ありがとうございます」

先日由里枝がシェアハウスに忘れていった日傘を差し出すと、彼女は表面上丁寧に、だけどやや迷惑そうに眉をひそめながら礼を言い、温子の手から日傘を受け取った。ハイブランドの品だからできるだけ早めに返したほうがいいと思ったのだけれど、手渡したばかりの日傘と今差している折り畳み傘をため息交じりに見比べているのを見るに、どうもタイミングを誤ったようだ。

今日持っていくことを事前に連絡したほうがよかったのだろうか、と考える。その一方で、忘れ物を届けてもらっておいてこんな不機嫌そうな態度を取る彼女のほうが失礼だ、とも思う。

「ではさっそくですが、行きましょうか」

「あ、はい」

由里枝が校門を横にスライドさせ、敷地内に入った。門を元通りに閉めようとする温子を待つことなく、ヒールの音を立てながらそそくさと先に歩いていく。彼女の細い背中を追いかけながら、今さら気づいた。由里枝が待ち合わせ場所を駅の改札にしなかったのは、自分と行動をともにする時間を少しでも減らすためだったのだ、と。

温子だって、この神経質な女性とはなるべくなら一緒にいたくない。好んで着る服も、住む家も、会話のテンポも、母親としてのスタンスも、何一つとして合わないのだ。だけど、娘たちの抱えていた真実に近づくためには、これくらいの不都合は我慢しなければならない。自分にはない行動力を持つ由里枝についていけば、きっと手がかりになる情報が手に入るはずだ――温子はそういう意味で、彼女に期待を寄せていた。

職員玄関前に辿りついた由里枝が、インターホンを押す。人気《ひとけ》のない校舎前に、間延びした呼び出し音が響いた。スピーカーからくぐもった男性の声が聞こえてくる。「石川《いしかわ》先生と一時からお約束している柳島です」と由里枝が滑《なめ》らかな口調で告げると、気まずい沈黙の中で三分ほど待たされたのち、ガラス扉の向こうにようやく、銀縁眼鏡をかけた中年男性教師が姿を現した。

「すみません、暑い中お待たせしまして。どうぞ、お入りください」

少なくとも卒業式では目にしているはずなのに、没個性的な担任教師の顔はちっとも記憶に残っていなかった。緊張で身を縮める温子とは対照的に、由里枝は慣れた様子で来客用のスリッパに履き替え、ご無沙汰しております、と声に大げさな抑揚をつけて、さっそく石川と喋り始める。

詩音の在学中にＰＴＡの役員でもしていたのかもしれない、とその姿を見て思う。ご苦労なことだ。そんな面倒臭そうなボランティアは、温子は仕事を理由に、鈴が小学生の頃から一度もやったことがなかった。

「お電話をいただいてびっくりしましたよ。まさかあの二人が……」

「いえいえ先生、こちらこそお忙しいところ申し訳ありません。今日はお時間を取ってくださり本当にありがとうございます」

「それほど忙しくはないんです、今週まで生徒は夏休みですから。期末テスト前で、部活も休みですしね」

「そうですよね、二学期制ですものね」

石川の後について移動する間、温子はすでに会話に置いていかれていた。この高校が二学期制で、期末テストが九月頭にあるということも、記憶が曖昧だった。思い返してみれば、当時思春期真っただ中だった鈴は、学校の話をほとんどしなかった。成績がそこそこよかった中学のときとは打って変わって、2と3が並んだ通知表を部屋で見つけたことはあるものの、指摘したら怒って暴れるだろうと思い、そっとクローゼットの中に戻しておいた記憶が蘇る。

温子らが通されたのは、職員玄関のすぐそばにある小さな応接室だった。椅子に腰かけても、石川と由里枝の滑らかな会話が途切れることはなかった。存在を主張する機会が一秒たりとも与えられないまま、温子は娘たちの元担任教師と、敵対する母親のやりとりに、静かに耳を傾ける。

「それで、お母さん、このことは警察には？」

「相談済みです。でも詩音も鈴さんも、もう二十歳を越えていますから。本人たちの意思で出ていったのなら警察が積極的に動くことはできないと、担当の方にあしらわれてしまって」

「ああ、そういうわけだったんですね。それでお母様方が自ら、娘さんたちの行方を捜している、と。お二人は、以前からご面識があったんですか」

「いいえ、馬淵さんとは今回のことで初めてお会いしました。うちの詩音の私物が鈴さんの部屋で見つかったと、先週お電話をいただいて……」

隣に座る温子に同意を求めるように、由里枝がこちらを振り向く。元担任教師の目にわずかに好奇の色が浮かんでいることを意識しながら、温子は小さく頷いた。

戸籍上、鈴がすでに死んでいることを、石川は知らない。〝娘〟の正体がどちらか確定していない中、高校関係者をいたずらに混乱させるのは避けたいという由里枝の考えで、石川にアポイントを取る際には、鈴と詩音が二人そろって家出したようだと説明したのだった。整形や二重生活の事実も、今のところ、こちらから積極的に伝えるつもりはない。

「お恥ずかしい話なんですが、私たち、娘同士が卒業後に交流を続けるほどの仲だということも知らなかったんです。ね、馬淵さん」

「あ、ええ……鈴の口からは何も」

「それで、高校の同級生ということだけしか分からなかったので、当時のことを聞いて少しでも糸口をつかめないかと、今日は先生にお話を伺いにきたんです。何かお心当たりはありませんか？ああ、いえ、なくてもいいんです、先生の目から見た二人の関係性がどのようなものだったかだけでも、ぜひお教えいただきたくて。そもそも詩音と鈴さんは、高校時代に仲がよかったんでしょうか？」

「おや、ご存じないとは意外ですね」石川が銀縁眼鏡の奥の目を見張った。「僕が知る限りでは、柳島と馬淵は――失礼しました、今は詩音さんと鈴さんと呼びますね――いつも一緒にいましたよ。二人ともお洒落で、なんというか、教室で皆の中心にいるタイプではないものの、他の子たちの視線を密《ひそ》かに集めるファッションリーダーみたいな感じでね。二年生のときから同じクラスだったみたいですし」

「仲のよい友達同士だったわけですね」

「親友、という言葉がぴったりでした。休み時間もだいたい一緒にいて、二人とも帰宅部だったので毎日一緒に下校して。あまりに仲がよくて、他の生徒が入り込みにくく感じるくらいだったんじゃないかな。卒業後も付き合いがあったのは、僕からすればごく自然な印象です。さすがに、お母様方に無断で駆け落ちのような真似をするとは想像もしませんでしたが」

石川の言葉を聞き、これで詩音が鈴を脅していた線はなくなったな、と温子はぼんやりと考えた。二人は正真正銘、高校時代からの親友だった。対等な関係のもと、それぞれの銀行口座にあった全財産を持ち寄った上、一人が姿を隠し、もう一人が整形手術と二重生活に踏み切ったのだ。

「もっと具体的に覚えていらっしゃることはあったりしますか？　例えば、二人がよく話題にしていたこととか」

「うーん、すみません。僕は地理の担当で、二人とも歴史選択だったので、ホームルームや行事くらいでしか接してないんですよね。だから娘さん方が普段何を話していたかまでは、記憶に……」

「詩音と鈴さんはいつも一緒にいたというお話ですけど、必ず二人きりで過ごしていたんでしょうか。親友というほどではなくても、もし他に親しくしていた同級生がいるようでしたら、その方々にもぜひお話を聞きたいんです」

「基本的に、クラスの子たちとは距離を置いている様子でしたね。もちろん目立ったトラブルはなかったはずですが、文化祭や体育祭といった学校行事への参加には消極的でしたし、交友関係はかなり限定されていたのではないかと……あっ、でも一人いましたね。時たま三人グループみたいな感じで仲良くしていた女子生徒が」

「女子生徒ですか。同じクラスの？」

「ええ。珍しく三年生の四月に入ってきた転校生だったんですが……しまった、名前を度忘れしたな。永田《ながた》？　永尾《ながお》？　いや違うか」

石川が腕組みをし、気まずそうに首をひねっている。「あとで当時の名簿を見返せば分かると思います」と呆気なく諦めた元担任教師に、「こちらとしてはほんの小さな情報でもありがたいので、後ほど教えてくださいね」と由里枝が背筋を伸ばして念を押す。

「では、二人が一緒にいたときの様子が分からなければ、それぞれのことでも大丈夫です。先生の目から見て、何か気になることはありませんでしたか」

「気になることは、特に、ねぇ」

石川が困った顔をする。由里枝が濃いアイメイクを施した目で見つめ続けると、真面目そうな物理教師はその容赦のない視線に屈服し、焦ったように再び口を開いた。

「詩音さんは……やっぱり、ピアノのイメージが強いですね。先ほど学校行事には参加しなかったと言いましたが、七月の校内合唱コンクールだけは例外で、自ら手を挙げて伴奏者を務めてくれたんです。本当はクラスにもう一人ピアノを弾ける男子生徒がいましてね、課題曲と自由曲とで一曲ずつ交替する案が出たんですが、確か『音痴だから絶対に歌いたくない』って詩音さんが押し切ったんじゃなかったかなぁ。彼女にそんな弱点があるなんて知らなかったので、僕も驚いたんです。歌が下手《へた》でも、そりゃ、音大には行けるわけですものねぇ」

教師の口から飛び出してきたエピソードがまったくの予想外だったのか、隣に座る由里枝は心なしか顔を赤くしていた。焦ったようにこちらを振り向き、目が合うなりすぐにそっぽを向いてしまう。成績優秀でピアノの才能も卓越した一人娘、という完璧なイメージを温子に植えつけてきただけに、音痴という不本意な情報が突如投げ込まれたことに動揺しているのだろう。

確かに、プライドの高い由里枝の口からは決して語られることのない特徴が明らかになったことで、温子は初めて柳島詩音という娘の友人に親近感を持ち始めていた。

ちょっとくらい隙があるほうが、人間らしくて好ましいではないか。鈴は歌が大好きだったから、もし二人がカラオケに行ったことがあるとすれば、鈴が一人で歌って詩音がタンバリンの演奏でもしていたのかもしれない——そんな微笑《ほほえ》ましい絵面を思い描いていると、悪気のない元担任教師が、今度はこちらに矛先を向ける。

「鈴さんは……ああそうだ、三年生最後の行事だった秋の駅伝大会で、クラスの女子全員でじゃんけんをして代表を決めたところ、負けて選手になってしまいましてね。しばらくは毎朝憂鬱そうな顔をして、学校に姿を見せない日もありましたが、本番はちゃんと三キロの距離を走ってくれましたよ。だけど終わった後に、化粧が崩れて恥ずかしいと言って会場の公衆トイレの個室に立てこもってしまいましてね。結局、他の生徒を先に解散させて、僕と女性体育教師の二人でその場に残り、早く出てくるよう懸命に説得したんじゃなかったかなぁ」

どうしてそういう風変わりなエピソードしか出てこないのだ、と苦笑いしそうになる。しかし、運動も学校も大嫌いだったあの鈴が、じゃんけんで負けた結果とはいえ、クラスの代表として真面目に駅伝大会に参加したのは意外だった。もしかすると、親友の詩音に激励され、その日だけはなけなしのやる気を出したのかもしれない。石川は覚えていないようだけれど、鈴が公衆トイレに閉じこもっている間、きっと詩音も近くにいて、扉越しに教師とやりとりしている親友の身を案じていたのだろう。

きわめて高校生らしい、健全な友人関係に思える。そんな二人がなぜ、一方は姿を消し、もう一方は歪《いびつ》な二重生活を送るに至ったのか。

その問いに直面するとき、温子の胸は必ず、脈打つように痛む。

自分の生き方に、疚しいことなど何もない。

だが、特殊であることは自覚している。

鈴が幼い頃から、口下手なりに、言葉を尽くして説明してきたつもりだった。武流への愛、ヨースケへの愛、他の男性住人への愛、そして娘の鈴への愛を。その努力が、本物の鈴の家出という最悪の形で、今から二年以上も前に失敗に終わっていたのだとしたら。整形後の朗らかな〝娘〟の正体は鈴ではなく、詩音だったのだとしたら――いや、そんなことは考えたくもない。〝娘〟が何らかの原因により自殺している以上、やはり柳島家のほうに、温子には想像もつかないような暗い事情が横たわっているはずなのだ、きっと。

自分の胸に必死に言い聞かせているうちに、由里枝と元担任教師のやりとりは進んでいった。由里枝はその後も様々な角度から問いかけを重ね、石川の記憶を掘り起こそうと試みているようだったが、どの質問も不発に終わった。度忘れした転校生の名前を調べてくると言って、石川がいったん席を外し、温子と由里枝の二人だけが、静寂の漂う応接室に残される。

五分ほどして戻ってきた石川は、事務的な口調で、女子生徒のフルネームを告げた。

「永合《ながい》くるみ、という生徒でした。永遠の永に合理的の合でナガイ、下の名前は平仮名です」

聞き覚えはまったくなかった。由里枝も同様らしく、首を傾げている。

「卒業アルバムで名前を見たような記憶はありますけど……先生、大変お手数ですが、その永合さんに連絡を取っていただくことは可能でしょうか」

「そうしたいところなのですが、卒業後に家庭の事情で電話番号や住所が変わってしまったらしく、僕も一切連絡がつかないんですよ」

あらそうなんですか、と由里枝が気落ちした声で言う。そんな彼女を気遣うように、石川がポケットから私物と思しきスマートフォンを取り出した。

「代わりに、といってはなんですが、今年の六月に教育実習に来ていた卒業生が、ちょうど詩音さんと鈴さんの三年時の同級生でして。橋田《はしだ》桜子《さくらこ》という、女子テニス部に所属していた生徒で、クラス全員と分け隔てなく接していた社交的なタイプなので、詩音さんや鈴さんのことについては僕よりだいぶ詳しいと思います。もしかすると、永合くるみの連絡先も知っているかもしれません。個人情報の関係で、この場で彼女の電話番号やメールアドレスをお教えすることはできないんですが、まずは僕から話してみて、大丈夫ということであれば柳島さんに直接連絡を入れさせる――という形でいかがでしょうか」

藁《わら》にも縋《すが》るような気持ちで、ぜひお願いします、と由里枝と二人して頼み込む。この細い糸を手《た》繰《ぐ》るよりほかに、今の自分たちにできることはなかった。

ごくわずかではあるけれど、一応の収穫を得て、三年半前まで娘たちが通っていた高校を後にする。

行きは校門前で待ち合わせたものの、帰りは途中で別れる口実もなく、由里枝と並んで駅まで歩いた。電車を待つ間、気まずい沈黙を少しでも紛らそうと、温子は隣に立つ由里枝に雑談を振った。

「そういえば、柳島さんの旦那さんって、社長さんかお医者さんなんですか」

「いいえ、会社員ですけど」

「あ、ごめんなさい、あんまりおうちが立派だったので……」

普通の会社員が、あれほど立派な家を建てられるだろうか、と内心首をひねる。よほど給料が高いのか、会社員と言いつつ実は役員なのか。もしくは勤め先がハウスメーカーか何かで、建築費用が相当に安く済んだのか。由里枝は見るからに育ちがよさそうだし、親からまとまった遺産を相続した、というような可能性もあるかもしれない。

結局、それ以上話が続くことはなかった。互いに無言のまま電車に乗り込み、二駅先で降りる。

ショッピングモールのスーパーに寄ってから帰るという由里枝と別れ、温子は駐輪場から自転車を引っ張り出して自宅に向かった。

共用のリビングでは、ヨースケがソファに座って煙草を吸っていた。半ば倒れ込むようにして隣に腰かけると、たった三時間の外出で疲れ果ててしまった温子をいたわるように、彼が太い指をこちらの手に絡めてくる。

「お疲れ」

「ありがとう」

「鈴ちゃんの高校に行ってたんだよな、どうだった？」

「これから、同級生の子を紹介してもらえることになりそう。もしオーケーしてもらえたら、柳島さんに直接連絡が入るって。マミと武流は？」

「上にいるよ」

その言い方からして、たぶん同じ部屋にいるのだろう、と想像がついた。野暮なことは訊かない。自分たちは皆、オープンな関係だ。その日の気分によって、風に吹かれるように、違うパートナーと過ごす。今日の相手は、ヨースケになりそうだった。

身体を密着させ、軽くキスをする。他の住人に見られていないときを見計らい、ヨースケと、武流と、あるいはケントと、束の間の恋人関係を結ぶ。高揚を伴う背徳感には、強い中毒性がある。だからやめられない。かつてファンとしてバンドの追っかけをするほど好きだったけれど、無職で頼りない武流。幼馴染《おさななじみ》のような抜群の安心感があるものの、胸のときめきはそこまで感じないヨースケ。彼らと比べ、何気ない表情や仕草にまだ新鮮味があるケント。誰か一人を選ぶ人生などつまらないし、満ち足りないし、そもそも選べない。選択肢が選択肢のまま存在し続けているシェアハウスの空間は、決めるという行為が苦手な温子にとっての楽園だった。

「ヨースケは最近、マミにご執心なのかと思ってた」

「拗ねるなって。あっちゃんだって人のこと言えないぞ、このごろは武流とばっかりベタベタしてたじゃんか。俺だって、鈴ちゃんのことがあったから気を使ってただけで、あっちゃんをこうして慰めてやりたかったんだぜ」

間髪を容れずに返され、温子はこの二週間の行いを反省した。鈴が死んで最もショックを受けたのは母親の自分で、次が生物学上の父親である武流だと、どうして勝手に思い込んでいたのだろう。このシェアハウスで、娘のことは〝みんなの鈴ちゃん〟として育ててきた。入居年数の短いケントやマミはともかく、鈴が赤ちゃんの頃から父親の一人として振る舞ってきたヨースケは、武流のように分かりやすく態度に示していないわけではないものの、血の繋がった親である自分たちと同じくらい、鈴の死を悼《いた》んでいるはずなのだ。

武流と寄り添いすぎた日々と、これから迎える日々とのバランスを取るように、温子はヨースケと肌を触れ合わせる。

二週間前までの温子は、ポリアモリーという言葉を捨て去ろうとしていた。長年選択肢のままであり続けた彼らをついに一人に絞り、新たな人生を踏み出そうとしていた。同居する三人の男たちでなく、もっと娘の自分を見てほしいと、勇気を出して打ち明けてくれた、鈴のために。

でも、あの子は鈴だったのだろうか。鈴のふりをした詩音だったのだろうか。いずれにしても、彼女がもうこの世にいないのなら、温子が決断を急ぐ意味もない。

ヨースケの顔が迫ってくる。武流にはない口髭が、温子の柔らかい頰を刺す。甘い時間が、心の底に沈殿した大粒の砂を浚《さら》い、たとえ一瞬でも、ままならない現実を忘れさせてくれる。

＊

リーフ型のラテアートの施されたカフェラテが二つ、テーブルに運ばれてくる。

目の前に座る橋田桜子は、黒いベストに金色の名札をつけた店員に礼を言い、次いで由里枝にも丁寧に頭を下げた。

「すみません、これ、ありがとうございます。いただきます」

「いえいえ、お呼び立てしたのはこちらですから」

一杯千二百円からのメニューを前に彼女が戸惑っているのを察し、支払いはこちらが持つと先に断った上で、カフェラテなんかはいかがですか、と勧めたのだった。いくら大学生相手でも失礼があってはいけないと思い、由里枝のほうから高級ホテルのラウンジを指定したのだが、かえって緊張させてしまったかもしれない。

チェーンのカフェか、高価格帯のファミレスくらいにしておいたほうがよかったかしら、と思考を巡らせながら、礼儀正しい女子大生にこれ以上気を使わせないよう、由里枝は先にカップに口をつけた。大きなガラス窓の外では夏の陽が燦々と輝いている。しかしホテルの中は冷房が効いているから、ドリンクはアイスよりホットがちょうどいい。

桜子からメールが届いたのは、高校を訪れた日の夜のことだった。

由里枝との面会を快諾する内容で、『お急ぎでしたら、明後日の午後と、週明け月曜の夕方までは空いています』と候補日まで挙げてくれていた。その文面の印象とたがわず、向かいの一人掛けソファに座る橋田桜子からは、大人びた雰囲気が漂っている。暗い茶色に染めた髪の毛をポニーテールにし、喋るたびに気持ちのいい笑顔で白い歯を覗かせる彼女は、いかにも充実した日々を送る大学生といった様子で、健全すぎて眩しく感じられるほどだった。

比較すまいと思いつつも、一年生の秋から音大に行かなくなったうえ、整形して一昔前のギャルのように変貌を遂げてしまった詩音——〝娘〟の姿が、どうしても脳裏をよぎる。

カフェラテを飲みながら、手始めに世間話をした。藤戸東高校での教育実習の話題を振ると、来年春の卒業時に国語の教員免許を取得見込みだが、すでに一般企業から内定をもらっているため教職に就く予定はない、との答えが返ってくる。大学では文学部に在籍しているらしい。

今日は、馬淵温子には声をかけていなかった。元担任教師の石川に会った際、温子が終始ほとんど口を開かなかったにもかかわらず、最後に教え子を紹介してもらえるという段になって、急に便乗するように頭を下げ始めたのが気に入らなかったのだ。見ていて苛立ちが募るし、どんくさいにもほどがある。自らアポイントを取ろうともせず、いざ連れていっても何の役にも立たないのなら、たとえ抜け駆けを咎《とが》められようとも、次からは事後報告で済ませたほうがよっぽどましだ。

それに、温子がこの場に同席しないほうが、橋田桜子に投げかけられる質問の幅が広がるのだった。

「ではさっそくですけど、本題に入らせてくださいね。今から半月と少し前に、うちの詩音が突然家出をして。どうもね、高校時代に仲のよかった馬淵鈴さんと一緒にいなくなってしまったみたいなの」

「石川先生から聞きました。心配ですね、連絡も取れないなんて」

「橋田さんは、卒業後に二人と会ったことは？」

「ないんです、ごめんなさい。だから今日ここに来るのも、本当に私でいいのか悩んだんですけど……」

「いいのよ、全然。当時のクラスメートの一人として、橋田さんが見聞きしたことをそのまま教えてもらえれば。初めに確認しておきたいのだけど、うちの詩音が鈴さんにいじめられたり、脅されたりしているようなことはなかったかしら？」

「詩音が鈴に、ですか？」桜子が驚いたように目を瞬いた。「それはなかったと思います。ものすごく仲がよさそうだったので。私たち他の女子とはあまり関わらず、いつも二人の世界に浸ってる、って感じで」

石川の話と食い違うところはなかった。詩音と鈴は、二年生でクラスが一緒になってからの二年間、唯一無二の親友として日々を過ごしていたらしい。

「だけど、もう一人、同じグループで仲良くしてた女子生徒がいたのよね？」

「ああ、くるみのことですよね。私もそう思って、直接話を聞くならあの子がいいんじゃないかって石川先生に言ったんですけど、学校では連絡先を把握してないらしくて」

「そうなの、それで橋田さんを紹介してもらうことになって……」

「石川先生から聞いたかもしれませんけど、くるみって、児童養護施設にいたんですよ。連絡が取れなくなっちゃったのは、高校卒業と同時に施設を出ることになって、そのあと携帯の番号やメールアドレスも変えちゃったからじゃないかなぁ、って」

桜子の遠慮がちな言葉を聞きながら、由里枝は何度も頷いた。家庭の事情で電話番号や住所が変わった、という石川の説明をやや不自然に感じていたのだが、そういうことだったのかと得心する。職務上の守秘義務があり、教師の口からはあけすけに語れないため、石川は気を利かせて桜子を紹介してくれたのだろう。

それにしても、詩音が親しくしていた友人の一人があの貧相なシェアハウス出身、もう一人が施設育ちだなんて、入れる高校を間違えたかもしれない。

顔をしかめそうになるのを我慢しながら、由里枝はカフェラテを一口飲み、平静を装って質問を続けた。

「先生からは、くるみさんが三年生の初めに転校してきたということだけ伺っていたのだけど、そちらもその関係で？」

「私も詳しいことはあまり知らないんです。でもたぶん、そのタイミングで保護されて施設に入ったか、もともと暮らしてた別の施設から移ってきたかして、前の高校が遠くて通えなくなったんじゃないかと」

「どちらの施設なのかしら」

「そこまではちょっと……自転車通学だったような気がするので、そう遠くはないと思いますけど」

「彼女の連絡先、橋田さんはご存じ？」

「一応、SNSは繋がってます。高校のときに相互フォローしたままになってて」

携帯の番号やメールアドレスが変更されているなら桜子も連絡手段がないだろうと諦めていたため、彼女の返答に驚いた。由里枝はインターネットに疎い。SNSがソーシャルネットワーキングサービスの略語だという知識はあれど、自らアプリをダウンロードしたこともなければ、実際の画面を見たこともなかった。

「SNSで繋がっていると、メールみたいに、直接連絡が取れたりするの？」

「はい、DM――ダイレクトメッセージが送れます。でもどうかな、私なんかのメッセージに反応してくれるかな」

「くるみさんと、何かトラブルが？」

「あ、そういうわけじゃないんですけど。アカウントを見る限り、ちょっと連絡しづらい雰囲気というか、なんというか……」

カフェラテのソーサーに両手を添えていた桜子が、ハンドバッグからスマートフォンを取り出し、画面を操作し始めた。間もなく彼女がこちらに向けてきた画面には、カラフルなネイルアートを施した指や、黒光りするバーカウンターに置いたカクテルグラスなど、煌びやかな印象の写真が一面に並んでいた。アカウント名は『kurumi_walnut_n』となっている。

「ほら、プロフィール画像が、キャバクラの店内みたいな写真になってますよね。くるみは今、こういうお店で働いてるみたいなんです。最近の投稿にも、『アフター』とか『同伴』とか書いてあったりして……転校してきた頃は眼鏡をかけてて、真面目で地味な印象だったので、詩音と鈴——というか、どちらかというと鈴の影響があったんじゃないかと思うんですけど」

「ああ、そうね、鈴さんでしょうね」

桜子がどこまで把握しているかは知らないが、馬淵鈴も高校卒業後に水商売をしていたのだ、と由里枝の口から言うことはしない。別に鈴や温子の名誉のためではなく、詩音のためだ。高校時代に彼女らと同じグループにいた娘までもが、夜の世界の一員のように捉えられたくはない。

それでも、詩音が整形などという、親への冒瀆ともいえる行為に手を出したのは事実だ。少なくとも、三百万もの大金を出して加担している。音大生の詩音を唆しただけでなく、真面目な子だったという永合くるみの人生まで捻じ曲げるなんて、馬淵鈴の悪影響ぶりは恐ろしくなるほどだ。若者は総じて、危なげで不安定なものに惹かれやすいのだろうか。

馬淵温子が同席していないことで、桜子の本音を聞けるのはありがたかった。やっぱりあの母親に声をかけなくてよかった、と自分の判断を改めて正当化しつつ、由里枝はスマートフォンの画面に視線を注ぐ。

「どこのお店か、というのは、分からないのよね」

「個人情報は全部隠してSNSをやってるみたいですね。載せてる写真も、ほら、ブランド物のバッグとか、高そうな化粧品とか……うわぁ、きっと相当お給料がいいんでしょうね。別世界って感じだなぁ」

桜子は素直に感嘆しているようだった。この子は見るからに育ちがよさそうだ。詩音もどうせなら、馬淵鈴でなく、こういう生徒と仲良くしてくれればよかったのに、と思う。

大変申し訳ないのだけど、と前置きしたうえで、SNS上で永合くるみに連絡を取ってもらえないかと打診すると、桜子は人好きのする笑みを浮かべて承諾してくれた。「高校の頃もほとんど話したことがなかったので、返信がなかったらすみません」と言いながらも、右手の親指を画面上に素早く滑らせ、その場で永合くるみのアカウント宛てにダイレクトメッセージを送信する。石川経由で伝えていた由里枝の電話番号とメールアドレスを記載し、直接連絡するよう促してくれたようだった。

このSNSのページは、念のため、後から馬淵温子にも見せられるようにしておきたい。由里枝のスマートフォンからのアクセス方法を尋ねると、桜子は画面を操作して丁寧に教えてくれた。IDをメモしたほうがいいと言われ、ハンドバッグから手帳を取り出して、プロフィールページ上部に表示されている英文字を書き写す。

「こういうSNSのアカウントって、若い子はみんな持ってるものなの？　たぶん、詩音はやっていなかったと思うんだけど」

「そうですね、詩音は登録してなかったと思います。確か、ピアノの練習の妨げになるからって。

通知の音で集中が途切れるのが嫌なんだ、って」

親の目が届かない場所でも、詩音が自主的に家のルールを守っていたと知り、胸を撫でおろす。馬淵温子は先日、由里枝が虐待まがいのスパルタ教育をしていたと根拠もなしに決めつけて糾弾してきたが、やはり詩音は、あくまで自分の意思でピアノの練習に励んでいたのだ。嫌々やっていたのなら、クラスメートに対してそんな意識の高い発言はしない。

ここにいない温子に対して勝ち誇ったような気分になりながら、「じゃあ、鈴さんは？」と尋ねると、桜子はスマートフォンを操作しながら首を傾げた。

「あれ、高校の頃は繫がってたと思うんですけど……そういえば消えちゃってますね」

「鈴さん自身がアカウントを削除した、ってこと？」

「そうみたいです。フォロワー一覧を見ても全然出てこないので」

「いつからその状態になってたのか、分かる？」

「うーん、高校を卒業した後、夏くらいまではタイムラインに投稿が表示されてた気がするんですけど……でも、ただ単に更新してなかったのか、すでにアカウント自体を削除しちゃってたのか、そこまでは分からないので……」

高校卒業後すぐの夏というと、詩音が音大を休学する直前だ。その後、冬に失踪を遂げ、その次の夏に、整形を終えた状態で帰宅してきた。

桜子がスマートフォンをテーブルに置き、カフェラテのカップを手に取る。ＳＮＳのアプリが開かれたままの画面の中では、顔がほとんど同じに見える若い女性二人が、おそろいの服を着て息の合ったダンスを踊っていた。知り合いかと尋ねると、「いえ、おすすめの投稿が表示されてるだけです。双子ダンス、一部で再流行してるみたいで」と桜子が朗らかに笑う。

おそらくカメラで「盛っている」だけで、本物の双子や姉妹ではないはずだと説明されて驚いた。桜子や娘たちにも、こういう動画を撮るのに精を出していた時期があったのだろうか。由里枝には、ちっともよさが理解できないが。

「すみません、本題に戻りますね。橋田さんはさっき、詩音と鈴さんは二人で仲がよかったと言ってましたけど、永合くるみさんが転校してきてから三人グループになった、ということなのかしら?」

「転校後すぐ、ではなかったです。三年生の夏休み明けくらいからですかね。私たちも意外だったんですよ。くるみは大人しくて、休み時間もいつも一人で読書ばかりしてるような子で。施設出身とかの事情もありますし、てっきり卒業するまで誰とも関わらないつもりなんだと思ってたら、よりによってあの二人と……」

「よりによって?」

「あ、ごめんなさい、言い方が悪かったですね。二年生の頃から同じクラスの私でも、大の仲良しの詩音と鈴が二人でいるところに割って入るなんて、邪魔になっちゃいそうでできなかったんです。それなのに、転校生がよく交ぜてもらえたなぁって」

「相当気が合う何かがあったのかしらね。例えば、趣味が同じだったとか」

「それはあったかもしれません。詩音と鈴って、鈴はメイクが得意でいつも華やかにしてて、詩音はどんな服でも似合いそうな清楚系美人で、教室にいるとけっこう目立ってたんですよね。そんな二人に、くるみはすごく憧れてたみたいです。休み時間にメイクを教えてもらったりもしてましたし、あとは施設にいると好きな服を自由に買えないのか、頻繁に服を借りてたみたいで」

「ファッションが共通の趣味だった、ってことね」

「はい。一度くるみをショッピングモールで見かけたことがあるんですけど、お腹をチラ見せするようなトップスにダメージジーンズっていう、なかなか攻めた格好をしてました。くるみの裏の顔を見ちゃったような気がして、あのときはびっくりしたなぁ……まあ、今となっては、むしろそっちが本当の姿だったのかもしれないなって、思ったりもしますけど」

そんなはしたない服を詩音に買ってやった覚えはないから、貸したのは馬渕鈴だろうと察する。

桜子の話を聞いていると、三人グループと言いつつ、くるみと親しくしていたのは鈴だけではないかと感じてしまう。メイクの練習といい、服の施しといい、同じ水商売の道に進んだことといい。

詩音は、施設で暮らす永合くるみを不憫《ふびん》に思い、空気を読んで仲間に入れてやっただけではないか。きっと、そうに決まっている。

「だけど……」

桜子が言いかけ、不意に押し黙った。由里枝の顔色を窺うように視線を向け、すぐに目を伏せてしまう。

続きを促すべく、由里枝が身じろぎもせずに待っていると、桜子はやがて根負けしたように再び口を開いた。

「私、あの三人が教室で一緒にいるときに脇を通りかかって、何度か聞いちゃったことがあるんです。『どこか遠くに行きたい』って、詩音が言ってました。鈴が『ほんと、早く離れたいよね』って返して、くるみが『うん』って。なんだか、口癖みたいに」

「遠くに……行きたい？」

「私、くるみが二人と仲良くしてもらえたのは、〝孤独〟だったからじゃないかと思ったんです。詩音も、鈴も、あんなにお洒落で可愛いのに、なんとなく近寄りがたいような、陰のある感じで。だから施設育ちのくるみと三人で寄り添って、心の穴を埋め合ってるのかなぁって……あっ、ごめんなさい、私はなんにも事情を知りませんし、勘繰りすぎなのかもしれないですけど」

桜子の証言に、由里枝は言いようのないショックを受ける。

遠くに行きたい、早く離れたい。その言葉は、具体的に何を指すのか。貧乏暮らしの子や、施設育ちの子と、音大への進学を目指していた一人娘が、いったい何に共感しあっていたというのか。

ピアノの練習がよほどつらかったのか。いや、でも音大に入る前までの詩音は、SNSの使用を自主的に控えていたことからも分かるように、ピアノにやりがいを見出《みいだ》していたはずだ。となると、詩音が高校三年生に上がる頃に父親の誠が会社とトラブルを起こし、その後退職に追い込まれたのが原因か。

あのことを詩音に知られたのは、手痛い失敗だった。

娘はひどく怒っていたが、何も誠は巨額の横領をしたわけではない。特別手当の支給や福利厚生の制度が最大限適用されるよう、長年にわたって少しずつ書類を書き換えていただけだ。

日本の大企業は、外資企業に比べて給料を安く抑える代わりに、家賃手当などその他の部分で社員の待遇に差をつける構造になっている。本来なら無条件で適用されるべきそれらの制度をすべて使おうとすると、家を買うタイミングや場所など、人生の重要な選択まで会社に握られることになりかねない。要領のいい誠は、裕福な家で育った妻の由里枝や、ピアノに打ち込んでいる娘の詩音に何一つ不自由をさせないよう、それらの制度上の不公平を先んじて是正していた——ただそれだけのことなのに。

由里枝の父親は、テーブルウェアを扱う中小企業のオーナーだった。自宅の車も、高価な応接セットも、毎週の外食費用も、大抵は会社の経費で落としていた。国が補助金の募集を出したときなどは、「もらえるもんはもらっておけ」と申請書類を誤魔化しているのを何度も見たことがある。なぜ会社員だけがそれを許されず、たった一部が露見しただけで諭旨退職という重い処分を受けなければならないのか、今でも納得がいっていない。

仮に、詩音が潔癖めいた正義感を燃やし、罪を犯した父親のもとを離れたいと願ったのだとする。その場合、〝娘〟はなぜ電車に飛び込んだのだろう。やはり我が家の事情だけでは、娘たちの選択や行動の謎は解けない。鍵を握っているのは、あの怪しいシェアハウスで生活を営んできた、馬淵母娘なのだ——。

桜子のスマートフォンが短く震え、テーブルが振動した。

「あっ、くるみから返信がきました！」

「本当？」

一緒になって、スマートフォンを覗き込む。メッセージ画面に新しく現れた吹き出しの中には、『いや、私に聞かれても。鈴も詩音も卒業してからまったく会ってないし』という、ひどくそっけない文章が表示されていた。

「あらら……すみません、私、くるみに嫌われてるのかもしれませんね。でも意外です、二人と今でも付き合いがあるのはくるみくらいだろうと思ったのに、一度も会わないほど疎遠になってたなんて。まあでも、けっこういますよね、過去の繋がりをあっさり断ち切っちゃう人。教室ではよく喋ってても、卒業したら縁が切れてそのまま、みたいな」

永合くるみと娘たちに限らず、この橋田桜子という同級生と娘の詩音も、そういう関係でしかなかったのだろうと想像する。在学中もほとんど会話していなかったとなると、それ以下か。

「橋田さん、本当に申し訳ないんだけど、高校時代の話だけでも構わないから会ってお話を聞かせていただくか、それも面倒なら直接メールのやり取りをさせてくださいって、もう一度くるみさんにお願いしてもらえない？」

「分かりました、やってみます。でも、あまり期待はしないでくださいね」

図々しい依頼にもかかわらず、桜子は嫌な顔一つせず、再びスマートフォンに素早く文章を打ち込んだ。もともと仕事が早いタイプなのかもしれないが、ここまで躊躇《ちゅうちょ》なくメッセージが送れるのは、桜子にとっても、永合くるみがどうでもいい相手だからなのかもしれない。

くるみからのメッセージは、すぐに返ってきた。

『卒業するときに喧嘩別れしてるから。思い出すのも嫌なの。悪いけどもう連絡してこないで』

冷たさの増した文章を見て、由里枝は思わず、桜子と顔を見合わせる。

「全然知らなかったです、くるみがあの二人と喧嘩別れしてたなんて……卒業するまでの半年くらいとはいえ、三人組で、あんなに仲良さそうだったのになぁ。いったい何があったんでしょうね？」

無邪気に問われても、同級生の桜子に心当たりがないのなら、母親の由里枝に分かるはずがない。

真実に辿りつくどころか、謎が一つ増えたまま、由里枝はテーブルで飲み物の支払いを済ませ、橋田桜子と別れた。

電車に乗って帰宅したのち、由里枝は近隣の児童養護施設を調べて片っ端から電話をかけてみた。

案の定、入居していたかどうかを含め児童の情報は一切答えられないと、どの施設の事務員にもすげなく断られ、調査は暗礁に乗り上げた。

どこか遠くに行きたい――。

直接耳にしたわけではないその言葉が、詩音の綺麗な声で、〝娘〟の囁き声で、夜、ベッドに一人で潜り込んだ由里枝の意識を、眠りに落ちるその瞬間を越えてなお、スマートフォンの煩わしいバイブレーションのように、細かく揺さぶり続ける。

◇

鈴と詩音が、険しい顔をして廊下に走り出る。

拾い上げたスマートフォンを右手に持ったまま、逃げ腰で振り向いた女子生徒は、整った輪郭以外に目立った特徴がない薄い顔に、赤いフレームの眼鏡をかけていた。

ボブカットというよりは、おかっぱという言葉で形容されるべき優等生然とした黒髪が、落ち着かなげに左右に揺れている。

普段クラスメートとの関わりを最低限にとどめている二人も、目の前に現れた地味な女子生徒が四月に入ってきた転校生であることは把握していた。

いくら進級時にクラス替えが行われるとはいえ、三年生にもなるとグループが完全に出来上がっていて、誰もが進路選択やら受験勉強やらに追われて他人に構う余裕がない。永合くるみという名のこの同級生は、教室内の各グループに少しずつ顔を出そうとしては遠回しに煙たがられ、結局いつも寂しそうに机で本ばかり読んでいた。

それ以上のことは、何も知らない。

会話するのもほとんど初めてのクラスメートに、親友にも長らく打ち明けていなかった家庭の秘密を知られたと悟った二人は、流行りの化粧を施した顔を蒼白にする。

詩音が人目を憚《はばか》るように、他に誰もいない廊下を見回し、永合くるみに向かって手招きをした。

三人連なって教室に入り、詩音が慎重に引き戸を閉める。

「ねえ、ずっと立ち聞きしてたの？」

転校生の前に仁王立ちになった鈴が、両手を腰に当てて眉を吊り上げた。

「英語の教科書を、机の中に忘れちゃって。あれがないと予習ができないから……」

「ならドアの陰に隠れてないで、堂々と入ってくればいいじゃん。私たちが面白い話をしてるなと思って、わざと音を立てないようにして盗み聞きしてたんでしょ。何それ、ひどくない？」

くるみが怯《おび》えたように首をすくめ、ごめんなさい、と小さな声で言う。最悪、と鈴が吐き捨て、詩音が髪を指先に巻きつけてため息をついた。

「あのさ、くるみちゃん。いつからそこで、私と鈴の話を聞いてたの？」

「詩音ちゃんのお父さんが……会社で不正をした、ってところから」

「うっわ、つまり全部じゃん」鈴がいっそう顔をしかめる。「人の秘密の話をこっそり聞くの、そんなに楽しい？　なんでそういう卑怯《ひきょう》なことするかなぁ」

「ごめんね。本当、ごめん」

泣き出しそうな顔をするくるみを、鈴と詩音が真正面から見つめる。どうしようか、と鈴が親友の横顔を見やり、詩音がそばの机に片手をついた。

「どうしようも何も……約束してもらうしかないよね。誰にも言いふらさないって」

「ま、それしかないか。ねえ、約束できる？　このことを知ってるのはうちら三人だけだから、もし他の人に伝わったら、くるみのせいだって一瞬でバレるからね」

「言いふらさないよ、絶対」くるみが即座に宣言した。「……でも」

「でも？」

「鈴ちゃんも詩音ちゃんも、親が最低って言ってたけど……私からしたら、親がいるだけ羨ましいよ」

一見気が弱そうな女子生徒の強い言葉に、鈴と詩音は虚を衝かれたように顔を見合わせた。

続いてくるみがつっかえながら説明した家庭事情を、クラスの噂に疎い二人は今の今まで把握していなかった。くるみは施設育ちで、親の顔も覚えていないこと。長らく入所していた施設が運営法人の経営難により閉鎖されることになり、空きがある施設が通学圏外にしかなかったため、高校三年生の四月というタイミングでの転校を余儀なくされたこと。特に今いる施設は規則が厳しく、起床や食事の時間が五分単位で決められていて、ルールを守らないと職員に怒鳴られること。

くるみは純粋で、まっすぐで、健気《けなげ》な目をしていた。放課後の教室で密かに傷を舐《な》め合っていた同級生二人が、それでもどんなに恵まれた状況にあるかを、自らの悲惨な生い立ちを踏まえ、熱を帯びた口調で力説する。

「私なんて、十八歳になったら強制的に施設を追い出されるんだよ？　それで定員に空きが出て、すぐに新しい子が入ってくるから、先生たちはその子たちのお世話で忙しくなる。施設を卒業した人のことなんて、すぐに忘れちゃう。今だって、先生たちはシフト制で私たちの面倒を見てるから、朝に出勤してきた人は夕方には帰っちゃうし、夕方に来た人は朝には退勤しちゃうの。私のことを一番に考えてくれる大人なんて、誰もいない。いたことない。だからね、いくらお父さんが会社で悪いことをしてても、いくらパパが何人もいるせいで愛を感じられなくても、家庭があるってだけで——自分のことを娘として見てくれる親がいるってだけで、素晴らしいことなんだよ」

「素晴らしいって言われてもさ」鈴が不機嫌そうに口を開く。「そんなの、所詮綺麗事じゃん。なんにも知らないくせに、一方的に不幸自慢しないでよ」

「二人の話を聞いて、私は本当にそう思って——」

「親がいないってカード、ちょっと強すぎない？　何言われても、こっちが悪者になるもん。無敵すぎて太刀《たち》打ちできないわ」

　ごめん、とくるみがまた謝った。謝るくらいなら盗み聞きなんかしなければいいのに、と鈴と詩音は思う。

「不幸自慢のつもりは……なかったの。二人とも悩んでるみたいだったから、私みたいな境遇の人もいるって知って、少しでも元気を出してもらえたらな、と思って。羨ましいなんて言ったのがよくなかったよね。実はね、廊下でずっと話を聞いちゃったのは、びっくりしたからだったんだ。鈴ちゃんも詩音ちゃんも、すごく可愛くていつもキラキラしてるのに、家に帰ると、私と似たような寂しい思いをしてるんだなって……」

「贅沢《ぜいたく》な悩みって言われたら腹立つけどさ」と鈴が応じる。「まあ、似てるっちゃ似てるよね。施設の先生がシフト制で勤務してるから愛が足りないって、まさにうちのシェアハウスの大人たちみたいなもんじゃん。違う？」

「うーん、それはどうかな……だってその中には、鈴ちゃんの本物のお母さんとお父さんがいるんでしょ？」

「またそういうことを言う。そんなのは、『ポリアモリー』の崇高な理念のもとではどうでもいいことですから」

　鈴が半分おどけたように肩をすくめ、くるみの指摘を退けた。根が真面目なくるみは、自分の発言が鈴の怒りに触れたと思ったのか、「ごめん！　もう訊かないよ」とひどく反省した顔をする。

冷房の効いた教室に、くるみが鼻を啜る音が響いた。

鈴が困ったような顔で詩音を見る。親友と転校生の会話を黙って聞いていた詩音は、何やら考え込むような表情をしていた。

そしておもむろに、くるみに一歩近づく。

詩音の黒い瞳には、憐《あわ》れみの色が浮かんでいた。自分のことで苦悩していた彼女が、親友のみならず、突如現れた他人のために鮮烈に抱いた、深い同情と共感――。

表情を和らげた詩音は、緩慢な動作で、くるみの華奢な背中に手を回す。

「……かわいそう」

白いスクールシャツを着た肩と肩とが、優しく触れ合った。

驚いたように、くるみが顔を横に向ける。言葉の真意を測りかねているようだった。赤い眼鏡のフレームが詩音の細い目にぶつかりそうな距離で、二人はしばし見つめあう。

くるみの耳元で、詩音が何かを囁いた。

え、とくるみが半信半疑の表情で訊き返すと、詩音は孤独な転校生を安心させるかのように柔和に微笑み、一転して明瞭な声で言った。

「仲良くなれそうだね、私たち」

だってかわいそうなんだもん、と詩音は続けた。――鈴も、私も、くるみも。

「ある意味、似た者同士なんじゃないかな、私たち三人って。今くるみに打ち明けてもらって、初めて分かったよ。親がいる、いないの違いはあるけど、みんな苦労してるよね。同じクラスになって半年近く経つのに、ほとんど話したことなかったのが悔やまれるくらい」

「詩音ちゃん……」

「明日から、お弁当、一緒に食べよ」

一瞬の間が空いたのち、「友達になってくれるの？」とくるみが眼鏡の奥の目を輝かせた。詩音が穏やかに頷いて、傷の舐め合いに加わった新しい仲間に頬を寄せる。先ほどまで敵意を剥き出しにしていただけに、しばらく戸惑った顔をしていた鈴も、「詩音がそう言うなら」と賛成し、「ほんと、かわいそうなくるみ」と転校生のおかっぱ頭を無造作に撫でた。

満たされなさを分かち合う三人は、教室の真ん中に移動し、一つの机を囲むようにして座る。

鈴がスマートフォンの音楽アプリで、流行りの曲を流して歌う。

詩音の両手の指が、机の上で軽やかに踊る。

そばの椅子にぎこちなく腰かけたくるみが、心から嬉しそうな顔で、才能豊かな指の動きを目で追っている。


二人組は、三人組になった。そしてそう遠くないうちに、二人組へと戻る。

◇

半透明の衝立《ついたて》で仕切られた二人掛けのボックス席で、冷めかけのブレンドコーヒーの表面に視線を落としたまま、温子は懸命に抗議の声を上げていた。

「話を聞くときは二人で、って約束だったじゃないですか。どうして私抜きで、そのクラスメートの子と勝手に会ったんですか」

「馬淵さんはお仕事でお忙しいだろうと思ったんです。橋田桜子さんは結婚式場でアルバイトをされていて、夏休み中は土日以外のほうが都合をつけやすいとのことでしたから。前回高校を訪問したのも平日でしたし、短期間のうちに何度も有休を取得されるのは難しいのではないかと」

「有休なんて使わなくても、私はもともと平日休みのほうが多いのに……」

ベビー用品店で働いていることを話すと、そうだったんですかすみません、と由里枝は気のない返事をした。人の心の機微に鈍感な温子もさすがに、彼女がもっともらしく述べているのはただの口実で、単に自分を除《の》け者にしたかったのだと察する。

先ほどから温子がひどく怒っているというのに、由里枝は涼しい顔をしていた。柔らかめの声質や間延びした喋り方のせいなのか、真剣さが相手に伝わらず、主張を無下にされるのは、日常生活でよくあることだった。幼い頃は、兄や弟に自分の分のお菓子を取られてばかりいた。職場でレジを開けっぱなしにした学生バイトを叱っても、どこ吹く風といった態度でスルーされた。鈴が自由奔放に育ったのも、おそらくそのせいだ。娘が小学校高学年に達した頃から、説教をしようとするたびに、ママって怒っても全然怖くないよね、とよく笑われていた。

由里枝の表面的な謝罪に、それ以上嚙みつく術《すべ》を思いつかず、温子はぬるいブレンドコーヒーを一口飲んだ。おかわり自由なわけでもないのに、六百円もするのが腹立たしい。もっと安い喫茶店などいくらでもあるはずだけれど、コーヒーチェーンの中でも値段が高い店をわざわざ指定してきたのは、庶民と同じ店になど行きたくないという由里枝のプライドの表れだろうか。

　橋田桜子から聞いた内容を直接会って報告したい、と由里枝から電話がかかってきたのは、二日前の夜のことだった。

　石川に紹介された生徒から連絡がないまま時が過ぎているものとばかり思って落胆しているところだったため、由里枝がこちらを出し抜くような真似をしたことに、温子は大きなショックを受けた。いずれかが自分にとって都合の悪い情報を伏せたり、事実を捻じ曲げて伝えたりしないように、二人一緒に行動することを前提としていたのではなかったのか。

　その温子の不満を見透かしたように、由里枝が平然と畳みかけてくる。

「今お伝えしたことに、嘘は一つもありませんよ。疑わしいとお思いなら、周辺の児童養護施設に電話をかけてみてください。目ぼしい情報は得られないはずですから」

「それはいいです、もう。二度もかけたら迷惑になりますし……」

「では、私の話を信じていただけるんですね？」

「別に、信じないなんて言ってませんけど」

　できるだけつっけんどんに聞こえるよう言い放ち、温子は手元のスマートフォンをタップした。点灯した画面には、華やかな写真が並んだＳＮＳのプロフィールページが表示されている。

　ついさっき、由里枝が報告の途中で取り出した手帳のメモを見て、永合くるみのＩＤを検索したのだった。由里枝はどうもＳＮＳに関する知識がほとんどないらしく、温子のスマートフォンを覗き込み、見覚えのあるページが表示されたことに感心した様子で目を見張っていた。

せっかく温子に隠れて橋田桜子と一対一での面会を果たしたものの、持ち帰った情報といくら睨めっこしてもどうにも突破口が開けないから、諦めて温子に相談してきたのだろう。それが証拠に、由里枝は前回会ったときより憔悴した顔をしていた。そういう意味で、今日の彼女の話は信用に値するし、他に大した秘密があるとも思えない。

「その……永合くるみちゃんって子に連絡を取るには、このアカウントにメッセージを送るしかないんですよね」

「ええ。メールアドレスと携帯の電話番号は、卒業後に変わってしまったようなので」

「SNSだけは消されてなくて、よかったですね」

「同世代の子としか繋がっていなかったSNSは、削除する必要がなかったんでしょう。彼女が断ち切りたかったのは、施設の職員や、高校教師との繋がりだったんじゃないかと」

「もう一回、くるみちゃんに頼んでみます？　なんでもいいから、鈴と詩音ちゃんのことを教えてください、って」

「どうやって？　橋田さんにこれ以上仲介を頼むのは難しいですよ。あのあとブロック、っていうんですか、くるみさんの投稿を見られないように設定を変えられてしまったみたいですから」

「いや、たぶんですけど、普通に送れますよ。私のアカウントからでも……」

温子はスマートフォンを操作し、永合くるみのプロフィールページからメッセージ画面を立ち上げた。文面を考えるのは苦手なので、由里枝に口頭で言ってもらい、それをそのまま入力していく。

最後に送信ボタンを押し、顔を上げると、由里枝が驚いたような目でこちらを見つめていた。

「馬淵さん、お詳しいんですね。入力も速いし。私なんか、いつまで経ってもスマホを使いこなせなくて……ましてやＳＮＳなんてさっぱり」

出会って以来初めて、尊敬の眼差《まなざ》しを向けられたように感じる。こちらの思い込みかもしれないけれど、悪い気はしない。

「ＳＮＳには慣れてらっしゃるんですか？　お仕事で利用される機会があるとか？」

「別に、鈴に教えてもらっただけです。今どきアカウントくらい持ってないと世間に置いてかれるよ、って。だから投稿は一度もしたことがなくて、見るほう専門なんですけど。十代や二十代の娘と普通に会話をしてれば、親も自然と仕組みが分かるようになるものですよ」

素直に説明してしまってから、失言に気づいた。スマートフォンを使いこなせないという柳島由里枝だって、同い年の娘の母親なのだ。案の定、由里枝の視線は見る間に鋭さを増し、温子は蛇に睨まれた蛙《かえる》のように、首をすくめて俯くしかなくなる。

由里枝がコーヒーカップを持ち上げる、静かな音がした。温子もつられて、またブレンドコーヒーを一口飲む。土曜日の午前中の店内は、閑散としている。今日は遅番シフトだから、このあと十一時から出勤しなくてはならない。

カップをソーサーに戻した拍子に、右手の小指がスマートフォンに触れた。一つ前の画面に戻り、永合くるみのＳＮＳアカウントの、煌びやかなプロフィールページが再び表示される。

住む世界の違う子だ、と率直に思った。

夜のお店で働いているという点では、生前の——もしくは失踪前の——鈴と似ているのかもしれない。だけど、鈴はこれほど夜の世界に浸《つ》かりきってはいなかった。温子が見る限り、高級ブランドのバッグやアクセサリーを身につけていることはなかったし、ネイルも単色のマニキュアを自分で塗って済ませていた。ささやかながらシェアハウスの家計に貢献していたことからも分かるように、派手に遊ぶ、ということとは無縁だったように思う。

整形費用を貯めるためにあえて節約していたのもあるだろうけれど、今振り返っても、鈴に〝夜の女〟のイメージはなかった。怒ると収拾がつかなくなるという欠点はあるものの、常に明るく、陽気で、趣味のファッションにまっすぐな興味を向けている女の子——温子にとっての一人娘の印象は、今も昔も変わらない。

思えば、鈴が輝ける場所は他にいくらでもあったはずだ。例えばアパレル販売員。例えばメイクアップアーティスト。そこで水商売を選んだのには、永合くるみの影響があったのではないか、と温子はつい考えてしまう。由里枝は鈴がくるみを夜の世界に引きずり込んだと考えているようだけれど、金の力をひけらかして華々しい生活を楽しんでいる永合くるみの投稿内容を見るに、実は立場が逆だったのではないか。

今のシェアハウスの住人に風俗営業の店に勤めている者はいないし、高校もどちらかといえば真面目な子が多そうな印象だったため、どうして鈴が夜の仕事に就いたのか、そういえば少し疑問に思っていた。その点、児童養護施設の出身者には様々な人間がいるに違いない。三人グループで仲良くしていた永合くるみに何らかの伝手《つて》があったと考えれば、鈴が高校卒業後、軽い気持ちで夜の店に就職した理由の説明もつく。

別に、夜の世界に飛び込まないでほしかったというわけではない。鈴がそう望んだのなら、温子は武流のようにやみくもに反対したりはしない。実際、進路を報告されたときだって、何も言わなかった。だけど、そうやって事なかれ主義を貫いた先に今があるのだとは、あまり思いたくない。

「メッセージを送ってもらっておいて申し訳ないんですけど、馬淵さんのアカウントも、ブロックっていうんですか、くるみさんに拒絶されてしまうかもしれませんね。橋田桜子さんがされたみたいに」

気を取り直した様子で由里枝が話しかけてきて、温子は我に返った。そうですね、と応じながら、メッセージ画面を再度読み込む。特に先ほどと変わりはない。このページが閲覧できるということは、少なくともまだブロックされてはいないようだ。

ひとまず安心して、また前のページに戻る。キャバクラの店内を写したようなプロフィール写真を見ていると、ふと、その縁が丸く虹色に光っているのに気がついた。新着の投稿があるというサインだ。

急いでタップすると、画面いっぱいに、真っ黒な画像が表示された。その真ん中に、細々《こまごま》とした白抜きの字で文章が書かれている。

『なんか最近変な連絡いっぱいくるんですけど　もう友達でもない奴らの居場所きかれてもこまるわ　何年前の話だよって感じ　しんど』

画面から負の感情が噴出してくるようで、軽く鳥肌が立った。温子の異変に気づいたのか、由里枝が「どうしたんですか」とスマートフォンを奪い取り、画面に目を走らせる。

「これは……」と由里枝が絶句した。「明らかに、私たちに向けられた言葉ですよね」

「返信する気、なさそうですね」

「大人が下手に出たメッセージを無視して、わざわざ全体に向けてこんな発信をするなんて、不躾な。相当に常識のない子なんでしょうね」

決めつけに満ちた台詞を吐きながら、由里枝が憤っている。橋田桜子と違って、温子のアカウントがまだ永合くるみにブロックされていないのは、この最新投稿を見せつけるためなのだろう。これを読む限り、アクセスを拒まれるのも時間の問題だ。

一度断られているにもかかわらず、しつこく二度目の連絡をしたのはこちらなのだから、永合くるみの対応が非常識だとは思わない。しかし、胸の中に失望が広がっているのは確かだった。濃い灰色の感情が皮膚を透過し、テーブルの上を漂い、もう一人の母親からにじみ出てきたそれと、徐々に混じり合っていく。

「どうすればいいんでしょう、私たち」

先に弱音を口にしたのは、由里枝だった。

「あの子たちの共通点は、高校しかないんです。それなのに、担任の先生やクラスの中心にいた生徒は多くを知らず、唯一仲のよかった子とは卒業時になぜか喧嘩別れしていて……『遠くに行きたい』って、あの子たちはどうするつもりだったんでしょう。私たちのもとを離れて、どこに向かおうとしていたんでしょう。整形するために家出していた半年の間は、どこで生活していたんでしょう。二人で過ごしていたんでしょうか。それとも、最初から別れて行動していたんでしょうか」

ヒントが少なすぎます、と由里枝は眉間にしわを寄せて言った。温子は静かに拳を握りしめ、同じ苦しみを抱える目の前の母親を見守る。

――どこか遠くに行きたい。

橋田桜子との面会の報告を受けている最中に、由里枝から聞いたその言葉は、気まぐれに振り下ろされる鎌のように、温子の心の傷を少しずつ抉《えぐ》っていた。

娘に疎ましがられる心当たりがなかったかといえば、答えに窮する。

だからこそ、八月初旬のあの日、鈴と話した最後の電話で、家族三人でシェアハウスを出ることを提案したのだ。だがその時点の〝娘〟は、鈴だったのだろうか。それとも詩音だったのだろうか。

私は、間に合わなかったのだろうか。考えを改めるのが遅すぎたのだろうか――。

思考の渦に呑み込まれそうになる直前で、温子は踏みとどまった。

今日、由里枝に見せようと、あるものを持ってきたことを思い出す。

想起するきっかけとなったのは、「どこに向かおうとしていたんでしょう」という由里枝の台詞だった。高校という共通点から二人の動向を探る道が閉ざされた今、どんなに望み薄に思えても、自分たちは藁に縋るしかない。

バッグから、画面の割れたスマートフォンを取り出した。由里枝は怪訝《けげん》そうな顔をしたものの、それが破壊された原因にすぐさま思い当たったらしく、目を見開いて両手を口元に当てる。

「そのスマホ……もしかして、鈴さんのですか」

「そうです」

「電源は？」

「入ります。でも、パスコードが分からなくて、ロック画面より先には進めなくて」

由里枝も詩音のスマートフォンで同様の経験をしていたのか、何度も深々と頷いている。温子がスマートフォンの電源を入れ、表示された待ち受け画像を由里枝に見せると、彼女は意外そうに眉を寄せた。

「……山、ですか？」

「はい。綺麗な写真ですよね。どこかで拾ってきたプロのカメラマンの写真なのかなと思ってたんですけど、よく見ると全体的に斜めに傾いてるし、画質もそんなによくないし、端のほうに工事現場みたいなブルーシートが写ってるし、鈴本人が撮ったものかもしれないな、と」

気づいたのは、橋田桜子からの連絡がないと思い込んで次なる手立てを探していた四日ほど前のことだった。久しぶりに鈴のスマートフォンの電源を入れたとき、初めてかすかな違和感を覚えたのだった。

プロのカメラマンが撮影したものだと誤認したのは、写っているのが息を呑むほどの絶景だったからだ。ところどころ粉砂糖をかけたように白くなった緑色の山肌と、エメラルドグリーンの美しい沼。さらに手前には、薄く霧氷をつけて白いサンゴのようになった低木が広がっている。

「……鈴さんには、登山の趣味が？」

「いいえ、全然。運動全般が嫌いで、シェアハウスの大人がテニスやボルダリングに誘っても絶対に来ないような子だったんです。それに寒がりで、ちょっとでも涼しくなると、外は寒いから嫌だ、なんて言って。ましてや雪山に出かけたなんて話も聞いてないし、いつどこで、こんな写真を撮ったんだろうって」

「鈴さんはずいぶん前から、この写真を待ち受けにしていたんですか」

「そんなことないです。すごく最近だと思います。鈴が死んで、警察からこのスマホを返してもらったときに初めて見たので。一緒に生活してると、人のスマホって、どうしても目に入るじゃないですか。やる気のないことを言う卵のキャラとか、プレゼントの箱に入った二匹の子猫とか、そんなのだったと思うんですよね、あの子の待ち受けって。だから、これが何かのヒントにならないかな、と。いかにも冬の写真って感じで季節外れですし、いくら絶景でも、こういう綺麗な山の写真を気に入って設定するようなタイプじゃなかったので、鈴は……」

鈴、と言い切ることに足元がぐらつくような不安を覚えながら、温子はなんとか説明を終えた。温子の自信のなさに乗じて、由里枝が〝娘〟を詩音と断定する主張を始めるのではないかと恐れたのも束の間、彼女が神妙な顔で口を開く。

「この景色……見覚えがあるような気がするんですよね」

想像もしていない言葉だった。「本当ですか！」と思わずテーブルに身を乗り出そうとして、金色のコーヒースプーンをソーサーから落としてしまう。

甲高い金属音が店内に響き、温子は両腕を抱え込むようにして身を縮めた。

「もしかして柳島さん、ここに行ったことがあるんですか」

「いえ、冬に山登りをした経験はありませんし、この山がどこにあるのかも分かりません。だから、似たような写真を見たことがあるんじゃないかと思うんですけど……ごめんなさい、すぐには思い出せなくて。この待ち受け、写真に撮ってもいいですか？　家に帰って、私も確かめてみたいんです。詩音のスマホの待ち受けは全然違うものでしたけど、たぶん、どこかで……」

温子が撮影を快諾すると、由里枝は自身のスマートフォンをおぼつかなげに操作し、鈴のスマートフォンのロック画面を直接写真に収めた。ちょうど、温子の出勤時刻も迫っていた。後ろ髪を引かれる思いで――柳島由里枝と過ごす時間にそんな感情を抱くことに自分自身がびっくりしながら――個別会計を済ませて喫茶店を出る。

黒い日傘を差して、気が急《せ》いたように早足で去っていく由里枝の後ろ姿を見送ってから、温子は自転車に跨った。もう九月に入ったけれど、相変わらず日差しは強い。

娘が死んでも、母親を名乗る女性がもう一人現れても、二重生活の事実が明らかになっても、娘たちの共通の友人に面会を突っぱねられても――今日も温子は太陽の光を全身に浴びて自転車を漕ぎ、自分がおそらく二度と買うことのないベビー用品を売りに、だだっ広い職場へと向かう。

＊

駅前の喫茶店から自宅までは、徒歩五分もかからない。

その短い時間に、先ほど温子に告げた閃《ひらめ》きは確信に変わっていた。やはり目にしたことがある。雪がまぶされた山肌の白と、眼下に見える小さな沼のエメラルドグリーン。あの息を呑むような美しい対比を、どこかで。

しかも、おそらくは最近だ。何の気なしに見たものが、まださほど時間が経っていないがゆえに、かろうじて頭に引っかかっている状態——そんな感覚がある。

テレビだろうか。いや、脳内に浮かんでいるのは音のない静止画だ。では新聞か？　確かに、紙の手触りのようなものが記憶にまとわりついている。だがたとえカラーの紙面だったとしても、新聞でこれほど鮮やかな色の印象が残るとは考え難い。となると。

家に入ってパンプスを脱ぐや否や、由里枝は白い玄関ホールを走り抜け、曲線を描く階段を上った。移動しながら記憶を遡る。馬淵温子と初めて対面した日の夜に、娘たちの写真が載っている高校の卒業アルバムを探すため、家じゅうの本棚を物色した。結局アルバムは見つからなかったが、もし何らかの紙に印刷されたカラー写真が視界をかすめたのだとすれば、大量の書籍を手に取ったあのときではないか。

真っ先に、詩音の部屋に飛び込んだ。息を切らして、本棚の前に立つ。

目線の高さにある中段の棚には、音大受験で使用したソルフェージュや音楽理論の参考書のほか、音大に入学してすぐに購入した教科書などが置かれていた。そのすぐ下の棚には楽譜が整然と並べられている。最上段では、詩音の小学校入学祝いで買いそろえた世界文学全集が薄く埃《ほこり》をかぶっていた。

卒業アルバムを探す際に、世界文学全集を引っ張り出した記憶はない。棚の高さからして、大判のアルバムが入るわけがないからだ。一方、音楽関連の書籍は一度すべて取り出したはずだが、もしそんなところに無関係の風景写真が挟まれていたとしたら、不審に感じた記憶がはっきりと残るだろう。

そうなると、可能性が高いのは最下段だった。小学校から高校までの思い出の品が、他の棚に比べて幾分雑多に詰め込まれている。絵日記帳や修学旅行のしおり、中学の美術の授業で描いたデッサンや水彩画。友人からもらった手紙の入ったクリアファイルや、日本史や世界史の資料集まであった。跡形もなく消えた小中高の三冊の卒業アルバムも、由里枝の記憶では、長年この棚にしまわれていたはずだった。

カーペット敷きの床にしゃがみ、中身を一つずつ確認していく。薄っぺらい冊子やクリアファイルが多く、一つ一つ目を通すのには時間がかかったが、辛抱強くページをめくった。カラー写真が多数掲載されている日本史の資料集は、慎重に二回読んだ。期待に反して、目当ての山の写真は見つからず、失望しながら次の一冊に手を伸ばす。

全ページがモノクロ印刷の冊子や、校内合唱コンクールで使ったと思われる楽譜にも、すべて目を通した。山の写真にはなかなか行き当たらない。この本棚ではなかったのか、と次第に不安が頭をもたげてくる。内容からしてさすがに無関係だろうと除外していた書籍もチェックすべきかと思案しながら、大判の世界史資料集を棚から引き抜いた。

その隣にあったクリアファイルが、軽い音を立てて真横に倒れる。

手に取ってみると、高校の修学旅行で使用した書類を一つにまとめたファイルだった。しおりの表紙には、生徒の手による海のイラストとともに、『琉球への旅』という手書き文字が躍っている。一緒に入っているのは、詩音が旅先で手あたり次第に集めてきたとみられる水族館や資料館のパンフレットだった。

娘が高二の秋。修学旅行当日に沖縄本島に台風が直撃するのではないかと、毎日健気に天気予報を気にしていた詩音の姿が、脳裏に蘇る。

そんなこともあったな、と淡い感傷に浸りながら、由里枝は何気なくクリアファイルを裏返した。

その瞬間、息を呑む。

一般的な沖縄のイメージとは程遠い、美しい山の写真が印刷されたパンフレットが、ファイルの一番後ろに差し込まれていた。

こんなに分かりやすいところにあったのか、と驚く。どうりで記憶に残るわけだ。卒業アルバムを探していたときはなぜ違和感を覚えなかったのだろう。ファイルの中身はすべて修学旅行の記念品だと思い込み、パンフレットの内容にまでは注意を払っていなかったのに違いない。

「これ……」

思わず声を漏らしながら、三つ折りサイズのパンフレットを取り出した。表紙を飾っているのは、馬淵鈴のスマートフォンのロック画面に設定されていた待ち受け画像と、ほぼ同一の写真だった。

よく見ると、細かい違いはいくつかある。スマートフォンでは綺麗な円形に見えていたエメラルドグリーンの沼が楕円《だえん》形をしているのは、撮影角度が異なるからだろう。また、鈴の待ち受け画像と比べ、パンフレットの表紙になっている写真には、工事現場と思しきブルーシートは写り込んでいなかった。撮影技術や解像度にも大きな差がある。こちらではカメラを引き気味にして撮っているのか、まだらに雪をかぶった周囲の山々が、沼を取り囲むようにして雄大に連なっているのが見て取れた。スマートフォンの画面で見たものより、白とエメラルドグリーンのコントラストも鮮やかだ。

雪の積もる山。

当たり前だが、そんなものが沖縄にあるはずはない。

恐る恐る、『青沼ヶ《あおぬまが》岳《たけ》へようこそ！』と書かれたパンフレットの文字を指先でなぞった。山には詳しくないが、少なくとも由里枝は聞いたことがない名前だ。表紙の下部に書かれた観光協会の自治体名だけではどこの都道府県なのか見当がつかず、ページをめくってみる。説明を精読してようやく、隣県の山地を構成する山の一つであることを理解した。

パンフレットには、青沼ヶ岳のアピールポイントが二つ記載されていた。一つは、周囲の山と比べて標高がそれほど高くなく、初心者でも日帰りで登れること。もう一つは、美しい四季を感じられること。特におすすめなのは冬の登山で、頂上付近にのみうっすらと雪が積もることが多いため、本格的な装備なしでも比較的安全に登山することができ、雪山に登った気分を手軽に味わえるのだという。

これはいったい、どういうことなのか。

詩音の部屋には、観光協会発行のパンフレットが、修学旅行のファイルに紛れ込ませるようにして残されていた。そして馬淵鈴のスマートフォンには、現地で撮影したらしき写真が、待ち受けとして設定されていた。

「あの子が、誰かと、ここに遊びにいった……ってこと？」

口の中で呟き、頭の整理をする。〝娘〟が一人で赴《おもむ》いたとは思えない。登山そのものが趣味というわけでもなければ、普通、単独で山には行かないだろう。

考えられるのは、初心者でも挑戦できる山に、親しい者同士で登ることになった、という可能性だ。そうした思い出の場所なら、当日山頂で撮った写真をわざわざスマートフォンの待ち受けに設定するのも、観光地で手に入れたパンフレットを捨てずに大事に取っておくのも頷ける。

問題は、それがいつだったのか、ということだ。

二重生活を始める前なのか、後なのか。前ならば、鈴と詩音が二人で山を訪れたと考えていいのか。後ならば、〝娘〟はいったい誰と行動していたのか。行方知れずになっているもう一人の娘、ということはないか。その二人で現地を訪れたからこそ、鈴のスマートフォンと詩音の本棚に、思い出の痕跡が分散して残されることとなったのか。

青沼ヶ岳、の流麗な文字が印刷されたパンフレットを握りしめる。

なぜ、私は何も知らないのだ。母親なのに――。

いたたまれなくなり、由里枝はパンフレットを持ったまま部屋を飛び出した。階下のリビングに向かい、固定電話の受話器を取る。そういえば、別居中の夫にはしばらく電話をかけていなかった。不思議なことに、今や誠よりも、遺骨を取り合う敵同士であるはずの温子とのほうが、〝自分たちの娘〃という感覚を深く共有している気がする。

——いやそんなことがあるわけない、とバカげた考えを振り払いつつ、由里枝は電話台のメモを見ながら馬淵温子の携帯電話番号を入力した。呼び出し音に耳を傾ける。五回目が鳴り終わったところで、先ほど温子がそのまま仕事に向かうと話していたことに、ようやく思い当たった。

「よく平気な顔で仕事なんかできるわよね、娘が死んだか行方不明かってときに……」

思いどおりにならない苛立ちが募り、白い壁に向かって吐き捨てる。十一時から勤務開始とすると、休憩は何時になるのだろう。昼食をとるだろうから、遅くとも二時くらいだろうか。せっかく写真の撮影場所が判明したというのに、あと二時間半も待ちぼうけとは、気持ちのやり場に困ってしまう。

早く温子と話したい——。

説明文を丸暗記してしまうほどパンフレットを読み返しながら、由里枝は折り返しの電話がかかってくるのを待った。途中で衝動的にキッチンの掃除を始め、さらにリビングや玄関ホールの床を隅々まで磨き終えても、電話は一向に鳴らない。

時刻はすでに三時に近づこうとしている。何度かこちらから電話をかけてみたものの、相変わらず応答はなかった。もしや不在着信に気づいていないながら、退勤後まで折り返すつもりがないのではないか。誠に対して抱くのと似た焦《じ》れったさを覚えながら、野菜室からキャベツとトマトを出してきて、シンプルなサラダを作った。ここのところ、どうしても食欲がわかない。昼食と夕食をひとまとめにするつもりで、無理やり胃に詰め込む。

食器を洗って片付けた後は、いい加減痺れを切らし、もう一度詩音の部屋に向かった。〝娘〟にとって何らかの意味を持つはずの観光地のパンフレットが、一見無関係の修学旅行のファイルに入れられていたのだ。詩音の身に何が起こったかを知るためのヒントが、もっとどこかに隠されているかもしれない。

時おり階下に耳を澄ませつつ、部屋に残された詩音の私物を検めていった。学習机の引き出しの中にあったペンの一本一本まで、手に取って丹念に調べる。母親である自分に宛てたメッセージが残されていないか。〝娘〟の正体を特定するヒントが潜んでいないか。鈴とのやりとりを記録した文書のようなものはないか。

白い洋形封筒が、宙に飛び出してはらりと床に落ちたのは、由里枝が本棚の最上段に手を伸ばし、世界文学全集の一巻を引き抜いたときのことだった。

分厚い本の隙間に差し込まれていたようだ。驚いて本を棚に戻し、封筒を拾い上げようとする。指先が白い表面に触れる寸前で、由里枝は全身の動きを止めた。

宛名の文字に、目が釘付けになる。

――鈴と詩音へ

漢字の撥ねやはらいまで丁寧に書かれた、ボールペンの字だった。

住所や郵便番号の記載はなく、切手も貼られていない。しばらくして我に返った由里枝は、慌てて封筒を拾い上げた。裏返すと、同じく見慣れない筆跡で、差出人の名が書いてある。

――くるみより

気が急くのをこらえながら、慎重に中の便箋を引き出し、短い文面に目を走らせた。意味を理解しきれず何度か読み返しているうちに、一階から電話の鳴る音が響いてくる。

手紙を持ったまま、部屋を飛び出して階段を駆け下りた。グランドピアノにぶつかりそうになりながら、リビングを突っ切って受話器を上げると、珍しく早口でまくし立てる馬淵温子の声が聞こえてきた。

『柳島さん！　すみません、今日からセールが始まっちゃって、在庫品限りなので初日はすごく混み合って、お客様対応とかで、この時間まで休憩が取れなくて。ご飯を食べたらすぐに戻らなきゃいけないんです。何度も電話もらってたみたいですけど、どうしましたか』

「ええと、今、どのくらい時間を取れます？」

『うーん、三分とか、五分とか』

正直な回答だ。たったそれだけの時間で、パンフレットと手紙の両方について説明し、温子に理解させる自信はない。それに手紙に関しては、筆跡の確認も含めて、直接見てもらったほうがよさそうだった。

「今夜は何時にご自宅に戻られますか？」

『夜の八時上がりなんです。だから八時半か、遅くても九時までには……』

「その頃に伺います。ちょっとお見せしたいものがあるんです」

『さっきの写真のことですか？』

「それもありますし、他に気になるものも出てきましたので」

簡潔に答えようとするあまり、つい思わせぶりな言い方になってしまう。半分は忙しい相手への気遣いで、半分はさんざん待たされた仕返しだった。彼女が一人娘のことを本気で心配しているのなら、今夜由里枝と顔を合わせるまでの間、落ち着かない浮遊感を抱え続けることになるだろう。

では後ほど、と電話を切る。空いた時間を家事で埋めようにも、夫と別居して、娘も不在の今、自分一人を生き永らえさせるのはあまりにも簡単だ。仕方なく、アップライトピアノが置いてある隣の練習室に移動して、今後生徒に教える予定の曲を無心で弾いた。防音仕様のこの部屋でピアノのレッスンを再開できるのは、いつになるだろう。将来有望だったかつての詩音とは違い、親の方針で嫌々教室に来ているような子がほとんどだから、月謝さえ返金すれば誰も困らないとは思うが、先が見えない毎日にはどうしても心を蝕《むしば》まれてしまう。

午後八時半ぴったりに、家を出た。

徒歩十五分の道のりを歩くうちに、やっぱり温子を自宅に呼べばよかったと、由里枝は後悔し始めていた。駅から遠くなるにつれ、人通りが少なくなり、外灯に照らし出された街並みは、どこか寂れた印象に変わっていく。住人が収集日を守らずに出したゴミ袋が集積所に放置され、日中カラスがつついた生ゴミが路上に散らばっている。壁の塗装の剝がれたマンションの前には灰皿代わりの空き缶が置かれ、ドアが凹《へこ》んだ軽自動車が修理もされずに駐車スペースに止められている。

それでも自分から行くと申し出たのは、相手の状況も分からないまま家で待ち続けるのはもう嫌だったからだ。せっかちな性格であることは自覚している。そして忌々しいことに、馬淵温子が正反対の気質を持ち合わせているであろうことも。

年季の入った一軒家の前に着くと、向かいのおんぼろアパートのどこかの窓から、耳障りな女性の笑い声が響いてきた。ど派手なピンク色と紫色の下着が一セットずつ、なぜか外階段の手すりに吊るす形で乾かされていて、見上げるや否やため息が出そうになる。一方、隣のアパートでは、前回来たときと同様、老人たちがエントランス前で酒盛りをしていた。老人といっても六十代に届いた程度に見える者が多いが、朝も晩もここでたむろしているということは、仕事はしていないのだろうか。

駅周辺だけが後から開発された地域だから仕方ないとはいえ、昔の下町の雰囲気が残るこのあたりは、やはりどう見ても治安に問題があった。沿線の他のエリアと比べて駅前の土地が安かったのはそういうことか、と今さら騙されたような心地になる。

モニターのついていない、どちらかというとブザーと形容したくなるような古いインターホンを押す。廊下を素足で走ってくるような音がして、温子がドアの隙間から小太りの身体を覗かせた。こんばんは、の挨拶もそこそこに「何が見つかったんですか」と息せき切って尋ねてくるあたり、こんないかがわしいシェアハウスに住んでいる彼女も、母親としての最低限の愛情は持ち合わせているようだった。

由里枝を室内に招き入れようとする彼女の申し出を断り、男物と女物、合わせて十数足の靴が散乱する玄関で立ち話を始める。まずは青沼ヶ岳のパンフレットを見せ、内容をかいつまんで説明した。そしてハンドバッグから白い封筒を取り出し、宛名と差出人を指し示した上で、便箋をゆっくりと開いてみせる。

丁寧な字で書かれた短い文章に目を通した温子は、間の抜けた顔で数度まばたきをし、首を傾げた。

それはそうだろう。由里枝にだって、この手紙の意味は正確につかめない。唯一分かったのは、永合くるみがこの便箋に文字を綴《つづ》った時点で、鈴や詩音との距離が決定的に隔てられていたということだけだった。

『山に行くのはやめてほしかった。仲間外れにするなんてひどいよ。もう二度と会うことはないんだね。さよなら、鈴。さよなら、詩音』

＊

実働九時間近くの立ち仕事をし、自転車を飛ばして帰ってきた後で、さらに玄関で長々と立ち話をするのは嫌だったのだけれど、柳島由里枝は頑として家に上がろうとしない。せっかく鈴の遺影を片付けておいたのに、と不満が胸の内にくすぶる。だがそれ以上に、青沼ヶ岳という聞き慣れない観光地の名前や、真っ白な便箋に綴られた端正な文字が、温子の興味を強く引いていた。

「この字……」

綺麗ですね、と言おうとする。文面は冷たいものの、読む相手への誠意が感じられる筆跡だ。施設出身、水商売に従事、派手なネイルアート、ハイブランド好きといった情報から、永合くるみは荒《すさ》んだ心の持ち主なのだろうと想像していたのだけれど、元は真面目だった子が分かりやすく道を踏み外し、後天的に手に入れた華やかさを誇示しているだけなのかもしれない。

「もしかして、鈴さんの筆跡ですか？」

「え？　ああ、いえいえ、違いますよ。鈴の字は、もっと丸くて、汚くて……」

「であれば、永合くるみさん本人が書いたものと見て間違いなさそうですね。詩音の筆跡とも全然似ていないですから。丁寧といってもやや個性的な字体ですし、他人が真似るのは難しいと思うんです」

封筒に記載された差出人の名前を鵜呑《うの》みにせず、入念な確認を怠らない由里枝の姿勢に、温子は密かに感服した。敵に回すと面倒だけれど、娘たちをめぐる真相を求めて協力せざるを得なくなっているこの状況において、やはり彼女の仕切りは非常に心強い。

まばたきをした刹那《せつな》、文句を言いながら共用のリビングで宿題をしていた、中学生の頃の鈴の姿がまぶたの裏に蘇る。娘がノートに文字を書くのを最後に見たのはいつだろう。少なくとも、この二年間は機会がなかったはずだ。鈴が高校入学後すぐにスマートフォンを買って以来、母娘のやりとりはいつだって、メッセージアプリに表示される画一的な文字やスタンプで行われていた。

今の時代、手書きの文字を使わずに生活するのは容易《たやす》い。二人の母親のもとで二重生活をしていた〝娘〟は、正体を見破られないよう、柳島家でも同じように、筆跡を隠して生活していたのだろう。

三和土に立つ由里枝は、神経質そうに眉を寄せ、手にした便箋に目を落としている。

「この手紙は詩音と鈴さんの二人に宛てられています。『山に行くのはやめてほしかった』とあるわけですから、青沼ヶ岳に出かけたのは私たちの娘二人、ということになりますよね。どういうわけか、仲のよかったくるみさんを仲間外れにして」

「喧嘩別れしたっていうのは……このこと？　遠出して遊ぶ約束に、くるみちゃんを入れてあげなかったから？」

「そうかもしれませんね。ただ、絶交するというのは相当なので、それ以前から関係が悪化していた気もしますけど」

自分の娘が同じグループの子を仲間外れにしたと聞かされるのは、あまりいい気分ではない。それは目の前の由里枝も同じようだった。苦虫を嚙みつぶしたような顔で、言葉を続ける。

「くるみさんから橋田桜子さんへの返信によると、彼女が私たちの娘二人と仲違いしたのは、高校を卒業する頃ということでした。最後に会ったときにこの手紙が詩音の手に渡ったのだとすれば、あの子たちが青沼ヶ岳に遊びにいったのは高三の冬ということになりますけど……」

「鈴のスマホの待ち受け、雪景色でしたもんね」

「でもそれはありえないんです。音大の入試シーズンですから。そんな大事な時期に丸一日遊びに出かける余裕なんてありませんし、第一母親の私が許しません」

「じゃあ、卒業式の直前、とか？」

「青沼ヶ岳は標高の低い山、とパンフレットにあります。真冬でも頂上にのみうっすら雪が積もる程度なのに、三月まであんなに綺麗に雪が残るでしょうか」

淀みなく反論しながらも、その実あまり自信はないのか、由里枝は終始顔をしかめている。

「ですから、翌年の冬――なのかもしれません。くるみさんが高校を卒業してから二人とまったく会っていないというのは、部外者に詳しく説明するのを面倒に思って便宜的にそう言っただけで、実際にはしばらく交流があったのではないかと」

「翌年の冬、というと……」

「高校を卒業して一年目。私たちの娘が、整形前に姿を消したタイミングです」

由里枝の冷静な声が玄関に響き、温子は息を呑んだ。確かに、あの半年間の失踪中の出来事であれば、過保護な由里枝が娘の遠出に気づかなかったのも、鈴の登山ウェアなどをこの家で見たことがないのも、どちらも納得がいく。

「ああ、もちろん」と由里枝が言い添える。「くるみさんが嘘をついていなければ、の話ですよ。私たち親には言えないけど、ここ二年間、実は娘たちと頻繁に連絡を取っていた、なんて可能性もありますし……もしかしたら今も」

「くるみちゃんが、居場所を知ってるかもしれないってことですか？　整形しなかった、生きてるほうの娘の」

「ええ。喧嘩別れしたというのは真っ赤な嘘で、あの子たちの一方を匿《かくま》っているのかも。この手紙は、私たちを攪乱《かくらん》するための道具でしかなくて――まあ、そんなふうに疑い出したら、きりがないですけどね」

由里枝が肩をすくめる。永合くるみの言葉の真偽など、考えたこともなかった。物事の裏側を読むという才能が、やはり自分には決定的にないのだと、温子は思い知らされる。

せめて時期を特定できればいいんですけどね、と由里枝が腕組みをした。――そうすれば、永合くるみが故意に嘘をついているかどうかくらいは、分かりそうなものなのに。

外で足音がして、玄関のドアが勢いよく開いた。

思考に沈んでいた様子の由里枝が、驚いた顔をして背後を振り向く。同じく目を丸くして立っているのは、半袖短パン姿のケントだった。テニスラケットを持った手に、小さな白いビニール袋を提げている。できたての唐揚げのような匂いが漂ってくることからして、近くの公園で素振りをした帰りに、コンビニで夜食を買ってきたのだろう。

「ああ、すみません。人がいると思わなくて」

「お邪魔してます。柳島です」

ラフな格好のケントを見て不審そうな表情を浮かべつつ、由里枝が挨拶をする。二人が初対面であることに気づき、双方の紹介をしたほうがいいかと悩んだが、温子が口を開くまでもなく、ケントは相手の名前を聞いて合点したようだった。

喧嘩っ早いヨースケなら、即座に攻撃的な態度に出たかもしれない。その点、常に受け身の姿勢でいるのが気楽だと普段から話しているケントは、面倒事に首を突っ込みたくないようだった。テニスラケットを壁に立てかけると、由里枝に向かって当たり障りのない愛想笑いを浮かべ、つっかけのサンダルを脱いで中に入ろうとする。

「あれ？」上がり框に足をかけたケントが、温子が手にしているパンフレットを覗き込み、意外そうに声を上げた。「青沼ヶ岳だ。行ってきたの？」

「そんなわけないでしょう」

鈴が――〝娘〟が死んでからまだ一か月も経っていないのに、観光地に出かける心の余裕などあるはずがない。ケントは人当たりがよく、口調も柔らかいけれど、深い部分で他人に無関心なところが大きな欠点だった。興味がないからこそ、特定の女性に傾倒することなく、ある夜は温子とベッドをともにし、あくる日には同じ笑顔でマミを抱く。そうでなければ、顔立ちも整っているスポーツマンの彼は、いつまでも風に吹かれるように遊び回ることなく、早いうちに結婚して家庭を築いていたことだろう。

温子はところどころつっかえながら、鈴のスマートフォンの待ち受けに山の写真が設定されていたことと、同一の風景を写した観光案内パンフレットが柳島詩音の部屋から見つかったことを説明した。するとケントは突然思い出したかのように手を打ち、パンフレットを温子の手から取り上げた。

「そういえばこれ、どっかで見たことあるな……あ、分かった、鈴ちゃんが読んでたんだ。そこのリビングのソファでさ」

「鈴さんが？」由里枝が間髪を容れずに食いつく。「いつのことですか？」

「いやぁ、最近ではないと思うけど。話しかけたら、『修学旅行で行く』って言ってた気がするから」

「東高の修学旅行の行き先は、沖縄ですよ」

「あれ、じゃあ違うのかな？　卒業旅行か何かだったかも」

「あの子たちのクラスは、卒業旅行は実施せず、代わりに希望者だけを集めて日帰りで遊園地に行ったはずです。詩音は興味がないと言って行きませんでしたけど」

そんな企画があったことも、温子は知らなかった。親友の詩音が参加を見送ったということは、鈴も行かなかったのだろう。

「鈴さんが高校生のとき、というのは確かなんですね？」

「そう言われても、よく覚えてないからなぁ……卒業した後だったかもしれないし」

「では、整形する前ですか？　後ですか？」

「どっちかな。鈴は高校の頃から髪も明るめだったし、化粧も濃かったから、記憶が混ざっちゃって」

ケントの曖昧な返答に、由里枝が憤慨しているのが見て取れた。記憶が混ざることはないだろう、と温子でさえ呆れる。整形前後の鈴の姿は、目の形に面影が残っている点を除けば、まったくの別人だった。

「俺、若い頃によく山登りをしてたからさ。あそこは初心者向きなんだけど、周りの高い山に登るための通過点でもあるから、何度か行ったことがあるんだよな。ＳＮＳで写真が広まって、一部の若者に人気のスポットになってるって鈴ちゃんから聞いて、驚いたんだ。こんなパンフレットまで作られてるってことは、観光地として盛り上げようと、地元の人たちが力を入れてるのかもな」

「貴重な情報、ありがとうございます」

由里枝が慇懃《いんぎん》な態度で言い、話を遮《さえぎ》る。ケントののんびりとした口調に我慢ができなくなったようだ。相手を苛立たせているのに気づいていない様子のケントが、唐揚げの箱をビニール袋から取り出しながら温子の脇を通り過ぎ、廊下の奥へと歩いていく。

入れ替わりに、武流が突き当たりのリビングのドアから顔を出した。面白くなさそうな顔をして、こちらに近づいてくる。

「ねえ、あっちゃん、ケントと何話してたの？」

玄関に立つ由里枝に一瞥《いちべつ》もくれずに、武流が尋ねてきた。口を尖らせているその表情で、ケントに嫉妬しているのだと分かる。おおかた、今夜も温子を自分の部屋に誘うつもりでリビングに待機していたのに、仕事から帰宅した温子が夕飯も作らずに玄関でいつまでも話し込んでいるため、機嫌を悪くしたのだろう。

温子は仕方なく先ほどの説明を繰り返し、時期は不明であるものの、生前の鈴がパンフレットを読んでいたという証言をケントから得たことを付け加えた。

「鈴の父親として、それ、放ってはおけないな。だって変じゃない？　鈴はあんなに運動が嫌いだったんだよ。テニスをやろうとか、ボルダリングをしようとか、ケントがたまに誘っても、『嫌だぁ』って逃げてばかりでさ。いくら友達に誘われたって、山登りなんかするかなぁ」

武流にしては、的を射たことを言う。その違和感は、温子の喉の奥にも、魚の小骨のように引っかかっていた。三和土に立つ由里枝も、神妙な顔で頷いている。

「実は、うちの詩音もそうだったんです。運動全般が苦手だったので、登山の提案を自分からするとはとても思えなくて。てっきり、鈴さんが言い出したんじゃないかと」

「それはない、ない。顔はめちゃくちゃあっちゃん似だったけど、鈴のそういうとこ、俺に似てたから。スポーツに向いてないんだよね、元の身体つきが。歌って楽器を弾くくらいがちょうどいいってわけ。鈴も俺の血を引いてるんだから、音楽でもやってれば、才能が花開いたと思うんだけどなぁ」

聞いていて恥ずかしくなるくらい、由里枝との会話の中で、武流は執拗《しつよう》に温子へのアピールをしていた。一つは、彼がかつて音楽に打ち込んでいたこと。もう一つは、鈴と血の繋がりがあること。

物事の裏側を読むのが苦手な温子も、さすがに最近は武流の作戦が分かり始めていた。よく音楽の話をするのは、バンドマン時代の思い出に触れることにより、温子が追っかけをしていた頃の熱烈な気持ちを蘇らせるため。それに加えて、このごろは亡くなった鈴の名前を頻繁に口に出すことで、弱っている温子の心を生物学上の父親である自分のほうへ引き寄せ、絆を確かめ合おうとしている。

鈴の死に直面した後は、ヨースケの無骨さより、ケントのそつのなさより、武流の無邪気さとひたむきさに助けられた。彼のそんな性格が、いじらしく感じられることもある。でも武流は、四十五になっても少年のように幼く、甘いトーンの声で囁く以外の能力を発揮する気配がない。

温子は昔から、恋愛下手だった。

中高生の頃は、意中の人にいきなり告白して陰で嘲笑《あざわら》われたり、頻繁に話しかけてくるのがうざったいと直接言い放たれたりしたこともある。二十歳を越えてからは幾人か恋人もできたものの、いずれも長続きしなかった。

次第に、一人の男性とじっくり関係を育むのが怖くなった。保険をかけるように、知り合いの男性みんなにいい顔をし、求められれば受け入れた。地元のライブハウスで活動していたバンドの追っかけに走ったのも、本物の恋愛より、疑似恋愛のほうが気楽だったからだ。まさか逆に武流に依存されるようになるとは思わなかったが、その頃にはもう、複数の男性と同時に関係を結ぶ生き方をやめられなくなっていた。

近年になって、ポリアモリーという言葉に出会ったときは、まさに自分のことだと目から鱗《うろこ》が落ちた。鈴にも積極的に教え、このシェアハウスのあり方を認めてもらおうとした。

でも、それがいけなかったのだろうか。ここには五人もの大人がいるのに、なぜ鈴の行方を真剣に追っているのが温子だけなのか。娘をだしに愛を得ようとする武流、娘が整形する前後の顔の区別もつかないケント、娘でもおかしくない歳の女の尻を相変わらず追いかけ回しているヨースケ、未だに温子と目を合わせて挨拶をしようともしないマミ。

結局、本当の意味での鈴の親は、自分一人だけだったのだろうか。

だから、柳島由里枝に対する不思議な共感の念がわき始めているのかもしれない。たった二年間のみ、しかも互いを知らない状態だったとはいえ、紛れもない保護者として〝娘〟と向き合っていた、もう一人の母親に。

武流がいつものように、腰に手を回してこようとする。温子はさりげなく、その手を振り払う。

幸いにも由里枝は気づいていない。居心地が悪そうに一歩後退し、永合くるみの手紙を見つめたまま、何やら考え込んでいる。

武流やケントやヨースケとの本当の関係を、この母親に打ち明けたらどんな反応をされるだろう、とふと考えた。汚物を見るような目を向けられるかもしれない。甲高い声でなじられるかもしれない。だがその反応が、世間の半分、いや大多数の声なのだろう。だとしたら彼女に一度責められたい。正義感のあふれる、その凜《りん》とした口調で、もう聞こえない鈴の声を代弁してほしい。

鈴があの世に行ってしまったのなら、仕方がない。生きているけれど家に戻ってきたくないのなら、いなくなったままでもいい。だけど理由だけは教えてほしい。そうでないと、残された自分たちは、前に進めない――。

「工事現場……」

黙っていた由里枝が、不意に呟いた。

え、と訊き返す。すると彼女が顔を上げ、立て板に水の調子で喋り始める。

「鈴さんのスマートフォンの待ち受け画像には、ブルーシートが写り込んでいましたよね。鉄パイプのようなものも覗いていたので、おそらく何かの工事現場だと思います。となると、山頂付近で工事が行われていた期間が分かれば、あの子たちが青沼ヶ岳を訪れた時期を特定できるんじゃないでしょうか。今日はもう、観光協会の事務所も閉まっているでしょうから、明日の朝にでも電話して――」

「ちょっと、調べてみますね」

温子はズボンの尻ポケットからスマートフォンを取り出して、インターネットで検索を始めた。隣にぼんやりと突っ立っていた武流も、少しでも役に立とうと思ったか、温子の真似をしてスマートフォンを操作し始める。

検索結果のページが読み込まれるのを待つ間、一瞬だけ盗み見ると、由里枝は呆気に取られたように目を瞬いていた。これほど頭の回転の速い女性なのに、下の世代が当たり前のように使っているデジタル機器には弱いだなんて、なんだかもったいない気がしてきてしまう。

武流の助けを得るまでもなく、何度かキーワードを変えて検索するうちに、温子は目当てのページに辿りついた。『青沼ヶ岳頂上公衆便所　建て替え工事のお知らせ』というタイトルで、工事期間は、鈴と詩音が高校を卒業した年の五月から翌年三月までと記載されている。

柳島さん、これ、と温子が息を弾ませながらスマートフォンを差し出すと、由里枝は目を細めるようにしてサイトの文字を読み、小さくため息をついた。

「くるみさんを疑って、悪いことをしたわね。工事の期間からすると、あの子たちが山に行ったのはやっぱり、高校を卒業して一年目の冬——整形する前、二人がそれぞれ私たちの家を出ていった頃のこと。いくら若くたって、体調が万全でないと登山はできないはずなので、まだ大がかりな手術は受けていなかったんでしょうね」

「くるみちゃんがこの手紙を書いたのも、その頃、ってことですか？」

「ええ。卒業ぴったりのタイミングではなかったものの、彼女が言っていたことは概ね本当だったわけです。くるみさんがこの手紙を詩音に渡したのが、二人が山に行く前、つまり計画段階だったのか、すでに登山を終えた後だったのかまでは、文面から読み取れませんけど……いずれにせよ、高校を卒業して一年足らずのうちに、関係が断絶したと考えてよさそうですね」

「何が……あったんでしょう」

由里枝の持つ白い便箋に改めて目をやり、温子は首を傾げた。きっと、由里枝も同じ疑問を抱いているはずだ。くるみと二人の間で勃発した喧嘩は、整形や二重生活、果ては電車への飛び込み自殺と関連性があるものなのか。それとも、この線を追っていったとしても、若者同士の他愛もない人間関係のいざこざがつまびらかになるだけで、自分たちの求める真相が姿を現すことはないのか。

柳島家の豪華絢爛《けんらん》な玄関ホールとは比べ物にならない、陰気で薄汚れた玄関に漂った沈黙を、武流の底抜けに明るい声が打ち破った。

「登ってくればいいんじゃない？」

「……え？」

「だって気になってるんでしょ。鈴が写真を撮った実際の場所に行けば、何かが見えてくるかもしれないじゃん。俺や鈴みたいな運動音痴でも行きたくなるほど絶品の山頂レストランがあるとか、超人気芸能人の別荘が近くに建ってるとかさ」

「この季節ならありだと思うよ」と、リビングのドアの隙間から、話を聞いていた様子のケントまで顔を出した。「登山靴くらいはあったほうがいいかもしれないけど、服は普通のジャージで全然問題ないし。途中までは車かバスで行くとして、登山に慣れてない人がゆっくり歩いても、二時間もあれば山頂に着くんじゃないかな。整備されたコースから出なければ安全だよ。鈴ちゃんのこと、何か分かるといいな」

男たちの能天気な発言に、由里枝が今にも怒りだすのではないかと、温子は首をすくめる。

武流やケントに対する、当てが外れた気持ちもあった。登ってくればいいだなんて、あまりに他人事《ひとごと》な態度ではないか。

所詮、彼らは鈴の父親になりきれていなかったのだと、失望が胸を覆う。恋愛に必ずしも親子愛は付随しない。もしくは、このシェアハウスの住人は皆、慣れ過ぎているのかもしれない。長年同居する家族が大した理由もなく去り、増え、また去っていくことに。

鈴に――〝娘〟に指摘されるまでは、ずっと見て見ぬふりをしていた。

だから温子は反省し、変わろうとした。シェアハウスを出て、本来の家族の形に戻ろうとした。

しかし、その覚悟を見届ける前に、〝娘〟は自ら死を遂げた。

「私はいつでもいいですよ。恥ずかしながら、普段から運動する習慣がないので、ジャージと登山靴を買う時間だけいただければ」

由里枝のよく通る声が耳に飛び込んできて、温子は我に返った。彼女の真剣な目を見て、娘への想いを真に共有できるのはやはりこの女性だけなのだと、胸の奥が熱くなってくる。

「次の休み……明後日《あさって》です。月曜日」

「では、そこで決行しましょう。馬淵さんはご多忙でしょうから、青沼ヶ岳への電車のルートなどは私が調べておきます。またご連絡しますね」

数秒のあいだ視線が合い、強い仲間意識が芽生えたように錯覚したのも束の間、こんなみすぼらしい場所からは一刻も早く離れたいとでもいうように、由里枝はヒールの音を鳴らして玄関を出ていった。

◇

「この空間、やっぱ最高」

二人掛けのシンプルな木のテーブルに、ホットドリンク用の紙カップを置きながら、鈴が周囲の壁を見回した。

「詩音ってほんと、センスいいよね。このレンガの壁とかさぁ、北欧のお洒落なカフェって感じだもん。よく見つけてくるよね、アンテナが高いっていうか」

「レンガの壁といっても、普通の壁紙の上から、百均とかに売ってるリメイクシートを貼ってるだけだけどね」

「え、百均？　まじで？　見えなかった」

「それでこんなに本場っぽくなるんだから、すごいよね」

「すごすぎだって。古い建物なのに、中と外とで雰囲気が大違いだもん」

詩音も、店名ロゴが印刷された緑色の紙カップを手にしている。中身は人気ナンバーワンメニューのホットカフェラテ、サイズはＬというところまで仲良くおそろいだ。カフェのレジカウンターでの注文は、必ず一緒に行う。どうせまた数日も経たないうちに二人して店を訪れるのだから、文払いはどちらかがまとめて、交互にすればいい。

色違いのネックウォーマーとコートを脱いで椅子の背にかけ、二人は腰を下ろした。両手で紙カップをくるむようにして、外を歩いて冷えた指先を温める。Lサイズのカフェラテを買うのは、二人でいると決まって何時間も喋り続けてしまうからだった。親友同士で過ごすひとときの居心地のよさは、高校を卒業してしばらく経った今でも、何も変わらない。

カップの側面を指先で撫でている鈴が、窓の外を見ながらふと口を開いた。

「ねえ詩音、質問。一番自由を感じるのって、どんなとき?」

「何それ。クイズか何か?」

長い黒髪を左右に揺らして、詩音が苦笑する。真面目に訊いてます、と鈴がおどけた様子で付け加えると、詩音は人差し指を顎に当て、少し考えてから言った。

「鈴といるとき、かな。こうやってコーヒー飲んで、どうでもいいことを長時間喋って」

「わ、嬉しすぎる回答」

「鈴は違うの?」

「違うわけない！　ってのはもちろんとして、あえて別の方向から答えるなら」と、鈴は照れたように前置きをする。「私は、自分がいるべき場所を、その外側から見てるときかな」

「自分がいるべき場所?」

「例えばほら、学校サボった日に、堂々と校門の前を通る気持ちよさとか。親が私の帰りを待ってるって分かっていながら、家の目の前で友達と無駄話を続ける楽しさとか」

「私には経験がないから分からない、って言いたいところだけど、なんか……分かっちゃうなぁ」

でしょ、と鈴が胸を張る。

鈴って意外とポエミーなとこある、と詩音が悪戯《いたずら》っぽく微笑む。

二人は示し合わせたかのようにプラスチックの蓋の飲み口を開け、ホットカフェラテを飲み始めた。ほっと温かい息が漏れ、鈴と詩音の狭い空間をより特別なものにする。

「さっき歩いてるとき、新しく、アウトドアショップがオープンしてたじゃん」

話は変わって、ところで、そういえば、といった断りの言葉は、二人の間では必要ない。鈴が偶然目にしたもの、詩音がとりとめもなく考えたこと、そのすべてが瞬時のうちに、話題として消費されていく。

「ああ、駅前のところね」

「『開店セール』を『閉店セール』に見間違えてさ、びっくりしちゃった。こんなお店あったっけ、って」

「確かに、『開店セール』って言い方、ちょっと珍しいかも」

「スポーツウェアやスニーカーがいっぱい、ワゴンで売られてたよね。登山靴みたいなのも」

「……ねえ鈴、くるみのこと考えてる？」

「……バレた？」

「だって登山っていったら、それしかないでしょ」

詩音が小さく肩をすくめる。その桜色の唇には、ほんの少しだけ、カフェラテの泡がくっついている。

「詩音さ」

「何？」

「くるみとあんな別れ方して、よかったと思う？」

「なんで？」

「うちらはこれからどこでどうするつもりです、みたいなこと、ちゃんと教えてあげたほうがよかったかなって」

「うーん、あの子は知らないほうがいいよ」

「なんで？」

「純粋すぎるから。秘密に耐えられなくなって、すぐ親たちに話しちゃうって」

「ああ、それは困るわ」

私たちのことは、私たちだけの、秘密だもんね——。

二人は魔法の言葉を囁き合う。この二人きりの世界を、永合くるみはともかく、親なんかに邪魔されるわけには絶対にいかない。

「知ってる？　うちらとくるみって、高校のとき、三人まとめて『隅っこ警備隊』って呼ばれてたらしいよ」

「え、初耳」詩音が目を瞬く。「誰が言ってたの？」

「橋田桜子とか、そのへんのグループだったかなぁ」

「由来は？」

「いつも教室の隅で、三人でくっついて内緒話をしてたから」

「それはまあ……しょうがないよね。だって、周りにおいそれと聞かせられない話が多かったわけだし」

「うちらって、初めから、そういう話題で結ばれた関係だったもんね」

放課後の三年一組の教室で、初めて永合くるみとまともに会話をしたときのことを、二人は懐かしく思い出す。

遠い昔のようだ、というのが、二人の共通の感想だった。

「『隅っこ警備隊』かぁ。孤独な者同士が集まった三人組、って認識されてたんだろうね。特にくるみは転校生で、施設の子だったし。『隅っこ』って、そういう揶揄《やゆ》も含まれてるんでしょ。あっちのグループがクラスの中心だったのは事実だけど、ちょっと腹立つなぁ」

「でもさ」と鈴が親友の怒りを吸収するように言う。「詩音も私もくるみも、みんな孤独だったとは思うけど、くるみとうちらって、根本的には正反対だったよね」

「ああ……言いたいことは分かるかも」

「私たちは、くるみにないものを持ってた。メイクとか、ファッションセンスとか、親とか。くるみが私たちを羨ましがって、一方的に憧れの気持ちをぶつけてきたのって、今思えば、ないものねだりばっかだったなぁって」

「逆もまた然《しか》り、かな。あの子もあの子で、私たちにないものを持ってた」

「まあね」

納得したように、鈴が首を大きく縦に振る。

「とにかく、あの子とうちらは、やっぱり深いところで分かり合えないんだよね」

「だから私たち、今でも二人でいるんだよね」

「そ、そ。この状態が一番落ち着くもん」

「くるみのことはもういいよ。卒業して疎遠になるなんて、よくあることだよ」

「だよねぇ。これからもずっと一緒だよ、詩音」

「うん、約束」

詩音が声を弾ませると、彼女の長い黒髪が今度は前後に揺れる。

紙カップを右手に持った鈴が、左腕を突き出した。

向かいに座る詩音も、親友の期待に応え、左手を差し出す。

真横に並んだ二人の手首には、細かなビーズ飾りがあしらわれた、おそろいのレースブレスレットが覗いていた。

互いのワンピースの袖を密着させながら、二人は考える。

あの子とは、価値観も性格も、何もかも合わなかった。

だから。

彼女と自分たちの人生が交わることは、二度とないだろう。

「変なこと言い出してごめん。くるみとはもう会うことなんてない。絶対ない。断言できるわぁ」

数分前の自分を笑い飛ばすかのように、鈴が豪快に言い放った。詩音はそんな陽気な親友の姿を、カフェラテを飲みつつ、幸せそうに眺めている。

仲睦《むつ》まじい会話の途中でも、スマートフォンに通知が来れば会話が中断されるのは、若者の常だった。テーブルの端に置かれていた鈴と詩音のスマートフォンが、二台同時に振動した。点灯したロック画面には、『速報』の二文字から始まる通知が表示されている。人気イラストレーターのスタンプ欲しさに以前そろって登録した、SNS上のニュース配信アカウントからの新着メッセージだった。

「やば！」

「なになに、政治家でも死んだ？」

「そんなんじゃ驚かないって。月野《つきの》成哉《せいや》と衣川《きぬがわ》未美《みみ》が電撃結婚！」

「嘘ぉ！　今をときめく二人じゃん！　しかもこのあいだ終わったばっかのドラマで恋人役だった！」

「ゲスト出演したワイドショーで発表したらしいよ」

「えー、見たい」

鈴が腰を浮かせる。スマートフォンは二台あり、まったく同じ新着通知が来ているのに、わざわざ押しくらまんじゅうをするようにして、詩音の持つ一台を覗き込む。

ささやかな幸福をはらむその瞬間が、有限の時間を生きる二人にとって、何より愛おしい。

第三章

母と娘と山と水

灼熱の太陽の下、私は泣きながら、駅へと走っている。

もうダメだ。ダメなんだ。シャンデリアのある邸宅にも、外壁のひび割れたシェアハウスにも、どちらにも帰れない。こんな生活、いつまでも続けられるわけがなかったんだ――。

人目に触れたくなくて、めちゃくちゃな道を通った。金網の向こうで犬が吠《ほ》える狭い路地を抜け、信号のない交差点を脇目も振らずに突っ切り、がむしゃらに、駅の方角を目指す。

顔を変えて二重生活を始めたときは、毎日が恐ろしかった。それが軌道に乗ってからは、初めの抵抗感が嘘のように、鼻高々になっていった。私ならできる。二つの家庭で、二人分の人生をやり直せる。工夫さえすれば、この先もずっと。

幻だった。

二年間も持ちこたえたのが、むしろ奇跡だったのかもしれなかった。

――できるよ！　だって別に、ＤＮＡや指紋を役所に登録してるわけじゃないしね。

明るく言い切った彼女の顔が、脳裏に蘇る。私は改札を抜け、最上段に『通過』と書かれている発車時刻案内板を見上げる。そして全速力で階段を駆け上がる。

息を切らして駅のホームに駆け込むと、うだるような熱気が押し寄せてきた。

◇

深い緑の葉の間から、木漏れ日がまだらに地に落ち、登山道のところどころに金色の水たまりを作っている。

鍔《つば》の広いサンバイザーにサングラス、首まで覆うUVカットマスクに長袖ジャージという全身黒ずくめの装備で、柳島由里枝は傾斜の緩い山道を登っていた。紫外線対策を万全にするのは、美容目的もあるが、生まれつき肌が弱いからだ。往復四時間も直射日光にさらされ続ければ、日焼けで肌が赤く炎症を起こしてしまう。

この体質は、詩音には遺伝しなかった。仮にもピアニストを目指しているのだから、外に出かけるときは必ず日焼け止めを塗りなさいと幼い頃から口酸っぱく言い聞かせていたにもかかわらず、炎天下を歩いて小学校から帰ってきた娘が「そういえば今日塗り忘れちゃった」などとけろりと口にしたときは、内心羨ましく感じたものだ。

隣を歩く馬淵温子も、日焼けによる肌荒れとは縁のない体質のようだった。首回りのよれたグレーの半袖Tシャツに、カーキ色のカーゴパンツという垢抜《あかぬ》けない服装で、日除《ひよ》けの帽子すらかぶっていない。汗拭き用の白いフェイスタオルを、申し訳程度に首にかけているだけだ。

平日の朝早い時間だからか、人は少なかった。すでに三十分以上休みなしで登り続けているが、自分たちより本格的な装備をした高齢者のグループと、単独で歩いている中年男性に抜かされたほか、登山客には遭遇していない。九月上旬のこの時期は大学もまだ夏休み中だろうに、SNSで写真が広まって一部の若者たちの間で人気に火がついたという情報は何だったのかと、狭い登山道を歩きながら拍子抜けしそうになる。

「若い人、全然いませんね」

由里枝が息を弾ませながら話しかけると、一歩先を行く温子が頷いた。

「人気があるの、冬だけなんですかね。それとも、鈴がケントにその話をしたのはずいぶん前の話なので、とっくに流行りが落ち着いちゃってるとか……」

「まあ、混雑しているよりはありがたいですけどね」

「張り切って始発に乗ってこなくても、よかったかもしれないですね。ゆっくり十時くらいに登り始めて、山頂でお弁当――なんていう計画でも」

ああすみません、と温子がこちらを振り返って苦笑する。呑気《のんき》すぎる発言だと思い直したのだろう。自分たちは、ここに遊びにきているわけではない。

だが、つい目的を見失いそうになる気持ちも分からないではなかった。目の前には緑の葉と茶色い木の幹に囲まれた小道が延々と続いている。土の匂いが鼻腔《びこう》をくすぐり、気持ちのいい風が時おり袖の隙間から入り込んでくる。都会からいつしか消えてしまったものが、ここには有り余るほどあった。こうして自然に囲まれていると、敵とみなしていたはずのもう一人の母親と、なぜ二人して山登りのレジャーに興じているのか、次第に理解が追いつかなくなり、頭の中が混沌《こんとん》とし始める。

自分のような年代の人間にとって、柔らかい土を踏んで歩く感触は、それだけで郷愁を誘った。温子もそうだろう。特に田舎《いなか》育ちではない由里枝にだって、雑草だらけの近所の空き地に入って遊ぶ程度の経験はあった。

しかし今の若者は、生きてきた時代が違う。山頂付近に出るまでは壮大な景色が見えるわけでもなく、ただひたすらに代わり映えのしない登山道が続いていく——そんな地味な喜びに惹かれる感性を、もし詩音や鈴が持っていたのだとすれば、今どきの子だと思っていた彼女たちのことを、少し見直したほうがいいのではないかという気がしてくる。

行く手に木のベンチが見えてきた。先客はいない。すでに太腿《ふともも》やふくらはぎが悲鳴を上げ始めていて、自然と身体が吸い寄せられる。

「あ、休みます?」

温子が足を止め、こちらを振り向いた。いつになく朗らかな表情をしているのは、よく晴れた日にこんな山の中に来たせいで、やはり童心に返ったような心地になっているからだろう。由里枝も温子も、山登りをするのが自身の小学校時代以来だということは、登山口行きのバスの中で話題に出ていた。

「ごめんなさい。一、二分だけ、脚を休めてもいいですか」

「そう言わずに、五分くらい休憩しましょうよ。私も水を飲みたいし」

温子の申し出に安堵しつつ、二人並んで道端のベンチに腰かける。顔を上げると、葉の間を縫って降り注いでくる日光が目を刺した。頭上では、やかましい蟬《せみ》の声に交じって、幾種類かの鳥の鳴き声が、どこか控えめに響いている。

隣でペットボトルの水を飲んでいる温子の顔に、まだ疲労の色は浮かんでいなかった。彼女のふくよかな体形からして、運動は苦手なのだろうと勝手に決めつけていたが、蓋を開けてみれば、由里枝のほうがよほど苦戦を強いられている。

「こんなに早く音を上げてしまって、お恥ずかしい限りです。馬淵さん、すごいですね」

「体力があるのは、仕事のおかげですよ。鍛えられてるんです」

「お仕事って、ベビー用品店じゃ……」

「肉体労働のイメージ、あんまりないですよね。でも意外と、けっこう体力使うんですよ。一日中立ちっぱなしの仕事ですし、トラックで運ばれてくる段ボール箱も服やら靴やらがぎっしり詰まってて、そういうのをしょっちゅう持ち上げるわけなので。陳列棚も上のほうまであって、私みたいに背が低いと品出しのたび、両手いっぱいに商品を抱えて脚立《きやたつ》を上ったり下りたり――」

息を切らしていないぶん、珍しく温子のほうが饒舌《じょうぜつ》だった。外見からして同じ五十代だろうに、由里枝には到底できないことを何でもないように言ってのける温子に、危うく羨望《せんぼう》の目を向けてしまいそうになる。

油断してはいけない。心を許してはいけない。馬淵温子は、由里枝のあずかり知らぬところで、〝娘〟が自殺した原因を作ったかもしれない母親なのだから。

警戒を怠らぬようにと自分の胸に言い聞かせるものの、長い道中、無言を貫こうとするとそれはそれで時が経つのが遅く感じられ、苦痛の度合いが増すのだった。

きっかり五分で休憩を終え、再び歩き出す。幾ばくも経たないうちに、心に巣くう正体不明の不安を取り除くためにも、由里枝はやはり温子の声を求めてしまう。

「最後に登山をしたのは小学生の頃ということでしたけど、馬淵さんも、林間学校でこういうところに来たんですか？」

「林間学校？　あ、いえいえ、全然違います。学校行事じゃなくて、父に連れてってもらいました。小学二年生の途中から離れて住むようになっちゃったので、一年生のときに一回きりですけど」

「単身赴任か何か？」

「外に女の人を作って出ていっちゃったんです。母と、私たち四人きょうだいを置いて」

お酒を飲むとすぐ怒って包丁を振り回すような人だったから、まあそれでよかったんですけどね――と温子が何でもないように言い、由里枝は度肝を抜かれる。「それは、ご苦労も多かったことでしょう」となんとか慰めの言葉を口にすると、「苦労というか、寂しかったです。大人一人に子ども四人は」と彼女が遠い目をして言った。

「だから私、鈴に似たような思いだけはさせたくなくて――」

そう言いかけた温子が、何かを呑み込むように喉を動かし、目を泳がせる。何を躊躇しているのだろうと由里枝は訝《いぶか》しみつつ、「それでシェアハウスに住むことにしたんですか？」と助け船を出した。

「あの……はい、そうなんです。シェアハウスって、いろんな人がいて賑《にぎ》やかでしょう？　私が遊んであげなくても、みんながちょっとずつ子どもの相手をしてくれるんです。鈴が小学校六年生のバレンタインのときなんかは、すごかったですよ。お酒を飲みながらお菓子作りを大人七人で手伝って、結局、クラスの子全員に十個ずつ配れるくらいの量が出来上がって。鈴ったら、友達みんなに驚かれたって、その日はスキップして帰ってきたなぁ」

「バレンタインの『友チョコ』配りの習慣って、いつから始まったんでしょうね」

温子の言葉に過去の記憶が刺激され、由里枝もつい、娘との思い出話を頭の中から引っ張り出す。

「私たちのときにはありませんでしたから、初めは理解できませんでしたけど、私も詩音に小学校高学年くらいから泣きつかれるようになりました。手作りのものを持っていかなきゃいけないと言うので、毎年仕方なく私がブラウニーやココアパウダー入りのチーズケーキを焼いて、一つずつ綺麗にラッピングしましたよ」

「全部、柳島さんがやってあげてたんですか？」

「ピアノの練習の妨げになりますからね。『友チョコ』を持っていかなかったことで学校での人間関係がこじれて、練習に集中できなくなっては困りますし」

「ちょっと意外だけど、安心します。詩音ちゃんみたいなしっかりしてる子は、お菓子も自分で作って持ってってってるんだと思ってました」

温子が屈託なく笑う。うちの詩音の何を知っているのだ、と言い返したくなるものの、相変わらずさほど呼吸の乱れた様子がない温子に阻まれてしまう。

「全部やってあげるなんて、柳島さん、いいお母さんですねぇ」

「一緒に作るほうが本人の学びにはなるんじゃないですか。うちの場合はピアノをやらせていて時間がなかったので、やむを得ずそのように対処しただけで」

「どこの家庭でも、バレンタインのお菓子作りを親が手伝うのって、一緒なんですね」

「それはそうでしょうね。特に小学生なんて、一人でオーブンを扱えるわけがないですし」

「でも子どもは、自分一人で作った気になってるんですよね。親のほうが一生懸命頑張っても、友達からもらってきたたくさんのチョコは、なぜか全部子どものものになっちゃう。ちょっとくらい感謝して、分けてくれたっていいのになぁ」

思わず口元が緩む。その点については、由里枝も覚えがあった。

性格も考え方も何もかも違う人間のはずなのに、母親としての体験や当時の心境は似通っているのが、なんともむず痒《がゆ》い。

「もしかして柳島さん、詩音ちゃんが子どもの頃、誕生日ケーキも手作りしてあげてました？」

「ええ、作ってましたね。市販のものは甘すぎるので、砂糖の量を調節したくて」

「やっぱり！　さすがです」

「さすがって……」

「うちは買っちゃってました。チョコやクッキーくらいならいいんですけど、ケーキはデコレーションが難しそうで。私、柳島さんみたいに手先が器用じゃないんです」

「私だって人並みですよ」

「いいえ、ピアノを弾けるんですから、器用に決まってます」

今日の温子は、やけに由里枝との距離を詰めてこようとする。

不思議と、迷惑には感じなかった。相手の無邪気さに辟易《へきえき》し、苦手意識が芽生えることもない。

なぜなのか、と考える。

山登りに行くと決まってから、温子が急に態度を軟化させたのは、自分たちのことをもはや娘の遺骨や遺影を奪い合う仇敵《きゅうてき》同士ではなく、同じ目的のために連帯する者同士だと認識し始めているからなのだろう。

いや——連帯しているだけではない。

愛する娘が命を落とし、または忽然《こつぜん》と姿を消し、現時点で生きているか死んでいるかも分からないという受け入れがたい状況に巻き込まれた、当事者同士、被害者同士なのではないか。

この二年間、互いの家庭で過ごしていた二人の娘は、同一人物だった。

その〝娘〟は、電車に飛び込んで死んだ。

つまり、由里枝と温子がともに彼女の〝遺族〟であることは、紛れもない事実なのだ。

馬淵温子のあからさまな好意を無下にできないのは、由里枝自身が、その奇妙な構図に気づき始めているからに他ならなかった。

「最初は、ホールのデコレーションケーキを買ってたんですよ。メッセージプレートもつけて、年齢分のろうそくも立てて、みんなでハッピーバースデーの歌を歌って」

美しい万緑を背景に、温子が目を細める。

「でも中学生になったくらいから、反抗期が始まって。『なんでみんなで同じ種類のケーキをわざわざ食べなきゃいけないの？』『ろうそくなんて要らないじゃん』『歌うのもダサい』って言われて、カットケーキを人数分買うだけになって」

「分かります。うちの場合は、詩音が冬生まれ、私が夏生まれなので、半年ごとにお互いの誕生日をお祝いしあっていたんです。私が焼いたホールケーキにろうそくを立てて、バースデーソングの後に火を吹き消して――その習慣は高校まで続いてましたけど、あるときから、せっかく作ったケーキを残されるようになりました。それを咎めたところ、『お店のケーキが食べたかった』と言い返されたときは、怒りで手が震えましたね」

「あのくらいの年齢の子どもは、親の気持ちを分かってくれないんですよね」

「想像力が働かないんでしょうね。そのデコレーションケーキに、母親が――馬淵さんや私が、どれほどの思いを託していたか」

「それでも手作りのケーキ、作り続けたんですか?」

「いいえ、さすがに心が折れて、翌年からは市販のものにしました。馬淵さんのところと同じで、カットケーキを人数分、食後のデザートとしてただ食べるだけ」

「やっぱりそうなっちゃうんですね」

温子が大げさに胸を撫でおろす。みすぼらしい格好をしたこの母親に、仲間として一緒くたに扱われても、驚いたことに、前ほど不快な気分にはならない。

「でもね――去年の私の誕生日には、詩音がケーキを焼いてくれたんですよ。『休学して養われてる身だから、これくらいはやらせて』って言って」

「あ、鈴もです。私の誕生日にだけ、『ママは特別ね』って、大きなバスク風チーズケーキを」

「うちで作ったのもそれでした。バスク風チーズケーキ！」

「そちらでも！」と温子が目を丸くする。「よっぽどレシピを気に入ってたのかもしれないですね。それか、作り方が簡単だったとか」

「私の誕生日、八月の半ばなんです。だから今年も作ってもらえるんじゃないかと期待してたんですよ。ちょうど、詩音が家出する前日の夜に、プレゼントの希望を訊かれたんです。それで私、『昔みたいに、手作りのケーキとバースデーソングでお祝いしてほしい』って伝えました」

「ああ、いいですね。私もまた鈴にやってほしかったな」

「『バッグやアクセサリーじゃなくていいの？』って、きょとんとされましたけどね。でもお小遣いを渡してるのはこちらなので、その中から費用を捻出させるのも変な話でしょう？『お母さんにとってはそれが一番幸せだから』って強調したら、そのときは詩音も了承してくれたんですけどね……」

心に暗い影がよぎる。詩音が姿を消す前夜、就寝前にダイニングテーブルでカフェインレスの紅茶を飲んでいたときのこと。〝娘〟はいつものように、静かに微笑んでいた。おやすみなさい、と囁き声を残して二階に上がっていき、そのまま、一晩のうちに姿を消した。

薄々、頭に思い浮かんでいることはあった。

だが認めたくない。受け入れたくない。

もしかすると、彼女を追い詰めたのが、自分だったかもしれないなんて――。

「チーズケーキ以外だと、詩音ちゃんの好きなケーキって、何だったんですか？」

馬淵温子が、空気を読んだのか、逆にまったく読んでいないのか、なんとも判断がつかない質問をする。

彼女が意図したかどうかはともかく、由里枝の心を覆いかけた影は、木々の間から顔を覗かせる昼間の明るい太陽にも助けられ、どこかへ消えていった。

「モンブランです。でも最近は好みが変わって、たくさん果物の載ったフルーツタルトをよく食べてましたね」

「フルーツタルト、鈴も買ってました！　昔はチョコレートケーキ一択だったのに。好きな食べ物はどうでした？」

「和洋中でいうと、このごろは中華にハマってましたね。私はそれほどでもないんですけど、外食をする機会があると真っ先にリクエストされて……」

「うちの鈴もでした。たまにスーパーでお惣菜《そうざい》を買ってくるよう頼むと、餃子《ギョーザ》とか春巻きとか角煮とか、そういうのばかりなんです。『大人になって中華の美味しさに気づいた』なんて言ってましたね――」

傾斜が徐々にきつくなってきた山道を登りながら、興奮気味に娘たちの情報交換をする。

互いが語る子育てのエピソードには、基本的な性格や日々の過ごし方以外のところで、驚くほど類似点があった。味の好み。好きな芸能人。この二年間は同じ〝娘〟を育てていたのだから、当たり前といえば当たり前だ。

ただ、整形前――詩音と鈴の二人が同一人物になる以前の話をしているときにも、どういうわけか、何かと共感を覚えるタイミングが多いのだった。娘が気に入っていた児童書のシリーズ。誕生日やクリスマスにねだられたおもちゃ。クラスの友人との付き合い方。学校行事や同窓会への参加態度。思春期突入後の親への反抗の仕方。だから二人は気が合ったのか、と会話のところどころで幾度も得心してしまうほどに。

どちらの娘の思い出話をしているのか、徐々に分からなくなってくる。

二人の娘が溶け合い、遺影に写る一人の娘へと収斂《しゅうれん》していく。

それと同時に、二人の母親もまた融合し、存在を知らなかったもう一人の娘の母親へと、自身を昇華させていく。

ただの錯覚だ。だが無視はできない。緑豊かな山の中という、日常とかけ離れた場所にいるのも影響しているのだろうか。気がつくと温子の目には光るものが浮かび、由里枝は両手を胸の前で固く組み合わせている。

直視したくない、だが確かにそこにある、私たちの娘——という感覚。

幾度か休憩を挟んだ。腰を落ち着けた状態で話し込むのはなぜだか気恥ずかしく、由里枝と温子の会話は、登山道を歩く間のみ続いた。道が階段状になり、足を踏み出すのが億劫《おっくう》になる。足場が悪いところでは、温子が振り返って手を差し出してくる。初めのうちは頑《かたく》なに断っていたものの、途中から急傾斜の登りが増えてくるとなりふり構っていられなくなり、彼女の厚意に甘えて、その肉付きのいい手を取る。

登山を開始して一時間半ほど経ったところで、不意に行く手の木々が開けた。奥へ奥へと連なる青い山々が目に飛び込んでくる。地道に登ってきた標高をようやく実感し、ため息が出た。我先にとカメラやスマートフォンを取り出している他の登山客を横目に、一分ほど立ち止まって壮大な風景を眺め、温子とともに歩き出す。山頂まではもう少しかかるらしい。背の高い木々のトンネルが、再び由里枝たちを誘い込む。

「ねえ、柳島さん」

半月前に由里枝の家に乗り込んできたときの剣幕はどこへやら、温子が穏やかな調子で呼びかけてきた。

「もう一度、詩音ちゃんに会えたら、何をしてあげたいですか」

「やめてくださいよ、そんな……考えただけでつらくなることを訊くのは」

「すみません」

「馬淵さんは？」

軽い気持ちで尋ねると、温子は急に表情を硬くした。歩く速度が遅くなり、視線が地面へと向く。

「私は……謝りたいです」

「鈴さんに？」

「はい。あの……突然、変なことを訊きますけど。柳島さんは、『ポリアモリー』って知ってますか？」

由里枝は首を左右に振った。

続けて温子が説明した内容は、由里枝の常識をひっくり返すようなものだった。

生まれてこの方、そんな言葉も、そんな家族の形態も、聞いたことがない。

四年制大学を卒業後に私立小学校で音楽を教えていた由里枝は、親戚の紹介で誠と出会い、一年の交際を経て結婚した。教員の仕事は寿退職し、代わりに自宅でピアノ教室を開いた。それからというもの、専業主婦に限りなく近い立場で、いついかなるときも家庭を守るのを第一の使命としてきた。今でこそ夫と不仲になり別居しているが、誠の背後に他の女の影がちらついたことはないし、反対に不貞を疑われたこともない。

だからこそ、複数の異性と、それもシェアハウスという一つの建物の中で幾重にも絡み合った恋愛関係を結ぶなど、想像もつかなかった。

この歳《とし》になっていやらしい、という非難が真っ先に頭に浮かぶ。あの国保武流という男の父親らしくない佇まいや、シェアハウスの住人たちの間に漂う異様な空気感、そして温子の話とが結びつき、背筋が寒くなる。だが温子の意気消沈した顔を目にしては、いきなり鋭い言葉をぶつけることはできなかった。

「どうしてそんなことを、私に打ち明けたんですか？」

「柳島さんがどう思うか、聞きたかったんです」温子が自信なげに答え、怯えたように目を伏せた。

「私……おかしいんでしょうか？」

「性的指向については、部外者の私がどうこう言えるものではありません」

昨今の世論を鑑《かんが》み、由里枝も慎重な言葉を返す。

「今の世の中、それが受け入れられるコミュニティも存在するんでしょう。ただ——子どもを持つ母親としては、違和感を抱かないと言えば嘘になります。そこは果たして、子どもが健全に成長するのに適した場所なのか、と」

「やっぱり、そうですか」

小柄な温子が、いっそう身を縮めた。しかし心の底から納得はいっていないらしく、こちらに縋るような目を向けてくる。

「でも……反抗期の頃だって……鈴はバカとか死ねとか、私にはひどいことを言うけど、シェアハウスのみんなにはそこまできつく当たらなかったんです。そんな姿を見て、たくさんのパパたちと仲良くしようとしてくれてるんだなって、安心してたんですけど。それに小さい頃は、楽しそうにしてることもいっぱいあったんですよ。さっきのバレンタインの話みたいに、普段からたくさんの大人に可愛がってもらってましたし——」

「子どもを見守る人数が多ければ多いほど望ましい、というわけじゃないんですよ」

温子の弁解めいた口調に腹が立ち、由里枝は思わず言い放った。

「いいですか。鈴さんはいつだって、馬淵さん一人を見ていたんです」

「……え？」

「他の誰でもない、お母さんに振り向いてほしかったんですよ。だけど常に複数の異性と交際して、夜になると彼らの部屋に行ってしまう馬淵さんが、真剣にその目を見つめ返すことはなかった。だから鈴さんは、子どもとしての欲求不満を馬淵さんにだけ思い切りぶつけ、他の大人には当たり障りなく接していたんです。その態度が、何よりの証拠じゃないですか」

「あんなに大人がいても……鈴にとっては、私だけが親だった、ってこと？」

温子が睫毛と唇を震わせる。ようやく、鈴との母娘関係が悪化した根本的な原因を自覚したようだった。

ほんの数分話に耳を傾けた由里枝が当時の鈴の心理状態を見抜いたのに、当の母親は今の今まで気づいていなかったのかと、思わず天を仰ぎたくなる。

「鈴さんはたぶん、愛に飢えていたんです。詩音が生まれてから、私は詩音だけを見つめてきました。夫も、ピアノ講師の仕事も、自分の人生でさえ、いつも二の次だった。それでも愛情が足りているか、きちんと娘に伝わっているか不安で仕方なかった。極端かもしれませんが、世の中にはこういう母親もいるんですよ」

「そうだったんだ……鈴」

由里枝の母親としてのスタンスを示す言葉がどう響いたのかは不明だが、亀の歩みで足を動かしている温子は、ひどく虚《うつ》ろな顔をしていた。後ろから来た中年の夫婦が、不審そうな視線をこちらに向けながら、慣れた足取りで由里枝たちを抜かしていく。

温子は憔悴した様子で俯き、足元の落ち葉を力なく蹴りながら、半ば投げやりに言った。

「半年くらい前に、酔っ払った娘に言われたんです。ポリアモリーの考えに私は共感できない、ママが男の人たちと遊んでばかりなのは嫌だ、って。あれは……もしかしたら、詩音ちゃんだったのかもしれませんね」

「どういうことですか？」

「二年半前に家出したのは、鈴のほうだったんじゃないかって、そんな気がしてきたんです。だって、何人もの男の人に恋をしないと生きられない私のこと、鈴は軽蔑してたんでしょう？　きっとそれに耐えられなくなって、家を捨てることにしたんです。でも完全に私を突き放す勇気は出なくて、ちょうどそのころ整形を考えていた詩音ちゃんに、時たまシェアハウスに顔を出して自分のふりをするよう頼んだ。そう――半年前にああやって、娘がポリアモリーのことをちゃんと指摘してくれたのは、あの子が鈴じゃなくて、外から来てそのおかしさに気づいた詩音ちゃんだったからですよ！　私、初めて、心を動かされたんです。それなのにどうしてあの子が急に自殺しちゃったのかまでは分かりませんけど、丸二年も無理な生活を続けて、ストレスが溜まってたのかなぁ……」

木々の下をゆっくりと歩きながら、由里枝は静かに、温子の言葉に耳を傾ける。

詩音がちょうど整形を考えていただとか、二重生活のストレスが自殺の引き金だとか、杜撰《ずさん》な想像で補っている部分はいくつかあるものの、温子が突然語りだした説は、由里枝にとって非常に魅力的なものだった。

この説に従えば、由里枝には一切落ち度がなかったことになる。詩音が電車の事故で帰らぬ人となってしまったことだけは悔やまれるが、ただれた生活をしていた温子と、詩音に無責任な依頼をして姿を消した鈴にすべての責任を押し付けた上で、トラブルの発端となった遺影と遺骨を手中に収めることができるのだ。

警察や役所を巻き込んだ実際の手続きはともかく、このまま相手の考えに同意するふりをして、温子本人を丸め込むのは簡単そうだった。

だが、彼女が自身の尊厳に関わる大きな秘密を明らかにしたにもかかわらず、こちらの弱みを隠したまま真相を一つに絞り込むのは、フェアでないような気もする。

この十数分で目に見えて元気を失くした温子が、足元の木の根につまずき、転びそうになった。ここまでさんざん助けられてきた由里枝が、今度は彼女の腕を支える。

ともに次の一歩を踏み出しながら、由里枝は呼吸を整え、自身のプライドを打ち破る心の準備をした。

「さっき、詩音に会えたら何をしたいか、とおっしゃいましたよね」

「あ、はい……」

「私は――説得したいです。詩音を、もう一度」

＊

鳥や蟬が鳴き、葉がこすれ合い、足元を虫が這っていく。

こんなにも自然の美しいところで、自分たちはいったい何を話しているのだろうと、隣を歩く由里枝の淡々とした声を聞きながら、温子は幾度も我に返る。

夫が会社で不正をし、長年勤めた大手企業を辞めざるを得なくなった、と由里枝は語った。

娘の詩音が高校三年生に上がる前後の出来事だという。初めに経理部に見咎められたのはほんの少額の交通費の精算だったが、それをきっかけに過去数年分の経費申請履歴を調べ上げられたことで、実態のない請求が芋づる式に明らかになってしまった。次第に言い訳のできない状況になり、会社側と協議を重ねた結果、発覚した分の返済をした上で夫は会社を退職。しかしその情報が娘に漏れ、ろくに話し合いもできないまま、親子の仲が急激に悪化した。

「給与の振込口座は主人が管理していましたから、入社してからの二十数年間で、主人がどれくらいのお金を不正にせしめていたかは私も知りません。でも、それほど大した額ではないはずなんです。詩音は疑心暗鬼になるあまり変に勘違いしていたようですけど、あの家を建てるにあたっては私や主人の両親からの贈与もありましたし、資産運用で得た利益も充てました。親戚の伝手を頼って建築費用も抑えました。何より主人は、周りの同期より昇進が早く、ボーナスも常に多かったんですよ。長年にわたって業績への貢献を評価されていたからこそ、すぐさま懲戒解雇にはならず、退職時に恩情をかけてもらえたわけです。経費の件は、仕事ができる人間だからこそ目につく制度の穴を、上手く有効利用しようとしたんです。主人はあくまで、家族の生活を支えるため――」

後ろめたい気持ちでもあるのか、彼女は目の回るほどの早口で語った。

要は、それくらいのことをしている人は世の中に大勢いて、発覚したのが不運だっただけ。潔癖な正義感を振りかざす詩音のほうが、考えすぎで、世間のことを何も分かっていない。由里枝はそう言いたいようだった。

実際に、抜け目のない人間はたくさん存在するのだろう。そうやってズルをすることを厭《いと》わない者がピラミッドの上に行き、温子のような愚直な労働者は下の階層に取り残される。父が女にうつつを抜かして家を出ていって以来、ビルの清掃と弁当工場の仕事を掛け持ちして女手一つで四人きょうだいを育て上げた母のことが思い出され、嫌な気分になった。

由里枝もその夫も、お金の尊さをちっとも分かっていない。温子の何倍も、お金を持っているのに。いや――お金を持っているからこそ、なのかもしれない。

「それ……ちゃんと言ったんですか？　詩音ちゃんに」

「え？　言いましたよ。お父さんはあなたの言うほど悪い人じゃない、家族のために頑張っていただけなんだからあんまり責めるのはやめなさい、って」

「そうじゃなくて、お金の話を、です。それまでのご主人のお給料とか、投資の利益とか、ご主人や柳島さんのご両親からもらったお金とか……そういうものの、細かい金額を。それを足し合わせれば、ちょっとは誤解が解けるわけでしょう？」

「まさか。子どもの前でそんな話をするなんて、野暮じゃないですか。第一、私も大まかにしか把握していませんし。ましてやあの子は当時高校生ですよ。主人の仕事やお金のことなんて心配せず、ピアノに専念していればよかったんです。ただでさえ音大受験が近づいていて、時間が足りない状況でしたし――」

「そういうときは、子ども扱いしちゃダメですよ」

はっきりと言ってしまってから、温子は少し後悔した。横から突き刺さる由里枝の視線が恐ろしい。でも途中まで口にしたからには、最後まで意見を述べなくてはならない。

「だったら、詩音ちゃんが思い込むのも仕方ないです。パパがとんでもない額のお金を会社から取ってきて、それで自分を育てたんだ、って。着ている服も、住んでいる家も、ピアノの才能も、自分が持っているものは全部、本当はなかったはずの、盗んだ宝石だったんだ、って」

「盗んだ……宝石？」

「詩音ちゃん、パパだけじゃなく、自分まで犯罪者になった気がしてたんじゃないですか？　生きてきた十七年が、全部否定されたような感じがしたんじゃないですか？　せっかく、ピアノも勉強もよくできたのに。それってすごく、かわいそうなことだと思います」

由里枝は雷に打たれたように、両目を大きく見開いていた。

そんなわけないのに、と彼女の薄い唇が動く。――なかったはずの宝石。そんなわけない。あの子は原石だった。それを磨くのに、お金を使ったかもしれない。でもそのお金は……別に主人があんなことをしなくたって……全部が全部、不正なものなんかじゃ……。

全部が全部、と口にしたあたりから、由里枝の声が急激にか細くなり、自信なげに消えた。木々の間を抜けて、強い風が吹きつける。乱れた髪の間から、彼女が漏らした声がかろうじて聞こえてきた。

「主人の過《あやま》ちに対して詩音が不寛容すぎた、というわけではなかったんですね。あの子はずっと、自分自身の『罪』と戦っていて……音大を休学したのも、周りのレベルの高さについていけなかったからではなく……」

「たぶん、そうだったんでしょうね」

過保護に思えるくらい、常に一番近くで詩音を見守っていたはずの由里枝が、どうして娘の本心に気づけなかったのだろう、ともどかしくなる。

ただ、温子も人のことは言えなかった。先ほど由里枝に指摘されたように、もっと鈴に目を注いでやらなければいけなかったのだ。武流より、ヨースケより、他の男たちの誰より、自分のお腹から生まれてきた、たった一人の娘に。

「馬淵さんに厳しく言っていただけたおかげで、よく分かりました」

隣から聞こえてくる凜とした声に、温子ははっとして顔を上げた。

「もしかすると、二年半前に家出していなくなってしまったのは、うちの詩音だったのかもしれませんね。理解のない親のもとにはこれ以上いたくないからと、整形に興味を持ち始めていた鈴さんにすべてを押しつけて、一目散に逃げてしまった。その後二重生活を強いられた鈴さんの苦労も、何も知らないで」

「柳島さん……」

「説得したい、という言葉は撤回します。やっぱり私も、詩音に謝りたいです。もし、もう一度、どこかで会うことができたなら」

由里枝がまっすぐに前を見て、序盤から疲労を訴えていたのが嘘のように、迷いのない足取りで歩き始めた。

頭上を仰ぐと、雲のない青空が迫ってきた。いつの間にか木々のトンネルを抜け、開けた場所に出ている。道幅がやや広くなった先で、登山客が写真を撮っていた。青々とした遠くの山の連なりが、ここからも見えるらしい。

五歳ほどの女の子を連れた夫婦がいる。あと何分で着くのぉ、と不満げに問いかける少女に、あの階段を上ればすぐだよ、と一眼レフカメラを首から下げた父親が答えている。彼の言うとおり、行く手に急傾斜の登りが待ち構えているのが見えた。

「あと、もうひと踏ん張りみたいですね」

「ええ」由里枝が道の先を見据えて頷く。「頂上に何かヒントがあることを信じて、頑張りましょう」

彼女の言うヒントとは、おそらく、生きているほうの娘の居場所を捜すための手がかりのことだ。

これまで自分たちは、母親としての自分を肯定したいあまり、つまらないプライドを捨てられずにいた。二年間も同じ家で暮らしていた娘が赤の他人とは到底思えない、だから遺影に写っているのはうちの娘だ——その身勝手な主張は、今やすっかり正反対になっている。

山頂への道すがら、温子と由里枝が互いの汚点をさらけ出しあったのは、それぞれの非を見つめ、娘の生存に希望を持ち始めた証だった。

鈴、生きていて。

温子がそう願う横で、由里枝は考えているだろう。

詩音、生きていて、と。

自分たちは結局、同一の望みを持つことはできない。一方の希望が叶えば、もう一方が涙を呑むことになる。その関係性は変わらないけれど、柳島由里枝との距離は確実に近くなっていた。出会ったときからそこはかとなく感じていた、彼女の後ろ暗さの正体も分かった。完璧に見える母親にも、そうでない部分はある。自分と由里枝は、思っていたよりも、ずっと似ているのかもしれない。

そういえば自分たちは、親友だった二人の少女の母親同士なのだ、と初めて意識し、笑ってしまいそうになる。

高校の保護者の集まりに顔を出していれば、和やかな関係のママ友にでもなっていたのかもしれない。温子は元が引っ込み思案な上、男兄弟の中で育ったからか女性だけのコミュニティに交じるのも苦手で、鈴の学校行事には必要最低限しか参加してこなかった。でも、鈴が小学校のときなどは、授業参観後に周りの母親に話しかけられることもあった。鈴が仲良くしている子たちの母親は、みんなお喋りで、感じのいい人たちだったように思う。

由里枝とは、望まない出会い方をしてしまっただけで、実は相性がよかったのだとしても、何の不思議もない。

そう考えると、家族ぐるみで付き合いのある友人に誘われて遠くへ遊びに来ているかのような、どこか浮き立った気分になってくる。娘たち二人もかつてこの登山道を辿ったのだと思うと、余計に高揚感が募った。

鈴と詩音が、どんな気持ちでこの山に足を運んだのかは分からない。でも、まさか二年半後に自分たちの母親が連れ立って山登りに挑むとは、親友同士でここを歩いたときには想像もしなかっただろう。

それも、バレンタインの友チョコ作りだとか、誕生日に好んで食べたカットケーキの種類だとか、そんな何でもない思い出を、懐かしく語り合いながら——。

丸太で作られた階段を上る足が、一瞬、止まりそうになった。

前を行く由里枝の背中が離れていく。取り残されかけた温子は、はっとして彼女を追いかける。荒い息遣いが頭上から聞こえてくる。丸太を踏み越えるたび、温子の呼吸も弾む。懸命に上へ上へと足を動かしながら、たった今頭をかすめた可能性を反芻《はんすう》する。本当に、そう考えていいのか。見落としはないか。だとしたら、あの子の正体は。

「──綺麗」

急傾斜の山道を登り切った由里枝が、魂の抜けたような声を出した。

一拍遅れて、温子も彼女の隣に立つ。

どんな雑念も一滴残らず奪い去ってしまうかのような絶景が、目の前に広がっていた。

手前の低い山から、奥の高い山へと、緑や青の稜線《りようせん》が何層にも重なり合っている。右に目を向ければ、隣の山まで続く緑の谷が。そして左に視線をやれば、遠く地平線まで続く平野が。そのすべてに、目に眩しい金色の太陽光が降り注ぎ、世界を鮮やかに浮き上がらせている。

パンフレットで見たより何倍も美しい風景が、温子の疲労を瞬く間に吹き飛ばしていった。

山頂は想像していたより平らでだだっ広く、天然の展望台のようになっていた。子どもが気持ちよく駆け回れそうな三角形の高台を二つ、前後に連結したような形をしていて、その繋ぎ目の狭くなったあたりに、比較的新しそうな木造の建物がある。あれが、二年半前に建て替えられた公衆トイレなのだろう。

「いいところですね」

純粋に景色を楽しみに来たわけではないと分かっていながら、温子は思わず声を弾ませて由里枝に話しかけた。彼女も黙って頷き、後ろからやってくる登山客の邪魔にならないようゆっくりと歩きながら、周りの景色を見回している。

「建物は、公衆トイレしかないみたいですね。ここまで来る間にも、特に見かけませんでしたし」

縦長の山頂の真ん中ほどまで来たあたりで、由里枝がそう口にした。武流がいい加減な口調で挙げていた「絶品の山頂レストラン」や「超人気芸能人の別荘」が存在しないことの確認だと気づき、そうですね、と温子は背筋を伸ばして答える。

「パンフレットの表紙にあった、あのエメラルドグリーンの沼は、どこから見えるんでしょう」

「あっち……じゃないですか？　人が集まってますよ」

「行ってみましょうか」

公衆トイレの脇を通り過ぎ、奥のほうへと歩く。ここは下り坂になっていた。振り返ると、『青沼ヶ岳頂上』と書かれた杭のような白い標識が、自分たちが通ってこなかった斜め後ろの小高い丘の上に立っている。ここから先のエリアは、正式な山頂地点より、一段標高が低くなるらしい。

人が集まっているといっても、行く手に見える登山客はせいぜい四、五組ほどだった。途中で自分たちを抜かしていった登山客が、すれ違った下山中の客より多かったことを思うと、もっと山頂が混雑していてもおかしくなさそうなものだけれど、どうやら山の反対側へと尾根を下っていく下山ルートがあるらしい。本格的な装備を身につけていた人たちは、そこから次の山の頂上を目指すようだ。周りの高い山に登るための通過点でもある、というケントの言葉を思い出す。

そこらに鎮座している大きな岩の横を通り過ぎ、パンフレットに写っていた山々の方向へと歩を進めた。高台状の山頂の周囲には、転落防止用のロープが張り巡らされている。カメラを構えた登山客のグループが何組か集まっているところへ近づいていくと、眼下に大きなエメラルドグリーンの沼が見えてきた。

「ここですね、あの写真が撮れる場所は」

「ああ……そうみたいですね」

由里枝に話しかけられ、温子は慌てて頷き返す。

正直なところ、かなり拍子抜けしていた。沼の色が思ったよりくすんでいて、あまり美しくは見えなかったのだ。もしかすると、当日や前日の天候によって水の青さは変わるのかもしれないし、パンフレットの写真は色味が調節されていたのかもしれない。もし写真のような光景を期待して来たのだとしたら、鈴も詩音も少なからず落胆したのではなかろうか、と思いを馳《は》せる。

ただ、だからといって、目の前の景色の神秘性が損なわれることはなかった。柵に手をかけ、じっと見下ろしていると、青みがかった円形の沼に吸い込まれてしまいそうな錯覚に陥る。少し不気味なほどだ。温子は身震いし、丸太とロープで作られた柵から急いで離れた。

せっかくやってきたのだからと、ズボンのポケットからスマートフォンを取り出し、山を背景に沼の写真を撮る。標準の編集機能で色味を調節すると、パンフレットと同じとまではいかないものの、だいぶ見栄えのする写真になった。これならいい思い出になりそうだ。

見ると、由里枝も同じようにカメラアプリを起動させていた。彼女も観光気分でいるのだろうか、と横目で温かく見守っていると、スマートフォンを構えて右往左往していた由里枝が、困惑したような顔をして温子に近づいてきた。

「ちょっと、変じゃないですか」

「……どうしました？」

「この地点から写真を撮れば、沼とその背景の山々とを、一枚の写真に収めることはできます。でも、山のてっぺんまで入れて写真を撮ろうとすると、どうしても何歩か下がらないといけなくて、転落防止用の柵が入ってしまうんです。鈴さんのスマホに設定されていた写真には、そんなものは写っていませんでしたよね」

「確かに柵は見当たらなかったですけど……スマホの機種によっても、写り方は変わるんじゃないですか？」

「それだけじゃありません。鈴さんの写真には、工事現場らしきブルーシートが、端のほうに写り込んでいましたよね。でもさっき、私たちは公衆トイレの脇を通り過ぎてきました。今私たちがいる場所からいくら沼の写真を撮ったところで、当時工事中だったはずの公衆トイレが写り込むことはないんですよ」

由里枝の指摘に驚き、温子は背後を振り返った。やや離れたところに、木造の四角い建物が見える。確かにここからでは、正反対の方向にある沼と公衆トイレとを同時に写すことはできない。

「建て替え前のトイレは、こっちのほうに建ってた……とかですかね。で、そのあたりには当時まだ柵がなかった、とか」

「詳しそうな方に訊いてみましょうか」

硬い口調で言い、由里枝が辺りを見回した。自分たちのような普段着姿ではなく、きちんと登山ウェアを着込んでいるグループを狙い、すみません、と丁寧に質問を投げかける。

三つ目のグループで、ようやく当たりを引いた。「トイレの場所？　変わってないよ。建物が新しくなっただけ。ここの柵も前からあるよ」と証言した初老の男性に由里枝が礼を言い、呆気に取られて立ち尽くしていた温子のもとに小走りで戻ってくる。

「聞こえてました？」

はい、と答える。目の前の柵は、よく見るとだいぶ年季が入っていた。

「トイレの建物と沼と山、その三つを同時に写せる場所となると――」

「山頂の杭が……立ってるあたり？」

「行ってみましょう」

由里枝に急かされる。変に動悸《どうき》がするのを感じながら、温子は由里枝と連れ立って公衆トイレのそばの坂道を登り、周囲より小高くなっている山頂地点を目指した。

さっき見かけた五歳ほどの女の子を連れた三人家族が、標識の前で記念撮影をしている。「写真、撮ってもらえませんか」と父親に話しかけられ、温子が恐る恐るカメラを受け取った。首に下げている一眼レフカメラとは別の、小型のデジタルカメラだ。

そんな場合じゃないのに、と逸《はや》る気持ちを懸命に抑え、シャッターボタンに指をかける。陽気に様々なポーズをとっている家族の撮影をしている間にも、温子の鼓動はいっそう速くなっていった。

この場所からは、確かに、雄大な山々とエメラルドグリーンの沼とをいっぺんに写すことができる。ただし、公衆トイレの建物が木と岩に隠れてしまうのだ。先ほど近くで観察したときとは異なり、沼の形も楕円状に見える。

パンフレットの表紙を飾っていたプロのカメラマンによる写真は、この地点で撮影されたのだろう。でも鈴の写真は、違う。

正体不明の不安を募らせつつ、温子と由里枝は広い山頂をあちこち移動し、スマートフォンのカメラを山へと向けた。どんなに探し回っても、やはり同じ角度で写真が撮れるスポットはない。あと少しというところで、転落防止用の柵や、足をかけるところなどありそうもない大岩に阻まれてしまう。

三十分後、疲れ切った二人は、公衆トイレの建物の裏側に立っていた。

目の前には、新しい鉄製のフェンスがある。他の場所と違って、ここだけ木の柵でなく、上部に有刺鉄線が張り巡らされているのが妙だった。

柵の向こうには、緑の谷の真上に半島のようにせり出す形で、数メートルほど平らな地面が続いている。その先には、人間の背丈ほどの草が生い茂っていた。あのあたりまで行けば、邪魔な柵を避ける形で、山々と沼とを写真に直接収めることができそうだ。そして角度によっては、公衆トイレの壁が端に写り込むことになる。

——だけど。

「ちょっとあんたたち、そんなとこで何してんだ？」

険のある声が耳に飛び込んできて、温子と由里枝は慌てて横を向いた。緑色の登山ウェアを着た白髪の老人が、怒ったような顔をして早足で近づいてくる。

「どうせ、インターネットの変な情報を見てやってきたんだろ。地元住民からすると迷惑なんだよ。せっかく観光地として盛り上げようとして、ここ数年でやっとお客さんが増えてきたのに、そういう目的で来られるのはね。とにかくここを離れて、さっさと山を下りなさい」

「あの……」由里枝が珍しく、相手の剣幕に気圧《けお》された様子で口を開く。「どういうこと、ですか？」

「とぼけるのはやめな。見りゃ分かるよ。建物の陰で人目を避けるようにして、暗い顔して、フェンスの向こうばっか眺めてさ。今はもう、あんたらみたいな人が来ても無駄だよ。こうやってしっかり対策してあるんだからね」

「対策というのは――」

「あそこの背の高い草が生えてるあたり、その向こうはもう断崖絶壁だからね。真下には青い沼がある。そうそう、ここからは見えないけど、あっちにある大きな沼と同じようなのがもう一つ、ね。ちなみに真下っていうのは、二百メートル下だよ。間に引っかかるような岩場や木はない。谷底に向かう道もない。仮に道があったとしても、落ちた人間の身体は沼底の泥に突っ込んじまって、引き上げようもない。知ってるか？　ここは昔、『鬼火沼岳《おにびぬまだけ》』って呼ばれてたんだ。不思議な青い沼を覗き込もうとして、崖っぷちで足を滑らせて死んだ人の魂が、夜になると水面にぼうっと浮かぶ――ってな。ここ二十年ほどでちゃんと柵やら階段やらを整備するまでは、危険だからって地元の人間もあまり近づかなかったような場所なんだよ、ここは」

温子と由里枝は、無言で目を見合わせた。悪い予感がして、先ほどから胸がはち切れそうになっている。

「インターネットの変な情報、って……」

「本当に知らないの？　じゃ、勘違いして悪かったね。そのフェンスの向こうの崖が、自殺の名所として、若者の間で急に話題になった時期があったらしいんだよ。二、三年前かな。その噂を観光協会が聞きつけて、こりゃ大変だってことで、トイレの建て替え工事のついでに、ここだけ木の柵を背の高いフェンスに替えてね」

「実際に……自殺された方が？」

「さあね。さっき言ったとおり、確かめようがないもの。長く地元に住んでても、人が行方不明になったって話は聞かないけどね。でもそういう目的で来る人は、登山届なんて出すわけないし、周りにも行き先を言わないだろうからねぇ」

腕組みをして崖を眺める老人の後ろから、水色のウィンドブレーカーを着た高齢の女性が駆けてきた。老人の妻のようだ。申し訳なさそうな顔をして温子と由里枝に頭を下げると、「こんなところで何してるの、他所の方におかしな話をするのはやめなさいよ」と小言を言いながら、夫を公衆トイレの建物の向こうへと無理やり引っ張っていく。

山に行くのはやめてほしかった、という永合くるみの手紙の一文が、頭をよぎった。

＊

それから由里枝は温子とともに、終始無言で山を下りた。

行きは二時間かかった道のりを、一時間半で歩き通す。重力に逆らって足を踏ん張り、丸太の階段を下りるたび、膝が笑って止まらなくなった。由里枝がよろめきそうになると、先を行く温子がこちらを振り返って手を差し出してくる。しかしその温子も、往路で見せていたような溌剌《はつらつ》とした表情は影を潜め、つらそうに鼻の頭にしわを寄せ続けていた。

ようやく辿りついた登山口には、小さな売店の併設された休憩所があった。古ぼけた平屋の建物に、二人して吸い込まれるように入る。すでに昼時だが、食欲はわかなかった。慣れない運動をした反動か、それとも山頂で聞いた話がまだ生々しく耳に残っているからか、軽い吐き気すらする。

店番をしている老齢の女性が、暇そうな顔で、レジカウンターに頬杖をついていた。淀んだ視線の先には、休憩スペースの壁にかけられた液晶テレビがある。画面に映っているのはワイドショーだった。

十人以上着席できそうな長机が、横に三台並んでいる。広いスペースに、客は自分たちのほかに二組しかいなかった。いずれも由里枝や温子より年上の高齢者グループで、時おり思い出したように言葉を交わしつつ、ぼんやりとテレビに目を向けている。

虚ろに響くワイドショーのＭＣの声を聞き流しながら、由里枝はミネラルウォーター、温子は冷たい緑茶を買い、誰も座っていない奥の長机に移動した。

パイプ椅子に腰かけると、瞬く間に疲労が襲いかかってくる。買ったばかりの冷えた飲料を、貪《むさぼ》るように飲んだ。向かいに座る温子が、ペットボトルの蓋を閉めながら、長いため息をつく。

それを合図に、約一時間半ぶりに、由里枝は会話を再開した。

「ちょっと……整理してみましょうか」

青い顔をしている温子を真正面から見据えつつ、小声で話す。何も難しいことはない。下山中に考え続けていたことを口に出すだけだ。温子の表情を見る限り、彼女もすでに同じ結論に辿りついているだろう。

それでも、語尾が震えるのを抑えきれなかった。

「今から二年半前、私たちの家をそれぞれ飛び出した娘たちは、ほどなくこの山にやってきました。そして頂上で——立ち入りが禁止されている柵の外で、あの写真を撮った」

「うん」と温子が力の抜けきった口調で同意する。「その頃はまだ、木とロープで作られた柵しかなかった。そんなもの、簡単に跨《また》げますもんね」

「二日前に馬淵さんのご自宅で話した、なぜ運動嫌いの娘たちが山に、という疑問の答えも、見えたような気がします」

「遊ぶために来たわけじゃなかったんですよね、あの子たち」

「きっと、インターネットで情報を見つけたんでしょう」

「ケントが言ってましたもんね。『ＳＮＳで写真が広まって、一部の若者に人気のスポットになってるって鈴ちゃんから聞いて、驚いた』って」

「『人気』というのが、まさかそういう意味だったなんて……」

今日の登山中、ほとんど若者を見かけなかったのも当然だった。暗い願望を密かに胸に抱く若者が、陽の燦々と降り注ぐ午前中の時間帯に山を訪れるわけがない。

青沼ヶ岳は、確かに一時期、若者の注目を集めていた。

鈴は嘘をついていない。だが、あんまりだ。

やりきれない気持ちになり、由里枝は唇を噛む。

「まだ若かった二人は、インターネットに記載された説明文を鵜呑みにして――」

「一緒に死のうとしたんですね」

由里枝が言いたくなかったその言葉を、温子が一手に引き受けた。

親友同士での、心中。

原因は明白だった。山頂に向かう道で温子と話したとおりだ。〝盗んだ宝石〟であるピアノと向き合えなくなった詩音。〝五人の親たち〟との関係に耐えられなくなった鈴。いずれの娘も、それぞれ家庭で問題を抱え、そのことを直接母親に言えずに苦しんでいた。

そんなことで死を選ぶのか、とどうしても思ってしまう。だが娘たちは当時、十代だった。高校は卒業していたものの、精神的にはまだ幼かったのだろう。多感な時期に家庭で追い詰められた彼女らは、インターネットで見かけた『鬼火沼岳』の妖しい情報に引きつけられてしまった。成熟した大人である由里枝には到底想像がつかないほどの、強い磁力で。

「仲良しの子と二人で、というのが、本来あるべき恐怖を緩和してしまったのかもしれませんね」

「でもせっかく、くるみちゃんが止めようとしてくれたのに……」

温子が緑茶のペットボトルを落ち着かなげに両手で包み、茶色い長机に目を落とす。

——山に行くのはやめてほしかった。仲間外れにするなんてひどいよ。もう二度と会うことはないんだね。さよなら、鈴。さよなら、詩音。

丁寧な字で書かれた手紙の文面を思い出す。『仲間外れ』というありふれた言葉が、生と死を隔てる意味で使用されていたと今更のように気づき、全身に悪寒が走った。

そういうことだったのか。詩音。鈴。そして、くるみ。

「高校時代から、娘たちと三人グループで親しくしていたくるみさんは……あらかじめ、二人の心中計画を知らされていたんでしょうね。もしかすると、三人で死のうという誘いを断ったのかもしれません。その上で、詩音と鈴さんを思いとどまらせようとした」

「結局こうなっちゃったのは、それだけ鈴たちが頑固だった、ってことですよね」

「ええ。それでくるみさんはとうとう説得を諦めて、生きている二人と最後に会ったときに、あの手紙を渡した……」

それが「仲間外れにされた」永合くるみにできる、せめてもの抗議だったのだろう。

つらいことから逃げて未来を絶つか、逆境で歯を食いしばってでも生きるか。手紙が詩音の手に渡った日をもって、三人グループは二人と一人に分裂した。その後、恵まれない生い立ちにも負けず、自立して人生を歩むことを決めたくるみは、二度と、詩音と鈴に会うことがなかった。

「くるみちゃんが、私たちと話をするのを嫌がった理由、なんだか分かる気がしますね」

温子がしみじみと言う。自分たちに対する永合くるみの当たりが妙に強かったことを思い返しながら、由里枝は小さく頷いた。

「意見の食い違いをきっかけに娘たち二人と仲が悪くなったのは、おそらく事実だと思います。でも、どちらかというと、心中計画を知っていながら周りに相談せず、本人たちの好きなようにさせたという点で、自分も共犯のようなものだと罪の意識に苛《さいな》まれていたんでしょう。真実を話せば、娘たちを見殺しにしたと責められかねない――そんなふうに、私たち母親を恐れていたんです」

「じゃあ、くるみちゃんはきっと、びっくりしたでしょうね。鈴と詩音ちゃんはとっくに亡くなってるはずなのに、家出した娘たちの行方を捜してる、なんて私たちがついこないだ連絡したものだから」

「今さら過去のことを掘り返し始めた私たちを警戒した結果が、あの態度だったんでしょう。そして彼女は今も知らないわけです。詩音と鈴さんが心中を実行に移した結果、どちらか一人だけが運悪く生き残ってしまったことを」

由里枝が言い切ると、温子もその事実を受け入れる覚悟を決めたかのように、固く目をつむった。

自分たちの娘二人が、二年半前に、ともに命を絶つ計画を立て、山に出かけた。

しかしその後戻ってきたのは、整形して同一人物となった娘一人だった。

そこから導き出される答えは一つだ。2－1＝1。どちらかの娘が予定どおりに山で命を落とし、もう一方が死に損ねた――。

「二人の間で、いったい何が起きたんだと思います？」

縋るような目で、温子が尋ねてきた。娘たちがもうこの世にいない以上、これはかりは想像を働かせるしかない。

「いくつかパターンが考えられますよね。いざ手を取り合って崖から身を投げようとした瞬間、一人がためらって、もう一人がバランスを崩して落ちてしまったとか。もしくは、土壇場になって一人が怖気づいて、心中を取りやめるかどうかで言い争いになり、もう一人が怒って単独で計画を強行したとか」

「もともと危ない崖なので、柵を越えてすぐに一人が足を踏み外して、誤って転落した、なんてことも考えられますよね」

「その日はまだ死ぬつもりではなかった、という可能性もありますね。最終的な死に場所をどこにするか、あくまで下見をするつもりで足を運び、崖の上から呑気に沼の写真を撮ったりしていた。それなのに、直前になって急に一人の気が変わったか、不慮の事故が起きたかのどちらかで、二人の明暗が分かれることになった――」

そう考えると整形費用の問題が片付くのだ、と由里枝は説明した。

初めから家出直後に心中を遂げるつもりだったのなら、使う予定のない大金を持ち寄る必要はない。その点、娘たちがしばらく二人きりの逃避行を続けるつもりだったとしたら、死ぬまでの生活費や遊興費を工面する必要が出てくる。鈴が夜の仕事で稼いだお金と、詩音名義の銀行口座に親が入れていたお金――その二つに娘たちのいずれもがアクセスできる環境を整えていたからこそ、生き残ったほうの娘が多額の整形費用を賄《まかな》うことができたのではないか。

「あの家出は」と温子が顎に手を当てる。「周りに黙って整形をするための……その時間を作るための家出だったのかと思ってました」

「私もです」

「でも、そうじゃなかったんですね。整形は、後からついてきた」

「贖罪《しょくざい》――だったんじゃないでしょうか」

下山する間、脳内でうごめき続けていた言葉を、由里枝はようやく喉から押し出した。

しょくざい、と温子がオウム返しにする。この小難しい一言では伝わらない。だが、由里枝と同じ〝遺族〟の立場にある目の前の母親には、自分たちの家に出入りしていた〝娘〟が何を思って毎日の生活を送っていたかなど、すでに痛いほど分かっているはずだった。

「崖から転落しなかったほうの娘は、ひどく後悔したはずです。事故か、直前の仲違いかは分かりませんが、心中の計画を立てるほど心が通じ合っていた親友を、たった一人で旅立たせてしまったわけですから。すぐに後を追おう――そう思ったはずです。ただ、どうしても勇気が出なかった。仕方のないことです。一人で死ぬのは、二人で死ぬよりよっぽど怖いでしょうから。くるみさんの引き止めの言葉が、ここにきて彼女の心に響いた、というようなこともあったかもしれませんね」

休憩所に、中年男女のグループが入ってくる。テレビの音ばかりが流れていた空間が急に騒がしくなり、由里枝は胸を撫でおろした。他の客に聞き耳を立てられている様子はなかったものの、昂《たかぶ》る感情を抑えて声を殺し続けるのには、先ほどからずっと苦慮していた。

「迷っているうちに、おそらく日没が近づいてしまったのでしょう。残されたほうの娘は、親友を逝かせてしまったことを心の底から悔やみながら、一人で山を下りました。そして考えたんです。一緒に死ねなかった意気地なしの自分が、亡くなった親友のためにできることは何か、と。その時点で、彼女は二つの相反する感情を抱えていました。一つは、親友に許してもらいたい気持ち。もう一つは、そうはいっても自分の選択のほうが正しかったと証明したい気持ち。その結果、彼女は――」

「二人分の人生を、生きてみることにしたんですね」

温子がまっすぐに由里枝の目を見て、言葉を継いだ。

「死んじゃったほうの子の人生も、立て直そうと決めたんだ。どっちの未来も捨てずに、周りの大人にも言わずに、『馬淵鈴』も『柳島詩音』も生き続けさせることにした。死ぬんじゃなくて生きるのが正解だったんだと、もういない親友に分かってもらうために……」

「だから心を入れ替えて、私たち母親に懸命に歩み寄ってきたわけです」

娘との距離が近づいていった二年間を思い出すと、両手の震えが止まらなくなる。

「術後の痛みは相当のものだったでしょう。憎んでいた私たちに心を開くのにだって、想像を絶する葛藤があったはずです。そんな苦しみすらも、あの子にとっては、自分への罰のつもりだったのかもしれませんね。心中計画の原因となった二つの家庭内の問題を解決して、私たちとの間のわだかまりをなくし、平和な毎日を手に入れて……それが亡くなった親友や、残された彼女の親への償いにもなり、死を選ばなかった自分を肯定する手段にもなると信じて」

「チーズケーキ、焼いてくれましたもんね」

「毎晩寝る前に、他愛ない雑談にも付き合ってくれましたね」

「うちには生活費を入れてくれたり、家電を買ってくれたりしてました」

「私に誕生日プレゼントを贈る、なんて言い出したり」

「整形前には考えられなかったですよね」

「本当に。思春期の頃とは、人が変わったようでした」

自分で口にしておいて、由里枝はその言葉に怯《ひる》んだ。

人が、変わったよう――。

胸の中に罪悪感が吹き荒れる。認めたくない。だが、やはり、あれ以外に心当たりはない。

「分かってますよ」

祈るような口調で、温子が話しかけてくる。

彼女の潤んだ瞳を見た途端、由里枝は理解した。温子も真実に辿りついている。どちらの娘が二年半前に山で死に、どちらの娘が一か月前まで双方の家で生き続けたのかを知っている。自分たちは今、あえて口にせずとも、何もかもの思いを共有している。

あのね、柳島さん――と、彼女は寂しげに微笑んだ。

「二重生活なんて、いつかは破綻《はたん》するに決まってるんです。いくら亡くなった友達のためでも、そんなことを続けてたあの子が悪いんです。だから自分を責めちゃダメですよ。私だって、自分を責めたくはないです」

「ごめんなさい。あの子が……あの子が電車に飛び込んだのは――」

「分かってますよ。分かってます」

と、温子が柔らかい口調で繰り返す。

「私たちと暮らしてた〝娘〟が、柳島さんの家にいられなくなったのは――どうしても、ピ、ア、ノ、を弾、か、な、い、わ、け、に、は、い、か、な、く、な、っ、て、し、ま、っ、た、か、ら、ですよね」

＊

うちの子は、ピアノを弾けませんから――。

由里枝に向かってそう告げた途端、胸のつかえが取れた心地がした。山頂に辿りつく直前、最後の急傾斜を登っていたときにはもう、察していたことだった。

「よく、気づきましたね」由里枝が目に涙を浮かべ、俯きながら言った。「私……ずいぶんと、曖昧な言い方をしていたのに」

「変だなぁって思ったんです。東高の石川先生が言ってたじゃないですか。三年生の七月に校内の合唱コンクールがあって、そのときに詩音ちゃんが伴奏者をやった、って。本当はクラスの男の子と一曲ずつ交替で弾く案があったんだけど、『音痴だから絶対に歌いたくない』って詩音ちゃんが押し切った、って」

そのエピソードを聞いたとき、温子は呑気にも、女子高生時代の娘たちが二人でカラオケに行く姿を想像した。鈴は歌が大好きだったから、きっと一人でマイクを持ち、詩音がその横でタンバリンの演奏でもしていたのだろう、と。そんな微笑ましい絵面を一度でも思い浮かべたからこそ、柳島詩音の唯一の弱点は、はっきりと記憶に刻まれていた。

だから先ほど、山登りの途中に、由里枝の思い出話の一部が頭に引っかかったのだ。

「さっき、柳島さんはこう言いましたよね。詩音ちゃんが冬生まれ、柳島さんが夏生まれだから、半年ごとにお互いの誕生日をお祝いしあってた、って。『私が焼いたホールケーキにろうそくを立てて、バースデーソングの後に火を吹き消して』――その習慣が、高校まで続いてたんですよね」

「ええ……そうです」

「柳島さんの言い方からすると、旦那さんはお仕事か何かで忙しくて、いつも詩音ちゃんと二人だけでお祝いをしてたんでしょうけど……そしたら柳島さんのお誕生日には、詩音ちゃんが一人でバースデーソングを歌わなきゃいけなくなりますよね。それ、音痴を気にしてる人にとっては、すごく嫌なことだと思うんです。でもわざわざ苦手な歌を歌わなくたって、柳島さんちのリビングには、グ、ハ、ハ、ハ、グランドピアノがありますす」

温子が指摘した途端、嗚咽《おえつ》するのをこらえるように、由里枝が両手で自身の口元を覆った。

それが答えだった。母親がピアノ講師、娘がピアニストの卵。その二人がそろった自宅でのささやかな誕生会において、バースデーソングは歌うのではなく、演奏するのが自然だ。

「と、いうことは……やっぱり、電車事故が起きる前の日の夜に、柳島さんがあの子にお願いしたのは」

「お祭しのとおりです。一週間後の私の誕生日に何がほしいかと訊かれて、ほんの少し、わがままを言いました。『昔みたいに、手作りのケーキとバースデーソングでお祝いしてほしい』――私が口に出したのは本当にそれだけでしたけど、あの子には意味が分かっていたはずです。詩音が苦手な歌を歌うわけがない。第一、整形後はストレスで声が出ない設定になっている。だからこの場では、ピアノでの演奏を求められているんだ、と」

それくらいなら大丈夫だと思ったんです、と由里枝は泣き崩れた。――私にとっての詩音は、ピアノと不可分でした。音大を休学し始めて以来、ピアノを頑なに拒否していたあの子も、簡単なハッピーバースデーの曲くらいなら快く弾いてくれるんじゃないかと、期待してしまったんです。

休憩所の片隅に、由里枝の啜り泣きが響く。さすがに視線が集まっているのではないかと心配して顔を上げると、隣のテーブルに座る中年男女のグループが、テレビを見ながら賑やかな声を上げていた。番組の内容がそんなに面白いのか、それともお目当ての芸能人でも出演しているのか。いずれにせよ、周りの注目を避けられるのは幸いなことだった。

「柳島さんがそう感じたのも、無理ないですよ」

由里枝を元気づけようと、温子は言葉の端々に力を込める。

「だって、あの子自身が、そろそろピアノを弾かなきゃいけない、このままではいられないと感じてたはずですから」

「あの子自身……が？」

「詩音ちゃんは、高三の夏の合唱コンクールで、自分から伴奏を買って出たんですよね？　お父さんの件をきっかけに、ピアノが心の底から嫌いになったとか、生理的に受けつけなくなったのなら、普通、そんなことはしません。別に、歌うふりして口パクをしてたって、合唱なら誰にもバレないわけですし。だから……詩音ちゃんが嫌がってたのは、ピアノそのものじゃなくて、ピアノを武器に将来を切り開くこと、だったんじゃないかなって。例えば、音大を卒業して、ピアニストになってお金を稼ぐとか、有名なコンクールで賞を獲るとか、そういう。自分にはその資格がない、と悩んでたんじゃないかと」

「つまり」返ってきた由里枝の声は、気丈なようで、かすかに震えていた。「食卓で誕生日プレゼントの話をしたとき、あの子も私も、まったく同じことを考えていたんですか？『柳島詩音』なら、諸問題を乗り越えてやっと仲良くなれた母親のために、バースデーソングくらいは難なく演奏してのけるだろう、と」

「はい。鈴は、きっとそう思ってたんです」

勇気を振り絞って、我が子の名前を口に出す。

由里枝に勝った、という意識はなかった。

返してください、と金切り声を上げられた遺影も遺骨も、結果的には、紛れもなく温子の娘のものだった。だけどそれは、運命の悪戯《いたずら》に過ぎない。もし、鈴のほうが先に崖から落ちていたら。詩音が早々と怖気づき、柵を越えるのをやめていたら。

逆の可能性だって、十分にあったはずなのだ。

「ちょっと、考えたんですけど」

温子は懸命に頭を回転させながら、言葉を押し出した。

「自殺、というのは……気持ちが現実に追いつかなくなっちゃったときに、したくなるものなんじゃないかな、と思うんです。あの子は——鈴は、柳島さんに訊かれても、音大への復帰をずっと拒否してたんですよね。それにうちでは、私の恋愛観を、生まれて初めて真正面から否定してきました。この二年間で、鈴は自分の嫌なことから逃げずに、正々堂々と向き合えるくらい、精神的に大人になってたんです。だったら——」

「バースデーソングを弾くのもお断りだと、はっきり言えばいい話、ですね」

「だけど、あの子はそうしなかった。できなかったんです。ピアノが好きな詩音ちゃんなら、親子の関係が元通りになりさえすれば、簡単なハッピーバースデーの曲くらい、朝飯前に弾いてみせるはずだと分かってたから。だって親友ですもん。詩音ちゃんが生きていたらどうするかなんて、手に取るように想像できたんですよね」

それできっと、鈴は心の底から思ったんです——と、温子は言葉を続ける。

「二年間も〝娘〟として努力を続けて、せっかく仲良くなれた詩音ちゃんのお母さんのために、最高の誕生日プレゼントをあげたい。バースデーソングを演奏してあげたい、って。でも自分にはピアノが弾けない。ちょっと練習したって追いつけるレベルじゃない。やりたいけど、できない。いつか、『弾かない』んじゃなくて、『弾けない』んだってことが、バレちゃうかもしれない……」

そうして急速に、気持ちと現実の乖離《かいり》が起こったのではないか、と温子は想像する。

どうしてもピアノを弾きたい、弾かなければならない状況に陥っているけれど、由里枝に求められているようには、どうひっくり返っても弾けない。

だから鈴は、柳島家を飛び出した。

二重生活が限界を迎えたことを知ったのだ。いくら整形して声をつぶし、親友だった詩音の仕草や口癖を真似し、生前聞かされていた厳しい家のルールに従うことができても、彼女の音楽的才能までそっくりコピーすることはできない。由里枝のもとでいい娘を演じようとすればするほど、ピアノとの接近を避けられなくなり、正体が露見しそうになる。〝償い〟は終わりだ。自分がバカだった。もうこれ以上、詩音のふりをし続けることはできない——。

逆だったら、問題は起こらなかったのかもしれない。鈴が山で死に、詩音が整形に踏み切っていたら。〝娘〟は何事もなく由里枝に演奏のプレゼントを贈り、今でも二つの家への出入りを続けていたことだろう。

未来を悲観し、電車に飛び込んで自殺した。

その事実こそが、〝娘〟の正体が馬淵鈴であった、何よりの証拠だった。

「ごめんなさい」

由里枝がまた謝罪の言葉を口にする。彼女を責めるつもりは毛頭ないのに、どうやったらこちらの真意が分かってもらえるのだろうと、温子は途方に暮れてしまう。

「薄々、気づいていたんです。音大を辞めることを許可して、私との仲がすっかりよくなった後も、あの子がどうしてもピアノを弾こうとしなかったのには、もっと直接的な理由があったのではないかと。でも、認めたくありませんでした。受け入れられなかったんです。あの誕生日プレゼントのお願いがきっかけで、娘が自殺に駆り立てられたのだとしたら、あの子はやっぱり、私の子ではなかったということに――」

苦しそうな声で言葉を切り、ごめんなさい、と由里枝がまたボブカットの黒髪を振り乱す。

温子は長机に身を乗り出し、由里枝の冷えきった手を握った。

「謝るのはやめてください。鈴が死んだのは、柳島さんのせいだけじゃないです。私のせいでもあるんです」

「気休めは要りませんよ」

「そんなんじゃありません。だって、鈴はあの日、うちに帰ってきてたんです」

そうだった――というように、光を失っていた由里枝の目が見開かれる。

「ってことはね、まだギリギリ、生きるのを諦めたわけじゃなかったんですよ。柳島さんちにはもういられなくなっちゃったけど、私にはもう一つの家がある。二重生活はすっぱりやめて、元の馬淵鈴に戻ろう。そういうつもりで、あの子はうちに戻ってきたはずなんです。それなのに、昼過ぎに駅で自殺してしまったのは――たぶん、私の電話が原因です」

「……電話？」

由里枝が伏せていた睫毛を上げる。温子は胸の痛みを覚えながら、濡れた黒い瞳をまっすぐに見つめ返す。

「前に話しましたよね。電車事故の直前に、今からデパートのレストラン街でご飯を食べようって、鈴のスマホに電話をかけたこと。あのとき、途中から鈴の声が全然聞こえなくなっちゃったんですけど……なんとなく、鈴は最後まで私の話を聞いてたんじゃないか、って気がするんです。柳島さんには言ってなかったですけど、私、実は大事なことを鈴に打ち明けてたんですよ」

――近いうちに、シェアハウスを出て本物の家族だけで暮らす、なんてことも考えてたりしてね。そのことを、私たち三人だけでゆっくり話し合いたいなって思ってたのよ。だからね、鈴は今からパパを連れて、一緒にレストランフロアまで来てくれない？

電話の内容を明かすと、由里枝は大きく目を見開き、「鈴さんのために、そんなご立派な決断をされていたんですね」と放心したように呟いた。

「ですが……なぜその提案が、自殺の原因になるんです？　馬淵さんは、ポリアモリーに反対だった娘さんの気持ちに、真摯《しんし》に応えたわけじゃないですか。血の繋がったお父さんである国保さんも一緒に、家族三人でシェアハウスを出るのは、鈴さん自身の希望だったわけですよね？」

「それが間違いだったんです」

温子はそう言い切り、唇を結んだ。

もうこの世にいない鈴が胸の奥底に抱いていた、娘の本当の気持ちを教えてくれたのは、他でもない、目の前にいる柳島由里枝だった。

「柳島さんが、さっき私に言ったんですよ。『鈴さんはいつだって、馬淵さん一人を見ていたんです』って」

あっ、と由里枝が声を漏らし、口を半開きにする。頭のいい彼女のことだから、温子が言わんとしていることは、すでに理解しているだろう。

あんなに大人がいても、鈴にとっては、温子だけが親だった——。裏を返せば、生物学上の父親である国保武流のことを、鈴は特に親とみなしていなかった、ということではないか。

温子は娘に長年、ポリアモリーの素晴らしさを説いてきた。シェアハウスで暮らす自分の恋愛相手は、全員が鈴の父親でもあるのだと教え、同居する男性たちを等しく男親として慕うよう促してきた。思春期を迎えた鈴は、そんな一般的とはいえない家庭環境に反感を覚え始めた。ただ、だからといって、物心ついた頃から特殊な状況下で育った娘に、血縁関係があるのが家族、という普遍的な観念が備わっているわけでもなかったのだ。

「鈴は私とだけ、家族になりたかったんですね」

温子は由里枝の手を離し、パイプ椅子の背に身体を預けた。こんな大事なことに今の今まで気づいていなかった自分が、滑稽《こっけい》で仕方ない。

「結局、私のほうが、古い考え方をしてたんです。本当の家族というのは血の繋がりがあるものだ、って。でも鈴は別に、そういうふうには考えてなかった。武流も一緒に三人でシェアハウスを出るのは、みんなそろってシェアハウスに住み続けるより、もっと苦痛なことだった。変な話ですね。仕向けたのは私なのに、鈴をがっかりさせたのも、私」

「鈴さんはどうして……死に急ぐ前に、それを嫌だと言えなかったんでしょう」

「私にはどうせ何も分かってもらえないと、諦めちゃったんじゃないですか。柳島さんちを飛び出したばっかりという悪いタイミングで、うちでも壁にぶつかって、絶望して、衝動的に……」

「もしくは、武流さんとの間に、馬淵さんには容易に話せないようなトラブルを抱えていたとか?」

「あまり考えたくはないですけど」と温子は思わず顔をしかめる。「武流が鈴におかしなちょっかいを出してた、みたいなことは、たぶんないと思うんです。どちらかというと、武流はいつも、鈴を苦手そうにしてました。彼、私みたいな地味で大人しいタイプが好みらしいんです。だけど鈴は派手だし、気が強いから……性格が合わない者同士、私の知らないところでいがみ合ってたのかもしれないですね。高校卒業後に鈴が夜の仕事を始めたときに、武流が文句を言って、鈴が『無職のくせにうるさい』って怒鳴る、なんてこともありましたし」

「良好な関係には見受けられなかった、ということですね」

「そうです。それなのに……私、バカですね。武流と三人で暮らすって言えば喜んでもらえるはずだって、なんで思い込んじゃったんだろう。勝手に決めつけないで、もっと鈴の気持ちを聞けばよかったんです。鈴が私に裏切られたような気になるの、当たり前ですよね」

自分たちが二年間、生活をともにしていた〝娘〟は——整形して二役を演じていた鈴は、いずれかの家庭が原因で死に至ったわけではなかった。

正体を明かせないまま、二人の母親の板挟みになり、とうとう身動きが取れなくなってしまったのだ。

そして、一人で心を決め、二年半前に青沼ヶ岳で死んだ親友の後を追った。

「私……ちょっと、考えたことがあるんです」

温子はそう言いながら、下山中に頭の中を巡っていたとりとめもない思考を引き戻した。会話の一切なかったあの一時間半は、事の全容を察するだけでなく、最期の瞬間に娘の胸によぎったであろう感情を想像する余裕をも、温子に与えていた。

「電車への飛び込み、ですけど……もしかすると鈴は、絶対に死のうとしたわけじゃなくて、できれば大怪我をしたかったのかもしれませんね」

「……なぜ？」

「ほら、両腕が使えなくなれば、ピアノを弾かなくても柳島さんの娘でいられるわけでしょう？堂々と胸を張れる理由が、欲しかったんじゃないかなって……」

顔を覆った掌《てのひら》の向こうで、由里枝が慟哭《どうこく》する。

テレビでは相変わらず、豪華出演者が長々と対談でもしているようだ。さすがに数人の客の視線を感じたけれど、温子は知らんふりをする。

目を逸らした先の黄ばんだ壁を、長いこと見つめ続けた。

貼られているA４サイズのポスターがぼやけ、境界の曖昧なピンク色や黄緑色の円になり、やがて温子の頬を流れ落ちていった。

＊

詩音。ではなくて、鈴さん。二年もの間、健気に私との関係を修復しようとして、しまいには〝柳島詩音〟になりきれずに死んでしまった、あの子。

咽《むせ》び泣きながら、由里枝はよく分からなくなっていた。いま自分が、どちらの娘の死を悼んでいるのか。詩音のことは、間違いなく愛おしい。彼女が二年半も前に山で命を絶っていたという事実には、全身を引き裂かれそうになる。だがその愛おしさの何割かは、詩音として生きていた馬渕鈴がこの二年間で示してくれた、まっすぐな愛情へのお返しでできている。

整形した〝娘〟の正体が詩音でなかったことには、少なからずショックを受けていた。事前にある程度の覚悟ができていたからか、打ちのめされるというほどではないものの、心にはぽっかりと大きな穴が開いている。それなのに、この瞬間にも、何か温かいものが胸に広がり続けているのはなぜだろう。

由里枝は手の甲で目元を拭い、顔を上げた。いつの間にか、向かいに座る温子の頬にも涙が伝っていた。

「馬渕さん……」呼びかけた声がかすれ、途切れそうになる。「本当にダメな母親ですね、私」

「ううん、私もです」

「今さら気づいたって、もう遅いのに」

「もっと早く、あの子の気持ちを分かってあげなきゃいけなかった……」

「ごめんなさい。結局、私があれこれ掻き回しただけだったんですね。ご自宅に飾ってあったお写真も、お骨も、初めから、馬渕さんの娘さんのもので間違いなかったのに」

「それはたまたまでしょう。柳島さんばっかり謝るのは変ですよ。一つ何かが違えば、逆だったかもしれないんですから」

逆だったかもしれない、という彼女の言葉が、胸に染みわたる。

先ほどから身体の内部を満たしている温かいものの正体が、ようやく分かった気がした。

衝動に突き動かされるように、由里枝は話し出す。

「馬淵さん、私——こんなことを言うのはおかしいかもしれませんけど、真実を知って、救われたんです。鈴さんは私に、本当によくしてくれました。詩音が生きていたらどのように振る舞うだろう、ということを、親友の立場から本気で考えて、実行してくれていたんですよね。だからこそ、もし二人の生死が逆で、詩音のほうが山で生き残っていたとしても……詩音も、私たち母親に対して同じように接してくれたんじゃないかって、そんなふうに思うんです。あの子は鈴さんだった。でも、中身が詩音だったとしても、どちらにしろ、母娘の関係はいいほうに向かっていた——そう考えるのは、ちょっと都合がよすぎるでしょうか」

「そんなことないです。詩音ちゃんでも、きっとそうしてましたよ」

温子が力強く言う。裏表のない彼女の言葉を、今はもう、由里枝は心から信じることができる。

「もう一つ、おかしなことを言ってもいいですか」

「はい？」

「あの子がどっちの娘だったか、なんて……もうどうでもいいような気がするんです」

「ああ、分かります。私たち二人の子、というか」

「馬淵さんも？」

「だって、自分一人で育ててたわけじゃないですし。ご飯を食べさせてたのも、お小遣いをあげてたのも、柳島さんだったんですもんね」

不思議な話ですけどね、と温子が神妙な顔で付け加える。

まだ心の整理はつかない。それでも由里枝は、一抹の自信を取り戻す。自分は詩音の生みの母であり、また〝娘〟の育ての母だった。その二面性が、柳島由里枝という一人の母親に収束する。至らないところは多々あったが、これまでの二年間、私たちは真に、あの子たちの親だった――。

由里枝はミネラルウォーターのボトルをリュックにしまい、無言で席を立った。「あ、そろそろ行きますか？　バスの時間もありますしね」と温子が慌てた様子で支度を始める。

パイプ椅子を倒しそうになりながら立ち上がった、小柄でふくよかなもう一人の母親のそばに近づくと、由里枝は心の赴くままに、彼女を抱きしめた。

戸惑った反応が返ってくる。

やがて温子は、恐る恐るといった調子で由里枝の背中に手を回した。由里枝を慰めようとするかのように、黒いジャージの表面を幾度も優しく撫でてくる。

確かに気持ちが伝わった、と思える時間だった。

由里枝は抱擁《ほうよう》をわずかに解き、温子の耳元に口を寄せて、宣言する。

「私、これから最寄りの警察署に行って、もう一度行方不明者届を出してみます。望み薄かもしれませんけど、詩音の遺体が見つかる可能性もゼロではないですから」

「応援、してます」

「私たち、前を向いて生きましょうね。つらくなったら、あの子たちのことを思い出しましょう」

「ええ。娘に見られても恥ずかしくない自分になりたいです」

いい心がけだ、と思う。温子はただれた男女関係を清算する。由里枝は金に物を言わせて見栄《みえ》を張るのをやめる。子に先立たれた自分たちが歩むべき道は、生前の娘たちが抱いていた願いの延長線上に、続いているのかもしれない。

改めて固く抱擁を交わしたのち、由里枝は温子と連れ立って休憩所の出口に向かった。入ってきたときより利用客は増えていたが、幸いなことに、皆テレビに釘付けになっていて、目を泣き腫らしている自分たちに注意を払う様子はない。

画面を一瞥すると、テレビをあまり見ない由里枝も当たり前のようによく知る二十代の人気俳優と人気女優が、ワイドショーのセットの中央に設けられたゲスト席に仲良く並んで座っていた。映画かドラマの番宣だろうか、と考えながら、そばを通り過ぎる。

『以上、昨年大ヒットした連ドラ《星と恋に落ちても》のスペシャルドラマ放送を記念して、お二人の特別対談をお送りしました。いやぁ、半年前に生放送した例の重大発表のときもそうでしたけど、今回もわざわざこの番組を選んでくださりありがとうございます！　お二人の私生活までよく分かる大サービスのトークで、テレビの前の皆様もめちゃくちゃ喜んでると思います。こんなに赤裸々に喋っちゃって、本当によかったんですかぁ？』

おちゃらけた調子の声が耳に飛び込んでくる。ＭＣのお笑い芸人が、ゲストの二人に話しかけているようだ。ゲストの俳優と女優が気恥ずかしそうに笑っている。とてもではないが、こんなときに見たいと思える番組ではなかった。

由里枝は唇を結び、足を速める。売店のレジに座る老齢の女性に会釈をして休憩所を出る間際、芸人の高揚した声が、再び由里枝の鼓膜を煩わせた。

『というわけで、月野成哉さんと衣川未美さんでした。ご夫婦そろってのテレビ出演はあの電撃発表以来半年ぶりということで、僕、ちょっと興奮して馴れ初めから新婚生活のことまで根掘り葉掘り聞いちゃったので、お二人の所属事務所からお叱りを受けるんじゃないかと非常に心配です！が、後悔はしてません！　改めまして、成哉くん、未美ちゃん、まだ結婚生活は始まったばかりですからね、これからも末永くお幸せに――』

第四章

不均衡母娘《おやこ》

平日の真っ昼間、国保武流が一人で共用のリビングのソファに寝転んでいると、ローテーブルに置いたスマートフォンが短く振動した。

眠い目をこすり、身体を反転させてスマートフォンに手を伸ばす。やけに頻繁に来る漫画アプリの更新通知だろう、という予想は外れ、小難しいカタカナの並んだメールの差出人名が目に飛び込んできた。バイオロジカル、プロファイリング、云々《うんぬん》。

何だこれ、新手の迷惑メール？　——としばし考え込んだのち、武流は弾かれたようにソファから身を起こした。思い出した。インターネット経由で鑑定を依頼した会社の名前だ。二週間ほど前に申し込みをし、指示された手順どおりに遺品のバッグや検査キットを箱に詰めて発送したのだった。

試料のバッグは返却してもらえるというから、鑑定中の数週間さえ無事に乗り切れば、遺品を勝手に持ち出したことが温子にバレる心配はない。血痕からのDNA採取やら親子鑑定やらを含めて費用は八万円もしたが、料金の支払いは、温子がクローゼットに隠している封筒から現金を抜いて済ませた。万が一のときのためのタンス預金だから、こちらも温子がすぐに気づくことはなさそうだ。隙を見て温子の財布から少しずつ紙幣を抜き、時間をかけて戻していけばいい。

メールの件名は、『【重要】マイページ更新のご連絡』とあった。鑑定だの結果報告だのといった直截《ちょくせつ》的な言葉を使わないのは、パートナーに隠れてこっそり鑑定依頼をする客がほとんどだからだろう。武流もその例に漏れず、温子が遠方の山に丸一日出かけていて不在であることを都合よく思いながら、メールのURLをタップする。

鑑定結果の報告は、マイページからPDFファイルをダウンロードする形で行われることになっていた。大事な証明書なのに郵送じゃないのかよ、とやや拍子抜けしてしまうが、このプランが一番安かったのだ。

武流が独断で鑑定を依頼したのは、遺品のDNA鑑定を頑なに拒否する温子の態度に不信感を抱いたからだった。

柳島由里枝に遺影や遺骨を取られたくない、という気持ちは分かる。でもそれは、整形した〝娘〟が間違いなく鈴だった場合の話だ。もし赤の他人だったのだとしたら、そんな気味の悪い遺骨は、さっさと相手方に渡してしまったほうがよくないか？

口うるさいヨースケや、いつも女性に同調してばかりのケントがいない隙を狙って、武流は幾度かさりげなく温子を促してみた。だが温子は毎回、「鑑定なんかしなくても、私はあの子が鈴だって信じてるから」と首を横に振った。そのたびに、胸の内で疑念が膨らんでいった。温子がDNA鑑定に消極的なのは、別の理由があるからではないか。彼女が鈴を妊娠したとき、父親は自分だと告げられた。身に覚えがないわけではなかったため、温子の言葉を喜びとともに受け入れたが、正直に言って、鈴が生まれてからも不安はつきまとった。鈴は母親似だった。いくら注意深く観察しても、自分の外見との決定的な類似点は見つからなかった。人から指摘されることもなかった。だから武流は、常に怖々と、一定の距離を置いて、血が繋がっていると思しき娘に接していた。

鈴は本当に、俺の子なのか。

もしかすると温子は、鈴のＤＮＡ鑑定をすることで、俺との父子関係が否定される可能性を恐れているんじゃないか——。

そう考え始めたら最後、いても立ってもいられなくなった。すぐにインターネットで業者を探し、検索結果のトップに出てきた会社に鑑定を依頼した。温子は鼻炎持ちで、口を開けたまま寝る癖があるから、熟睡している深夜に綿棒で素早く口の中をこするのはそう難しいことではなかった。毛髪や使用済みの歯ブラシでも鑑定はできるらしいが、専用の検査キット以外を使うと五万もの追加料金がかかると知り、少々危ない橋を渡ることにしたのだった。

マイページにログインすると、『報告書一覧』という太字の見出しの下に、ファイルのリンクが二つ並んでいるのが見えた。

姿勢を正してソファに座り、深呼吸をする。二階で寝ているヨースケやマミが下りてくる気配のないことを横目で確認し、画面に視線を戻した。

別に、悪いことをしているわけではない。

晴れて武流と温子双方との親子関係が確認されれば、鑑定結果を温子にも伝えることができるのだ。勝手に申し込んだことを咎められるかもしれないが、あの面倒そうなもう一人の母親に正式な報告書を突きつけて追い払うことができるのだから、最終的には感謝されるだろう。そう、一番の目的は、死んだ〝娘〟と温子の母子関係を証明することだ。そのついでに、あくまでついでに、自分との父子関係の有無も確かめてみることにしただけ――。

繰り返し自分の胸に言い聞かせつつ、トップに表示されている『ＤＮＡ父子鑑定結果報告書』のリンクをタップする。表示されたＰＤＦファイルを二本指で拡大すると、回りくどい言い回しの鑑定結果が目に飛び込んできた。

『《父》は《子》の生物学的父親として排除されます』

どういう意味なんだ、と首をひねる。父は武流、子は鈴を指すのだろうが、肝心の日本語がよく分からない。数字の並んだ表に目を通し、報告書の下部まで読み進めると、より詳しい説明が記載されていた。

『以上の遺伝子検査より、父権肯定確率は《０％》と算定されました』

『従って、被験者同士は生物学的親子関係にないと判断されます』

文章の意味を理解した途端、血の気が引く。

いや、まだ望みはある――と瞬時に気がつき、武流は無我夢中でスマートフォンを操作した。前のページに戻り、二番目のファイルを開く。『ＤＮＡ母子鑑定結果報告書』と題された、先ほどのものとまったく同じデザインの報告書が、画面いっぱいに表示された。

震える指先で、鑑定結果欄をズームする。

『《母》は《子》の生物学的母親として排除されます』

『以上の遺伝子検査より、母権肯定確率は《０％》と算定されました』

『従って、被験者同士は生物学的親子関係にないと判断されます』

父という字が母に置き換えられた以外、一番目の報告書と寸分違《たが》わぬ文章を、武流はスマートフォンを強く握りしめたまま凝視した。

「……あっぶねぇ」

思わず安堵の声が漏れる。

最悪の事態は免れた、といえた。鈴が自分の子であると証明することこそ叶わなかったが、この結果もある意味、武流にとっては喜ぶべきものだ。

国保武流と馬淵温子――両者との親子関係なし。

つまり、整形してこの家に出入りしていた〝馬淵鈴〟の正体は、柳島由里枝の娘だったというわけだ。

駅のホームに飛び込んで死んだのも、鈴ではなく、音大生だとかいう、その子。

鈴はたぶん、まだどこかで生きている。高校の頃から派手な格好をするようになった彼女の成れの果ては、容易に想像できた。夜の街の片隅で。チンピラの彼氏の家にでも泊まり込んで。しぶとく、抜け目なく。よくよく考えれば、母親の温子と違って人の裏を掻くのが得意な鈴が、そう簡単に人生に絶望し、死を選ぶわけがなかったのだ。

ふう、と小さくため息をつく。

「あっちゃんには、教えないでおこうかな」

武流は口の中で歌うように呟き、再びソファに寝転がった。最愛の彼女が知ろうとしなかった真実を、わざわざ自分の口から伝えて嫌われるわけにはいかない。それに、あのヒステリックな柳島由里枝を勝ち誇らせるのもなんだか癪《しゃく》だ。この結果は自分の胸にしまっておこうと決め、報告書が表示されたインターネットブラウザを閉じ、受信したメールも念のため消しておく。

赤の他人のものと判明した遺影や遺骨が家にあることだけは、どうにも気持ちが悪かった。だが、整形した〝娘〟の正体が柳島詩音だったとすると、当の鈴は二年半もの間、この家に姿を見せていないことになる。夜の女に成り下がったあの不良娘は、どうせもう二度と戻ってこないつもりなのだろう。だったら、考えようによっては、すでに死んでいるのと変わらない。

武流は昔から、鈴のことが苦手だった。

温子からの愛の何割かを、必ず取っていってしまう存在だったからだ。そういう意味では、シェアハウスに住む他の男たちよりも強力なライバルだった。その上、性格も合わなかった。ただ、邪魔だ、と目の敵にするほど毛嫌いしてはいなかった。むしろある部分では、大切に思っていた。何せ、他の男にはない〝血縁〟という絆で、愛する女性と自分とを確実に結びつけてくれるという絶大な価値を、彼女は持っていたのだから。

鈴が電車に飛び込んだ後、武流がしばらく憔悴していたのは、鈴の死が悲しかったというより、温子にとって自分が特別な男であるという物的証拠を失ってしまったからだった。だがすぐに気持ちを切り替えて、最愛の女性に選ばれるための道具の一つとして、死んだ娘を使うことにした。

――俺もあっちゃんと同じ気持ちだよ。だって世界でたった一人の、鈴の実の父親だもん。ねえ、俺を見て。あっちゃんの大事な娘にとって唯一無二の父親であるはずの、俺だけを見て。

だからこそ、何より恐ろしかった。自分が鈴の生物学的父親でないと判明し、温子との愛の印が跡形もなく砕け散ってしまうのが。

でもこれなら、と武流は考える。

真相は、藪《やぶ》の中だ。

鈴と血の繋がりがあることは証明されなかったが、同様に、親子関係が否定されたわけでもない。行方の知れない本物の馬淵鈴とのＤＮＡ鑑定を行う手段はないのだから、武流はこれからも、黒い影に怯えることなく、温子との間に燦然たる愛の印が存在したのだと信じ続けることができる。

精力的にバンド活動をしていた二十代の頃に、『Pandora's Box』というタイトルのアルバム曲を作ったことを思い出す。パンドラの箱。武流は今日、それを開けずに済んだのだ。誘惑と恐怖に屈して中身を覗き見てしまったのは、幸いなことに、自分にとっては限りなく無害な、別の箱だった。

「どこに行っちゃったんだろうね、鈴は」

クロスの剝がれかけた白い天井を見上げ、武流は何気なく呟いた。

怒って冷蔵庫を蹴り飛ばしていた中学生の鈴や、水商売に就くかどうかを巡って武流に本気で反論してきた可愛げのない鈴の姿が、まぶたの裏に蘇る。

「ま、どうでもいいんだけどさ。まじで」

＊

「えー、やば！」

歩きながらスマートフォンでSNSを眺めていた鈴が、マスクの上から口元を押さえて叫んだ。

「月野成哉と衣川未美、今、生放送でテレビ出てるらしいよ」

「嘘、早く帰ろう！　今度こそ見逃したくない」

脇に並ぶ詩音が、急に早足になる。ちょっと待ってよ、レモンスムージーこぼれちゃうじゃん、と鈴が追いすがり、親友とおそろいの服を着た詩音が振り返って笑う。

九月に入り、暦の上では秋が来たものの、気温はまだまだ高い。駅前にあるいつものカフェで二人がテイクアウトするのは、この一か月間、新商品のレモンヨーグルトスムージーと決まっていた。晩秋から春先まではホットカフェラテ、それ以外の季節は期間限定メニューのコールドドリンクを買う。いつ行っても混雑しているのが玉に瑕《きず》だが、どうせ店内飲食をすることはない。気になる人目を避け、二人だけの空間を優雅に愉《たの》しむには、自分たちの部屋に帰るのが一番だった。

プラスチックカップに入ったスムージーをこぼさないように気をつけながら、鈴と詩音は競うようにアパートの階段を上り、狭い玄関に駆け込んだ。年季の入った賃貸の部屋は、詩音が百均のリメイクシートを駆使して定期的に行うリフォームにより、半年ほど前から北欧風のインテリアに生まれ変わっている。六畳のダイニングの中央に据えた木のテーブルにドリンクを置くや否や、鈴がリモコンを手に取り、テレビの電源を点けた。

以上、昨年大ヒットした連ドラ《星と恋に落ちても》のスペシャルドラマ放送を記念して、お二人の特別対談をお送りしました——というMCの芸人の声が、二人が住む居心地のよい部屋の中に響く。

「あー、もう終盤？」

「残念」

「この間の結婚生発表も見逃したのにぃ」

「でも相変わらず美男美女。ドラマのまんまって感じ」

「眼福、眼福」

「スムージー、美味しくない？」

「最っ高。冷たくて爽やか！」

昼間に外に出て、散歩がてらお気に入りのカフェのドリンクを買ってくるのは、夜に仕事がある日の二人の楽しみだった。週に三、四日、鈴は高級会員制ラウンジで働き、詩音はフレンチレストランでホールスタッフとピアノ演奏のアルバイトをしている。どちらも職場が遠くて通勤時間が長いのだが、勤務地も労働時間帯もほぼ同じという条件で仕事を選んだため、行き帰りとも二人で移動すればまったく苦にならない。翌月のシフトを提出する際は必ず話し合い、出勤曜日をそろえるようにしていた。

高校二年生の頃から、鈴と詩音はいつも一緒にいた。

あれから五年が経った今でも、その関係は変わらない。

それどころか、親友として、ルームメイトとして、一つの人生を分け合う表裏一体のパートナーとして、常に密度を増し続けている。

ワイドショーの一コーナーとして設けられた月野成哉と衣川未美による特別対談は、二人の期待に反して、瞬く間に終わってしまった。薄ピンクのラメ入りジェルネイルを施した鈴の長い爪が、リモコンの赤いボタンへと伸び、流れ始めた洗剤のＣＭが無情にもぷつりと消される。

「ねえ鈴、マスカラ、ちょっと落ちちゃってるよ」

「え、もう？　外、暑かったからなぁ。詩音は汗かかない体質で、ほんと羨ましい」

「新陳代謝が悪いだけね。でもさっきファンデだけ塗ってパウダー忘れたから、どっちにしろ直さなきゃ」

詩音が大きなメイクポーチを棚から運んできて、テーブルの中央に置いた。日々、お互いの顔を見てああだこうだとアドバイスをしあっているから、同居を始めてからの二年半で、二人のメイクの腕はずいぶんと上がった。詩音は細い目を大きく華やかに見せるアイラインを描き、鈴は丸い鼻をすっきりとさせるために暗めのノーズシャドウを入れている。もちろん整形したようにはいかないが、顔の印象を近づけて実の姉妹のように似せるくらいなら、メイクの技術だけでもなんとかなるものだ。二人で外を歩くときは大抵おそろいのマスクとカラコンをつけるため、道行くおばあさんに「双子？」と話しかけられたこともある。

時おりレモンスムージーを飲みつつ、二人は卓上ミラーを覗き込んでメイク直しに励んだ。詩音の艶やかな黒髪が顔の脇に垂れる。向かいに座る鈴も、以前とは雰囲気が一変し、今は親友とおそろいの長さに伸ばしたセミロングの黒髪を下ろしている。

「そういえばさ」

「ん？」

「うちらの母親、まだ探偵ごっこしてんのかな」

「どうかな。高校の先生や橋田桜子にまで接触したりして、けっこう必死になってる感じだったよね」

「反省してんのかな、あいつら」

「しないよ」前髪のカール具合を調節しながら、詩音が表情を変えずに答える。「だってあの人たち、自分を正当化するのが大得意だから。傷を舐め合える仲間を作って、なーんにも変わらずに、これからも自分たちのために生き続けるだけ。今ごろきっと、都合のいい結論に辿りついてるって」

「美談、みたいな？」

「そう。直視できない現実を綺麗なヴェールで覆って、親のダメージを最小限にするような」

「あー、いかにもやりそう。悲劇のヒロインぶってるんだろうな、ムカつく」

「幸せな人たちだね」

「まあ、ほっとけ、ほっとけ」

鏡を覗き込みながら、鈴がひらひらと片手を振る。上向きにカールした睫毛は、何重にも塗りたくられたマスカラで、黒々とコーティングされている。

「でさ」

「ん？」

「〝あの子〞が死んだって、やっぱりまじなんだよね」

「鈴も聞いたでしょ？　シェアハウスの人たちが道で騒いでたの」

「びっくりだわ、電車に飛び込むなんて」

「だよね」

「正体、バレてないかな」

「平気、平気。あれから連絡がないってことは、鈴のカモフラージュが成功したんでしょ」

「ってことは親たち、私たち二人のどっちかが自殺したと思ってるわけ？」

「そういうことになるね」

「なわけないじゃんね」

メイク直しを終えた鈴が笑って肩をすくめ、レモンスムージーをまた一口飲んだ。向かいに座る詩音が、「でもさ」と黒髪を指に巻きつけながら顔を上げる。

「〝あの子〞が本当に死んじゃったのを見るに……私たちが家庭環境的に死ぬほど追い詰められてた、っていうのも、あながち間違いじゃなかったのかもよ」

「だけどあれくらいで死ぬのはバカだよ」

「うん、死ぬのはね」

「〝あの子〞には耐えられなかった、ってわけだ」

「まあ、真面目が服を着て歩いてるような子だったから」

「やっぱりあんなことしなきゃよかったって、後悔したんだろうね」

「あっちが先に言ったのにね。『親がいるだけ羨ましい』って」

「ほんとだよ。なのに、バカじゃん」

「隣の芝生は青く見えるんだよね。本当は青くなんかないのに」

流れるように会話をしながら、二人は思い出す。

自分たちと同じサイズの服を、ぴったり着こなしていた〝あの子〟のことを。

メイクの技術から何から、昼休みに教室の片隅で顔を寄せ合いながら事細かに教えた情報を、まるでスポンジのように吸収していった、純粋すぎる優等生のことを。

「隣の芝生は青く見える、かぁ」と鈴が腕組みをする。「でもうちらはさ、上手くいってるよね」

「ねー」

「いつまでこの生活が続くか分かんないとはいえ、さ」

「ここの契約だって、一人暮らしってことにしてあるしね」

「大家さんには目をつけられっぱなし」

「だけど最高だよ」

「親もなし、身寄りもなし」

「いつか終わりが来る日まで、私たちは二人きり」

「というか、二人で一人」

「そう、〝あの子〟と反対。二人で一人」

鈴と詩音は、茶色いカラコンをつけたお互いの目を見つめて微笑み合う。

ここでの生活にも制限はある。しかし何よりも尊い自由と友情とが、二人の日常を煌めかせている。家出をするだけじゃ意味がない。親が自分たちを捜しても、介護の必要がある状態に陥っても、死んで遺産相続などが発生しても、役所にも警察にも今後一切追われることのない、二人だけの理想郷。それが、レンガ調のリメイクシートでお洒落に彩られた、この小さな賃貸の部屋だった。

大して広くもない一軒家に大人数で暮らすことを余儀なくされていた馬淵鈴にとっても、百均のリメイクシートを壁に貼るなど許されようはずもない家で育った柳島詩音にとっても、ここより住みやすい部屋は他にない。

「詩音、可愛い。メイクも髪も、さっきよりいい感じだよ」

「鈴もばっちり。写真撮ろ」

「あと動画も」

鈴が席を立ち、椅子に座っている詩音の隣に並ぶ。二人は頬をくっつけ合い、鈴が右手に持つスマートフォンに向かって、慣れた様子でいくつものポーズを決める。やがて席に戻った鈴が、流行りの音楽に合わせて動画を手早く編集し、すぐにSNSに投稿する。

「あ、そうだ、せっかく詩音に撮ってもらったネイルの写真も載せなきゃ」

鈴が画面に親指を滑らせ、別のSNSアプリを開く。複数あるアカウントのうち「表《おもて》アカ」と称する一つ――『kurumi_walnut_n』を選び、最新のネイルの写真に銀色の星が舞うフィルターをつけて投稿する。さすがにこのアカウントで顔出しはしない。趣味のネイルや化粧品、客からもらったブランドバッグやアクセサリー、アフターで訪れたお洒落なバーで飲んだカクテル。真面目で地味な〝あの子〟は決して興味を持ちそうにないものばかりだが、何も嘘はついていない。なぜなら、今は自分たちこそが、二人で一人の〝あの子〟なのだから。

鈴の日常も、詩音の毎日も、全部、新しく手に入れたこの名前で綴っていく。

送信したばかりの投稿を、テーブルの向かいに座る詩音が自身のスマートフォンで開き、「いいじゃん」と指先で画面をつつく。スマートフォンは、同一名義で二回線契約している。二重の所得だって、バイトを掛け持ちしていることにすれば怪しまれない。すべてを共有する生活も、二人の絆さえ固ければ、案外、なんとかなるものだ。

この暮らしがいつまで続くかは分からない。永遠、というわけにはいかない。終わりの日が迫りくることを悟ったら、そのときは、二人で一緒に死ねばいい。それこそ、郵送で観光案内パンフレットを取り寄せ、SNSで拾った画像を〝あの子〟に送りつけて心中したことを装った、あの青沼ケ岳とかいう隣県の山にでも行って。

「ほんと、詩音って、機転が利くよね」

「ん?」

「『隅っこ警備隊』の話」

「鈴さ、その呼び名、根に持ちすぎだから」

詩音が破顔する。「だってうちら、三人組扱いされてたんだよ」と鈴が秋色のチークを塗った頰を膨らませ、「まあ心外だよね。あんなの、ただの計算なのに」と同じく頰を赤く染めた詩音が応じる。

「でもさ、詩音はさすがだよ。最初〝あの子〟をグループに引き入れたときは、何を言いだすのかと思ったもん」

「そう言う鈴も、すぐに調子を合わせてくれたじゃん。二人で山に行って自殺したことにする作戦だって、鈴が提案してくれたわけだし」

「以心伝心だね」と鈴がおどけて片目をつむる。「だって、『やっぱり怖いからやめよう』なんて言われたら困るしさ。もう後に引けない状態にしておけば、整形にビビりまくってた〝あの子〟も覚悟が決まって、いろいろと踏ん切りがつくのかも、と思って」

「私がなんとかしなきゃ、って、奮起するタイプだもんね」

「そ、そ。真面目が服を着て歩いてるんだもん」

「利害が一致しただけなんだから、〝あの子〟に本当のことを教える義理なんてないんだよ」

「うちらは初めから、二人と一人だもんね――」

言い終わるか言い終わらないかのうちに、「あ、そうだ、今日二時から歯医者の予約入れてるんだった！」と、鈴が素っ頓狂な声を上げる。

詩音が可笑《おか》しそうに口元に手を当て、椅子の背にかけたハンドバッグから派手な紫色の長財布を取り出し、一枚のカードを取り出す。詩音が鈴に手渡した健康保険証には、別に友人とも思っていなかった、高校のクラスメートのフルネームが印字されている。

――私たち、ここで死ぬね。今までありがとう。大好きだよ。親たちをよろしくね。

心にもない文面を拵《こしら》え、『馬淵鈴』のスマートフォンに写真つきのメッセージを送ったあの冬の日を最後に、〝あの子〟と自分たちの人生は、二度と交わることがなかった。

駅のホームから身を投げる間際、真面目でかわいそうな彼女は何を考えたのだろうと、束の間、二人は思いを馳せる。

そして次の瞬間には、レモンヨーグルトスムージーや、雑貨屋で新しく買ったネイルシールや、洗濯機を回しっぱなしで干すのを忘れていた色違いの下着や、立て続けに来るSNSのいいね通知が、二人の脳内に流れ込み、〝あの子〟の痕跡をめまぐるしく押し流していった。

◇

効きの悪い冷房が唸りを上げている八月の昼下がり、私はフローリングの床に直置きの古いマットレスに仰向けになり、眼前に掲げた自分の両手を見つめている。

詩音のように美しく動かない指が、恨めしかった。記憶に焼きついている彼女の滑らかな指の動きを真似しようにも、幼い頃にピアノの習い事をするどころか毎日を生き抜くので精一杯だった私は、どこから手をつけていいのか分からない。バースデーソングのシンプルなメロディすら弾くことができない、ほっそりとした見かけ倒しの指をため息交じりに睨み、私は力なく寝返りを打つ。

二重生活はもう終わりだ、という失望と、由里枝や詩音への申し訳なさとが、私の胸の中を渦巻いていた。

枕元のスマートフォンを手に取り、鈴と詩音から最期に送られてきたあの写真を表示する。柳島家にはもういられなくなってしまった。でも私は、詩音のことを絶対に忘れない。その誓いを胸に刻むため、彼女らが命を散らした場所の写真を、泣きそうになりながら待ち受けに設定する。

　こちらのシェアハウスで暮らす選択肢が残っているのが、唯一の救いだった。柳島詩音の名は捨てざるを得ないけれど、私には馬淵鈴というもう一つの仮面がある。メイクの方向性や髪型を大幅に変えるか、再度整形手術を受けるかすれば、街で由里枝に出くわしても、〝詩音〟だと気づかれずに済むはずだ。

　大丈夫。落ち込むことはない。最終的にはどちらか好きなほうの家庭を選べばいいと、鈴や詩音も言ってくれていたのだから。

　自分の胸に懸命に言い聞かせていると、わずかながら、人心地がついてきた。これからは、馬淵鈴として生きていく。一度覚悟が決まると、今度は深い安堵が押し寄せてきた。二つの家を行き来する生活には、常に緊張が伴っていた。息をつく間もない毎日から解放されたのだと思うと、急に、無自覚だった疲労が全身を覆い始める。

　柳島家から逃げ出すことを決めた昨夜は、一睡もできなかった。朝方にこちらの家に到着してからも、こうして寝室で横になったまま考え事ばかりしていた。

　ようやくにして、眠気が訪れ始める。気持ちよく微睡《まどろ》んでいるさなか、枕元のスマートフォンが、煩わしい振動音を立て始める。

　うつ伏せの状態から上半身をわずかに起こし、画面を見る。『ママ』の文字があった。今日は仕事が休みだから買い物に出かけると言っていた気がするけれど、出先で困ったことがあったのだろうか。冷蔵庫の中身を確認してくれ、とかいう依頼？　何にせよ、手を貸してあげたほうがよさそうだ。

マットレスの上に三角座りをし、スマートフォンの通話ボタンを押して電話に出た。もしもし、と早口の嗄れ声を発すると、にわかに興奮したような温子の声が、途端に耳に流れ込んでくる。

——もしもし鈴、まだ家にいるよね？　デパートの食品売り場に来てるんだけど、今からここの八階のレストランで食事でもしない？　たまには、親子水入らずで……どうかな？　私ね、ちょっと前に鈴に言われて、考え直したの。ポリアモリー、って呼ぶのは正しくないのかもしれないけど、こんな自分勝手な生活をいつまでもしていたら、鈴を悲しませ続けることになるんだなって……遅すぎるかもしれないけど、やっと気づいたの。

私ははっとして、スマートフォンを握りしめた。まさか彼女がそんなふうに心変わりしていたとは思わなかった。

じんわりとした喜びが、胸に広がり始める。電話の声を聞きながら、私はマットレスを下り、床に置いていた真っ白なショルダーバッグを肩にかけて、ドアの方向へと歩き出す。普段の口下手が嘘のように、母親は一方的に、かつ気恥ずかしそうに喋り続けている。

——実は、近いうちに、シェアハウスを出て本物の家族だけで暮らす、なんてことも考えてたりしてね。そのことを、私たち三人だけでゆっくり話し合いたいなって思ってたのよ。だからね、鈴は今からパパを連れて、一緒にレストランフロアまで来てくれない？　どうせ家にいるでしょ。私はもうデパートにいるから、そのへんで暇つぶしでもしてようかな……って、あれ？　鈴？　聞こえてる？

隙間の空いたドアの前で、私はスマートフォンを握りしめたまま、階段の下に見えるリビングを見つめ、呆然と立ち尽くした。

耳元では、母親の戸惑ったような声が鳴り響き続けている。

唐突に、心臓が早鐘を打ち始めた。私は慌てて廊下に出て、左右を見回す。温子以外の住人たちは家にいるはずだけれど、皆それぞれの部屋にこもっているらしく、階下のリビングに人の姿はない。


立ち直りつつあった私の胸に、絶望の風が吹き荒れた。

堰《せき》を切ったように、両目から大粒の涙がこぼれ始める。

いても立ってもいられず、私は階段を駆け下り、玄関から外に飛び出した。

灼熱の太陽の下、レモン色のワンピースをはためかせながら、駅へと走る。

もうダメだ。ダメなんだ。シャンデリアのある邸宅にも、外壁のひび割れたシェアハウスにも、どちらにも帰れない。こんな生活、いつまでも続けられるわけがなかったんだ——。

人目に触れたくなくて、めちゃくちゃな道を通った。金網の向こうで犬が吠える狭い路地を抜け、信号のない交差点を脇目も振らずに突っ切り、がむしゃらに、駅の方角を目指す。

泣き顔をさらして走りながら、私はあの日のことを思い出す。英語の教科書を忘れたことに気づき、教室に取りに戻ろうとした、高校三年生の夏休み明けの放課後。

あの日から、すべてが始まった。

——かわいそう。

優しい声で、詩音がそう言った。彼女が私の背中に手を回し、肩と肩とが触れあう。彼女らの秘密の会話を盗み聞きしたことを咎められ、これから前の学校で受けたような陰湿ないじめに遭うのだろうと恐怖に怯えていた私は、驚いて顔を横に向け、彼女としばし見つめあった。

詩音は私の耳元に口を寄せ、私にだけ聞こえる声で、こう囁いた。

——じゃああげるよ、私たちの親。

え、と私は半信半疑で訊き返した。彼女は私を安心させるかのように柔和に微笑み、一転して明瞭な声で言った。

——仲良くなれそうだね、私たち。

——ある意味、似た者同士なんじゃないかな、私たち三人って。

明日からお弁当一緒に食べよ、という詩音の言葉に、私は舞い上がった。友達になってくれるの？　そう尋ねると、彼女は穏やかに頷いて、私に頰を寄せた。鈴もすぐに近づいてきて、私の頭を無造作に撫で、仲間に迎え入れてくれた。

こんなに華やかで可愛らしいクラスの女子生徒たちに、対等な友人として接してもらえるなんて、生まれて初めてのことだった。

転校前の高校や小中学校では、クラスの頂点に立つグループの標的にされてばかりいた。所属していた施設には、虐待を受けて育ったなどの理由で荒れてしまった子どもが多くいて、彼らは地域の学校で問題児として疎まれる。そのしわ寄せが、私のような大人しい所属児童に、クラスメートからの八つ当たりや嫌がらせという形でやってくる。施設でも学校でもヒエラルキーの下部に追いやられてきた私にとって、鈴と詩音と三人で過ごす毎日は、大げさでなく、天国のようだった。

休み時間は必ず三人で過ごし、帰り道も駅まで一緒に歩く。前の学校での苦しみはもちろん、転校生特有の孤独を噛みしめる日々も終わり、私の高校生活は途端に上向きになり始めた。あの詩音の意味ありげな囁き声だけが心に引っかかっていたけれど、メイクのやり方を伝授してくれたり、服を貸してくれたりと、私によくしてくれる二人の姿を眺めるうち、気のせいだったのかもしれないと思うようになった。

親をあげる、だなんて、たぶん、聞き間違いだよね――。

でも、そうではなかった。

鈴と詩音が本気で計画を進めようとしているのだと知ったのは、三人組になって一か月ほどが経った頃のことだった。

――くるみって、私たちみたいになりたいんでしょ？　だったら、全部あげる。私たちは、くるみになりたいの。

計画の全容を告げられた直後は、驚きのあまり声も出なかった。そんなことができるのかな、と不安に思った。ただ同時に、わずかな喜びの感情が芽生えてもいた。鈴や詩音のような憧れの女の子に、私になりたいと言ってもらえるなんて。きちんと親がいて、しかも一人っ子として大事に扱ってもらえる、夢にまで見た〝家庭〟を譲ってもらえるなんて。

親も親戚も、二人以外の友人もいない私の寂しい人生を、なぜ彼女たちがそうまでして欲しがるのかはよく理解できなかった。あの日、詩音が友達になろうと申し出てくれたのも、可愛い服を貸してくれた鈴が「サイズ、ぴったりじゃん」と喜んでいたのも、初めからこの打算が頭にあったからだったのかと、少し落胆したりもした。

だけど、たとえ利害の一致がきっかけだとしても、鈴と詩音との友情は、私にとって何にも勝る宝物だった。

二人と仲良くし始めて以来、心なしか、クラスメートの自分を見る目が変わっていった。人として尊重され、あの二人と仲いいんだね、などと気軽に話しかけてもらえるようにもなった。お洒落な鈴と、才能豊かな詩音。そんな二人と到底釣り合わないはずの私が、〝交換計画〟のおかげで彼女たちの友人として認めてもらえたのだとしたら、不遇だったこれまでの人生にも感謝しなくてはならないのかもしれない。

だから、二人の提案を拒否してグループを抜ける選択肢など、あるはずがなかった。

いつも教室の隅っこで周りに聞かせられない秘密の作戦会議をし、二人の家のルールや家族のプロフィールなどについて引き継ぎを受けた。そんな中でも、やっぱり本気で実行するはずないよねと、私は心のどこかで思い込もうとしていた。だって、夢みたいな話ではないか。これは退屈な高校生活に飽きた二人による、暇つぶしみたいなもの。ただのシミュレーションゲームなのだ。まさか、本当に〝交換〟するなんてことは――。

私の予想に反し、引き継ぎは着々と進んでいった。私は鈴と張り合えるくらいにメイクの腕を上げ、詩音の母親との会話に備えて、音楽的な知識もある程度身につけた。整形手術の費用を稼ぐため、私と鈴は卒業後に夜のお店で働くことにし、詩音は夏までに音大を休学することを決めた。

男の人を相手に接客業なんてできるのかと怯む私の頭や背中を、鈴と詩音は代わる代わる撫で、優しく甘い言葉を投げかけてきた。

大丈夫。一年足らずの辛抱だよ。お金が貯まったら、くるみは鈴になれる。詩音になれる。ずっとほしかった親ができる。施設では里親に引き取られる子も多かったのに、もらわれていく子はいつも自分より小さい子ばかりで、選んでもらえないのが悔しかったって言ってたよね？　今度はくるみが選ぶ番だよ。しばらくは二人の親とそれぞれ暮らしてみて、どっちの子になりたいか決まったら、もう一人のほうは家出して失踪したことにしちゃえばいい。平気だよ、行方不明者って年間八万人もいるらしいし。そんな生活を続けられるか？　何言ってんの、できるよ！　だって別に、DNAや指紋を役所に登録してるわけじゃないしね。

二人といることの喜びに浸かりきった私の脳に、彼女たちの言葉は麻薬のように染み込んでいった。高校卒業後は鈴と同じお店で働き、無我夢中でお金を貯めた。もうこんなに、すごいじゃん、と二人に褒めてもらえるのが嬉しかった。整形手術を受ける日が近づくにつれ、怖くなって弱音を吐いてしまうこともあったけれど、そのたびに二人に励まされ、元通りに気持ちを立て直した。人生をかけた〝交換計画〟を実行することで、自分たち三人の絆はより強固なものになる。その期待が、私の心の支えとなっていた。

高校を卒業して最初の冬が来て、いよいよ計画が動き出し始めた。

それぞれの家を逃げ出した鈴と詩音が、私が借りているマンションの部屋に転がり込んできた。

身分証明書やスマートフォンを交換し、二人の銀行口座の預金通帳やキャッシュカードも託された。私の貯金はすでに全額下ろし、手元に置いていた。あとは私が数か月にわたって整形手術を受け、二人の家に戻るだけ。それまでの間は、三人そろってワンルームの部屋で押し合いへし合い暮らす、不自由だけれど楽しい生活が待っている——はずだった。

ある朝、眠い目をこすって布団から起き上がると、横で寝ていたはずの二人がいなくなっていた。昼過ぎになって、写真が添付されたメールが一通、残された鈴のスマートフォンに届いた。真っ青になって、二人を追いかけようと外に飛び出したけれど、写っているのがどこの山なのかも分からず、泣きながら自宅に戻るしかなかった。

誰にも知られずに、行方を捜されずに、親友同士でひっそりと命を絶つ。

鈴と詩音の願いがそんなものだったなんて、知らなかった。だから身寄りのない私の人生が欲しかったのか、と今さら気づいたところで、もう遅かった。

永合くるみの身分証や預金通帳の類いは、全部持っていかれてしまった。おそらく、万が一遺体が発見されたときに備えて、詩音が身につけた上で自殺に臨んだのだろう。鈴の親と違って、詩音の親は過保護で心配性だ。まず間違いなく警察に行方不明者届を出しているだろうから、身元不明の若い女性の遺体が見つかったとなれば照会の連絡が行ってしまうかもしれない。その点、詩音が永合くるみの健康保険証などが入った財布を所持していれば、天涯孤独のため引き取り手のない遺体として荼毘《だび》に付される可能性が高い。

それから毎日、インターネットでニュースをチェックした。若い女性が山で死亡したという新着記事は、いくら探しても見つからなかった。頭のいい二人のことだから、遺体が容易に発見されないような場所をきちんと選んで計画を実行したのだろう、と察した。

友人たちの真意に気づくことのできなかった悲しみと悔しさを、残された私は一人、白い便箋に書き出した。そうでもしないと、つらくて一歩も動けなくなってしまいそうだった。ありがとう。大好きだよ。何度も読み返したメッセージの文面が、胸に突き刺さる。さよなら、鈴。さよなら、詩音。渡す相手のいない返信の手紙をお守りに、私は彼女たちと夢見た日々の続きを歩み始めた。

自分が永合くるみだと証明するものは、もう何もない。たった二人だけしかいない友人たちは、『親たちをよろしく』の言葉を残して心中してしまった。

完全に退路を断たれた私は、数日後に馬淵鈴の名義で美容外科を受診した。もともとの計画どおり、同意書は自分で書いた。整形後の顔立ちの希望を伝える際は、鈴と詩音と三人で自撮りした写真を見せた。目は真ん中の子みたいにぱっちりに、鼻は左の子みたいにすらっとさせたいんです――。

女性医師は写真を眺めて頷き、「お友達？」と尋ねてきた。「憧れの子たちなんです」と答えた瞬間、涙があふれそうになった。これからは私が彼女たちになるのだ。鈴や詩音の親を安心させるためにも、早く手術を終えて家に帰らないといけない。

半年近くかけて、顔全体を整形していった。といっても、目を鈴に、鼻を詩音に近づける以外は、さほど大きな手術をしなくても済んだ。当たり前のことだけれど、元から赤の他人なのだから、〝面影をなくす〟努力は不要なのだ。額のほくろを取り、間延びしていた鼻の下の長さを少し短くして、個性の出すぎている部分を、単に無個性にしていけばいい。彼女たちの母親からすれば、私が生まれ持った細い顎や薄い唇も、手術で顔を大改造した結果のように見えるはずだ。

高校を卒業して二回目の夏が訪れた頃、とうとう、二つの家での二重生活が始まった。

緊張と恐怖にまみれた日々だったけれど、思いのほか、私は自分を偽るのが得意なのだと気づいた。あるときは施設で、あるときは教室の片隅で、周りにできるだけ異物感を抱かせることなく、カメレオンのように景色に同化して生きようともがいてきたからだろう。存在感があるわけでも、ないわけでもない、ただの心地よい空気となること――私が日々を平穏に送るために身につけてきた術が、ここにきて役に立ち始めていた。

幸い、記憶力もいいほうだった。鈴や詩音に教え込まれた家庭内の決まり事はもちろん、二人が何気なく語った過去のエピソードも覚えていて、温子や由里枝と話を合わせることができた。分からないことがあっても、昔の思い出話であれば「そうだったよねぇ」と笑って受け流し、何か質問されれば「あれ、私も忘れちゃったかも」と明るくうそぶいた。

鈴や詩音があれほど嫌っていた母親は、まったく悪い人たちではなかった。もちろん、移り気で性にだらしないだとか、プライドが高くて口うるさいだとか、それぞれ大きな欠点はあるけれど、温子は性格が穏やかで決して声を荒らげることがないし、由里枝は世界の誰よりも娘のことを気にかけてくれた。

頑張って二人になりきるうちに、母親たちが私を見るときの表情は、次第に柔らかなものになっていった。施設にいた頃に唯一楽しみにしていたイベントが毎月の誕生日会だったことを思い出し、試しにそれぞれの誕生日をお祝いしてみると、温子も由里枝も驚いた顔をして喜んでくれた。

一年経った頃には、やっぱり家族はいいものだ、と私は心から確信していた。

ねえ、鈴、詩音。どうして〝交換〟なんてしようと思ったの？　二人が歩めなかった未来で、家庭はちゃんといい方向に進んでるよ。どっちの家の娘になりたいかと言われても選べないくらい、私の人生は今、幸福感でいっぱいだよ。

馬淵温子とも、柳島由里枝とも、その周囲の人たちとも、本当の家族になりたい。このままずっと、そばにいられたら――。

だけど、無理だった。

私の切なる願いは、由里枝の何気ない誕生日のリクエスト、そしてしまいには温子からの一本の電話で、瞬く間に崩れ去っていった。

夏の日差しが降り注ぐ中、とめどなく涙を流しながらアスファルトの道を駆ける私の脳内で、先ほど温子が電話口で放った言葉が木霊《こだま》する。

――実は、近いうちに、シェアハウスを出て本物の家族だけで暮らす、なんてことも考えてたりしてね。そのことを、私たち三人だけでゆっくり話し合いたいなって思ってたのよ。だからね、鈴は今からパパを連れて、一緒にレストランフロアまで来てくれない？

塩辛い水が、口の中にまで流れ込んできて、私の惨めさを増幅する。

パパとは、いったい誰を指すのか。

その解答を、私は知らされていない。

詩音は把握していたはずだ。私が二人の会話を盗み聞きしてしまったあの日、「本当のパパはこの人でした！」と鈴がおどけて発表する声が廊下にまで聞こえてきた。どうやらシェアハウスの相関図を黒板に描いていたようだったけれど、私が教室に招き入れられたときにはすでに消されていて、鈴と血の繋がった父親が誰なのかは分からずじまいだった。

学校の昼休みに引き継ぎを受ける中で、恐る恐る、鈴に直接尋ねたこともある。だけど鈴は呆れたように笑って、冗談交じりに私を諭した。

――言わなかったっけ？　そんなのはね、ポリアモリーの崇高な理念において、気にしちゃいけないことですから。私みたいに生まれたときから染みついてるならともかく、くるみに教えたらどうしても意識しちゃって、本物のパパと他の男の人たちを等しい目で見られなくなるでしょ？　それじゃダメなんだって。そういうところからボロが出るんだよ。

電話口の温子の声を呆然と聞きながら寝室を出たとき、私は左右の廊下を見回しながら、絶望に瀕していた。

現在家にいる、というのが温子の台詞から窺える唯一のヒントだった。だけど、ヨースケは居酒屋の仕事が夜からだし、ケントは勤務先の自動車整備工場が定休日だから、無職のタケルを含め、三人全員が在宅している。

窮地に追い込まれながらも、私は目まぐるしく思考を回転させた。誰が鈴の実の父親なのか。どうにかして絞り込めないか。一番温子と付き合いが長いのは、中学の同級生のヨースケだ。でも恋愛関係に発展するのが早かったとは言い切れない。タケルも昔からシェアハウスに住んでいると聞いた。ただ彼はあまりに頼りなく、父親らしいイメージはない。入居歴が浅いというケントだけは除外できるのではないか？　だがこれも自信がない。ヨースケの店に出入りする古くからの常連だというし、当時からシェアハウスの住人である温子と親しくしていた可能性も否定できない。三人とも、鈴と顔は似ていない――。

その直後、昨晩からすでに限界に近づいていた私の感情は、粉々に砕け散った。

誰かの娘になりたかった私は、家族の大切なやり直しの場に、「パパ」すら連れていけない。

見覚えのある道に出た。行く手に駅が近づいてくる。車も人もまばらなロータリーの歩道を疾走し、駅の構内に飛び込む。

顔を変えて二重生活を始めたときは、毎日が恐ろしかった。それが軌道に乗ってからは、初めの抵抗感が嘘のように、鼻高々になっていった。私ならできる。二つの家庭で、二人分の人生をやり直せる。工夫さえすれば、この先もずっと。

幻だった。

二年間も持ちこたえたのが、むしろ奇跡だったのかもしれなかった。

私は、鈴にも詩音にもなれなかった。彼女たちはやっぱり眩しかった。私なんかとは違う人間だった。そこには埋められない溝があった。私は、誰の家族にもなれない。受け入れてもらえたような気がしていたのは、ただの錯覚だった。母親たちのために尽くし、笑顔を振りまき、頑張ってきたこれまでの日々は何だったんだろう。

ねえ、鈴、詩音。

親子って、結局何なんだろう。楽しかったけど、ものすごく疲れただけで、何も分からなかったよ――。

私は改札を抜け、最上段に『通過』と書かれている発車時刻案内板を見上げる。そして全速力で階段を駆け上がる。

息を切らして駅のホームに駆け込むと、うだるような熱気が押し寄せてきた。

◇

食材の買い出しは、仕事が休みの日にまとめてするようにしている。

秋の柔らかな陽が降り注ぐ平日の午後、馬淵温子はエコバッグを手に、家の玄関を出た。荒れ果てた小さな前庭を通り、蝶番《ちょうつがい》の錆びた門を開ける。駅の方面にある最寄りのスーパーへと歩き出そうとすると、きゃはは、という甲高い笑い声が、前方から聞こえてきた。

すぐ先の角を曲がって姿を現したのは、コスプレイベントの会場か地下アイドル劇場からそのまま飛び出してきたような格好の女性二人組だった。裾が大きく膨らんだ黒地のミニワンピースに、太腿の艶めかしさを強調するような黒いガーターストッキング。ワンピースは長袖だが、胸元から腕にかけての部分が大胆に透けていて、女性の温子でも直視するのが憚られるほどだ。

今日の二人は、同じくらいの長さの黒髪を三つ編みにし、赤いリボンつきのヘアゴムでまとめていた。顔は黒いレースのマスクで半分ほど覆われ、頭には造花の装飾がこれでもかとつけられた鍔の広い帽子をかぶっている。

いつも双子のような格好をしている彼女たちは、シェアハウスの向かいに建つ、年季の入った二階建てのアパートに住んでいた。日当たりのいい外階段の手すりにピンチハンガーをぶらさげて、派手なピンク色や紫色の下着を乾かしているのをよく見る。たまに大家のおばあさんが「男を連れ込むな！」とドアを叩いている音も聞こえてくるけれど、肝心の彼氏の姿は見たことがないから、おおかた、部屋に二人以上の人の気配がするというだけで、男の同居人がいると決めつけているのだろう。出入りしている他の住人の様子からして、このアパートは単身者用のはずだ。

背格好がそっくりの二人は、姉妹なのかもしれないし、外見が似ているだけの友人同士なのかもしれない。ご近所同士とはいえ、さすがに近寄りがたい雰囲気があり、家の前で会っても挨拶すらしたことがない。だから、年齢や仕事を含め、詳しいことは何も知らない。

おそろいの服に身を包んだ彼女たちは、どこかのカフェでテイクアウトしてきたと思しきプラスチックカップを持っていた。ホイップクリームがたっぷり載った、アイス抹茶ラテだろうか。双子のような二人は、好きな飲み物の種類まで似ているらしい。

家の前で佇んでいる温子には一瞥もくれずに、こちらに歩いてくる彼女たちは、顔を寄せ合って楽しそうに内緒話をしている。

すれ違いざま、二人が発した笑い交じりの忍び声が、温子の耳に届いた。

「ほらやっぱり、なーんにも変わらない」

「自由を一番感じられる場所って、校門のすぐ外なんだよねぇ」

――何だろう、学校をサボったときの思い出話でもしているのだろうか。

気になって振り返ってみたものの、彼女たちの会話の内容はもう聞こえなかった。広がったワンピースの裾を触れ合わせるようにしながら、古びたアパートの鉄製の外階段をヒールの音とともに上っていき、やがて姿が見えなくなる。

毎度のことだけれど、服装があまりに奇抜すぎて、化粧の濃い二人組の顔立ちは、ちっとも印象に残らなかった。

若い女性たちを目の当たりにしたからだろうか。

今は亡き愛しい鈴の姿が、まぶたの裏に浮かび、消える。

温子はエコバッグの持ち手を握り直し、十一月の足音が聞こえる秋晴れの空の下を歩き始めた。

今日の夕飯はカレーでいいかな、とちらりとシェアハウスを振り返りつつ考える。先週と同じメニューだけれど、文句を言われる筋合いはないだろう。

だって、大人数で食べる料理を作るには、やっぱり一番楽なのだ、カレーが。

本書は、「小説幻冬」VOL.83〜VOL.89に掲載されたものに、加筆・修正したものです。

〈著者紹介〉
辻堂ゆめ　1992年神奈川県生まれ。東京大学卒。第13回『このミステリーがすごい！』大賞優秀賞を受賞し『いなくなった私へ』でデビュー。『トリカゴ』で第24回大藪春彦賞を受賞。他の著書に『片想い探偵追掛日菜子』『卒業タイムリミット』『あの日の交換日記』『十の輪をくぐる』『答えは市役所3階に』『サクラサク、サクラチル』『山ぎは少し明かりて』『二人目の私が夜歩く』などがある。

ダブルマザー
2024年9月20日　第1刷発行

著　者　辻堂ゆめ
発行人　見城 徹
編集人　石原正康
編集者　君和田麻子

GENTOSHA

発行所　株式会社 幻冬舎
〒151-0051 東京都渋谷区千駄ヶ谷4-9-7
電話：03(5411)6211(編集)
03(5411)6222(営業)
公式HP：https://www.gentosha.co.jp/

印刷・製本所　中央精版印刷株式会社

ISBN978-4-344-04348-0 C0093

この本に関するご意見・ご感想は、
下記アンケートフォームからお寄せください。
https://www.gentosha.co.jp/e/